HIJO ÚNICO
RHIANNON NAVIN

HarperCollins *Español*

Diseño de cubierta: lookatcia.com
Imágenes de cubierta: © Thegoodly/Getty/Images

Editora-en-Jefe: Graciela Lelli

ISBN: 978-1-41859-761-0

Impreso en Estados Unidos de América
18 19 20 21 22 LSC 9 8 7 6 5 4 3 2 1

Para Brad, Samuel, Garrett y Frankie

Para mamá

Tengo que seguir haciendo frente a la oscuridad. Si mantengo la cabeza bien alta y hago frente a lo que temo, existe una posibilidad de que lo venza. Si no hago más que esquivarlo y esconderme, me vencerá a mí.

Mary Pope Osborne, *My Secret War: The World War II Diary of Madeline Beck.* Long Island, Nueva York, 1941.

1

El día que vino el pistolero

Lo que más recuerdo del día que vino el pistolero es el aliento de la señorita Russell. Estaba caliente y olía a café. El armario estaba oscuro, salvo un cachito de luz que entraba por la rendija de la puerta que la señorita Russell estaba sujetando para que no se abriera. No había picaporte por dentro, solo una pieza suelta de metal, y la agarró con el índice y el pulgar.

—Quieto, Zach —susurró—. No te muevas.

No me moví. Y eso que, como me había sentado encima del pie izquierdo, sentía un hormigueo y me dolía.

El aliento a café de la señorita Russell me rozaba la mejilla cada vez que hablaba, y era un poco desagradable. Los dedos le temblaban sobre la pieza de metal. La señorita tenía que hablar con Evangeline, David y Emma, que estaban detrás de mí, porque no paraban de llorar y no se estaban completamente quietos.

—Estoy aquí con vosotros —les dijo—. Os estoy protegiendo. Shhh, por favor, no hagáis ruido.

Fuera se oía un PUM tras otro. Y gritos.

PUM PUM PUM

Sonaba como cuando juego a *Star Wars* con la Xbox.

PUM PUM PUM

Siempre tres, y después silencio. Silencio o gritos. La señorita Russell pegaba un bote cada vez que se oía un PUM y se ponía a susurrar más deprisa.

—¡No hagáis ni un ruido!

Evangeline hacía ruido porque tenía hipo.

PUM Hip PUM Hip PUM Hip

Alguien debía de haberse meado, porque olía a pis en el armario. A pis y al aliento de la señorita Russell, y a las chaquetas mojadas por la lluvia que había caído durante el recreo.

—No llueve tanto como para no salir al patio —había dicho la señora Colaris—. Además, no somos terrones de azúcar, ¿no?

A nosotros nos daba lo mismo que lloviera. Jugamos al fútbol y a polis y cacos, y se nos calaron el pelo y las chaquetas. Intenté girarme y subir la mano para ver si las chaquetas seguían mojadas.

—No te muevas —me susurró la señorita Russell.

Cambió de mano para sujetar la puerta y oí el tintineo de sus pulseras. La señorita Russell siempre lleva un montón de pulseras en el brazo derecho. Algunas tienen unos colgantes que se llaman amuletos y que le recuerdan cosas especiales, y cada vez que se va por ahí de vacaciones compra un amuleto nuevo. A principios de curso, nada más empezar primero, nos enseñó todos sus amuletos y nos contó de dónde venían. El último se lo había comprado en las vacaciones de verano, y era un barco. Es como una versión minúscula del barco que cogió para acercarse a una catarata enorme que se llama Niágara y que está en Canadá.

El pie izquierdo empezó a dolerme un montonazo y traté de sacarlo, pero solo un poquito, para que la señorita Russell no se diera cuenta.

Acabábamos de volver del recreo, de meter las chaquetas en el armario y de sacar los libros de mates cuando empezaron a oírse los PUM. Al principio no eran fuertes, parecía que venían del fondo del pasillo a la entrada, donde está la mesa de Charlie. Si te vienen a recoger tus padres antes de la hora de salir o si tienen que ir a buscarte a la enfermería, se paran delante de la mesa de Charlie, escriben su nombre, enseñan el carné de conducir y Charlie les da una tarjeta con un cordón rojo que dice *Visitante* para que se la pongan al cuello.

Charlie es el vigilante de seguridad de McKinley, y lleva allí treinta años. El año pasado, cuando yo todavía estaba en tercero de infantil, dieron una fiesta enorme en el auditorio para celebrar su treinta aniversario. Incluso vinieron un montón de padres, porque cuando ellos eran pequeños y estudiaban en McKinley, él ya era el vigilante. Charlie dijo que no hacía falta que le hicieran una fiesta.

—Ya sé que todo el mundo me quiere —dijo, y soltó esa risa suya tan graciosa.

Pero de todos modos se la hicieron, y me pareció que le gustó. Puso en su mesa los dibujos que le hicimos, y los que no cabían se los llevó para colgarlos en casa. Mi dibujo estaba en el mejor sitio, justo en medio de la mesa, porque soy un artista de primera.

Pum pum pum

Al principio, sonaban muy bajito. La señorita Russell nos estaba diciendo qué páginas del libro de mates eran para hacer en clase y cuáles eran para casa. Los estallidos la obligaron a callarse, y arrugó la frente. Se acercó a la puerta de la clase y miró por la ventanita con cristal.

—¿Se puede saber qué...? —dijo.

Pum pum pum

Después dio un paso muy largo hacia atrás y dijo «Joder». Sí, eso dijo. Una palabrota. Todos la oímos y nos entró la risa. «Joder». Entonces oímos ruidos saliendo del interfono de la pared y una voz que decía: «¡Cierre de emergencia, cierre de emergencia, cierre de emergencia!». No era la voz de la señora Colaris. En los simulacros de emergencia, la señora Colaris había dicho «¡Cierre de emergencia!» por el interfono una sola vez, pero ahora la voz lo dijo muchas veces y muy deprisa.

La seño se puso blanca como el papel, y dejamos de reírnos porque parecía otra y no estaba sonriendo ni pizca. De repente se le puso una cara que me dio miedo, y se me atascó la respiración en la garganta.

La señorita Russell dio un par de vueltas delante de la puerta, como si no supiera adónde ir. Después se paró, trancó la puerta y apagó las luces. Por las ventanas no entraba luz porque estaba lloviendo, pero aun así fue a bajar las persianas. Se puso a hablar muy deprisa y le salió una voz temblorosa y como chillona.

—Acordaos de lo que hicimos en el simulacro de emergencia —dijo.

Me acordé de que *cierre de emergencia* significaba: «no salgáis como cuando hay alarma de incendios, quedaos dentro y que no se os vea».

PUM PUM PUM

Fuera, en el pasillo, alguien pegó un gritó muy fuerte. Empezaron a temblarme las piernas por la zona de las rodillas.

—Niños, venga, todos al armario —dijo la señorita Russell.

Los simulacros habían sido muy divertidos. Hacíamos como que éramos los malos y solo nos quedábamos en el armario un minuto más o menos hasta que oíamos que Charlie abría la puerta de clase con su llave especial, esa que abre todas las puertas del cole, y decía: «¡Soy yo, Charlie!», y esa era la señal de que el simulacro había terminado. Esta vez no quería meterme en el armario porque casi todos habían entrado ya y parecía que estaban demasiado apretujados. Pero la señorita Russell me puso la mano en la cabeza y me metió de un empujón.

—Deprisa, niños, deprisa.

Evangeline sobre todo, y también David y algunos más,

empezaron a llorar y a decir que se querían ir a casa. Yo también noté que se me llenaban los ojos de lágrimas, pero no quería que se me salieran y lo vieran todos mis amigos. Hice el truco del pellizco que me enseñó Abu: te pellizcas la nariz por fuera, justo donde deja de estar dura y se pone blandita, y así las lágrimas no salen. La abuela me enseñó el truco del pellizco en el parque, un día que estuve a punto de llorar porque me habían empujado del columpio. Me dijo: «Que no te vean llorar».

La señorita Russell metió a todo el mundo en el armario y cerró la puerta. Los estallidos no paraban. Intenté contarlos en silencio.

PUM 1 PUM 2 PUM 3

Tenía la garganta muy seca y rasposa. Me moría de ganas de beber agua.

PUM 4 PUM 5 PUM 6

—Por favor, por favor, por favor —susurró la señorita Russell.

Y luego le habló a Dios y le llamó «Querido Dios», y no pude entender el resto de lo que decía porque susurraba tan bajito y tan deprisa que creo que quería que solo la oyese Dios.

PUM 7 PUM 8 PUM 9

Siempre lo mismo: tres pum y a continuación una pausa.

De repente, la señorita Russell levantó la vista y dijo «Joder» otra vez.

—¡Mi móvil!

Abrió un poquito la puerta y, cuando dejaron de oírse estallidos, la abrió del todo y se fue corriendo hasta su mesa con la cabeza agachada. Después volvió corriendo al armario, cerró de nuevo la puerta y esta vez me dijo que agarrase yo la pieza de metal. Eso hice, a pesar de que me dolían los dedos y de que me costaba

9

mantener la puerta cerrada porque pesaba mucho. Tuve que usar las dos manos.

A la señorita Russell le temblaban tanto las manos que también temblaba el móvil mientras deslizaba el dedo para meter la contraseña. No acertaba a meterla bien, y cuando te equivocas de contraseña se revuelven todos los números de la pantalla y tienes que volver a empezar.

—Venga, venga, venga —dijo la señorita Russell, y por fin acertó. Pude verla: 1989.

PUM 10 PUM 11 PUM 12

Vi que marcaba el 911. Oí una voz al otro lado del móvil, y la señorita Russell dijo:

—Sí, mire, llamo del colegio de primaria McKinley. En Wake Gardens. Rogers Lane.

Hablaba muy deprisa, y con la luz que salía del móvil vi que me escupía un poco en la pierna. Tuve que dejar ahí el escupitajo porque no podía soltar las manos de la puerta. No podía limpiármelo y me quedé mirándolo: ahí, en mi pantalón, había una pompa de baba, y me daba asco.

—Hay un pistolero en el colegio y está... Vale, me mantengo al teléfono.

A nosotros nos susurró «Ya han llamado». Pistolero. Eso fue lo que dijo. Y a partir de entonces lo único que me venía a la cabeza era «pistolero».

PUM 13 Pistolero PUM 14 Pistolero PUM 15 Pistolero

Me pareció que cada vez era más difícil respirar en el armario y que hacía mucho calor, como si hubiésemos gastado todo el aire. Quería abrir un poco la puerta para que entrase más aire, pero tenía demasiado miedo. Notaba el corazón latiéndome a mil por hora en el pecho y en la garganta. A mi lado, Nicholas estaba apretando los ojos y se le oía respirar muy deprisa. Estaba gastando demasiado aire.

La señorita Russell también tenía los ojos cerrados, pero su respiración era lenta. Me llegaba el olor a café cada vez que soltaba aire con un «uuuh» muy largo. Abrió los ojos y nos volvió a hablar en susurros. Dijo todos nuestros nombres: «Nicholas. Jack. Evangeline...». Me gustó cuando dijo: «Zach, va a ir todo bien». Y luego nos dijo a todos:

—La policía está ahí fuera. Ha venido a ayudarnos. Y yo estoy aquí con vosotros.

Me alegré de que estuviese allí con nosotros. Oírla hablar me ayudaba a tener menos miedo, y el aliento a café ya no me molestaba tanto. Me imaginé que era el aliento de papá de los fines de semana por la mañana, cuando desayuna en casa. Una vez probé el café y no me gustó. Está demasiado caliente y sabe a viejo o yo qué sé a qué. Papá se rio y dijo: «Mejor, además te atrofia», que no sé qué significa. El caso es que deseaba con todas mis fuerzas que papá estuviese allí en ese momento. Pero no estaba, solo estaban la señorita Russell y mis compañeros y los estallidos —PUM 16 PUM 17 PUM 18— que sonaban cada vez más fuertes, los gritos en el pasillo y más llantos en el armario. La señorita Russell dejó de hablarnos a nosotros y se puso a hablar por el móvil.

—Dios mío, se está acercando. ¿Vienen ya? ¿Vienen ya?

Lo dijo dos veces. Nicholas abrió los ojos, dijo «¡Ay!» y vomitó. Le cayó vómito por toda la camisa, y a Emma le cayó un poco en el pelo y a mí en la parte de atrás de los zapatos. Emma soltó un alarido y la señorita Russell le tapó la boca con las manos. Soltó el móvil, que cayó en el vómito que había en el suelo. A través de la puerta oí sirenas. Se me da fenomenal distinguir unas sirenas de otras: de camiones de bomberos, de coches de policía, de ambulancias... Pero se oían tantas en la calle que no pude distinguirlas..., estaban todas mezcladas.

PUM 19 PUM 20 PUM 21

Entre el calor, la humedad y el mal olor empecé a marearme y se me revolvió el estómago. Un instante después, todo quedó en silencio. Dejé de oír los estallidos. Solo oía los llantos y los hipidos en el interior del armario.

Y entonces se oyeron miles de estallidos que sonaban como si estuviesen ahí mismo, muchos de ellos seguidos, y ruidos fuertes como de cosas cayéndose y rompiéndose. La señorita Russell gritó y se tapó los oídos, y nosotros gritamos y nos tapamos los oídos. La puerta del armario se abrió porque solté la pieza metálica, y entró luz y me hizo daño en los ojos. Intenté seguir contando los estallidos, pero eran demasiados. Y de repente ya no hubo más.

El silencio era absoluto, incluso entre nosotros, y nadie movía ni una ceja. Era como si ni siquiera respirásemos. Nos quedamos así mucho tiempo: quietos y callados.

Alguien se acercó a la puerta de la clase. Oímos el picaporte, y la señorita Russell soltó el aire a poquitos, en plan «uh, uh, uh». Llamaron una vez, y después una voz de hombre dijo muy fuerte:

—Hola, ¿hay alguien ahí?

2

Heridas de guerra

—Tranquilos. Ha venido la policía, ya ha acabado todo —dijo la voz fuerte.

La señorita Russell se levantó y se agarró un momento a la puerta del armario, y después dio unos pasos hacia la puerta de la clase, muy despacio, como si se le hubiese olvidado andar y tuviese un hormigueo en las piernas de haber estado sentada sobre ellas, igual que yo. También yo me levanté, y detrás de mí fueron saliendo del armario los demás, lentamente, como si todos tuviésemos que aprender otra vez a usar las piernas.

La señorita Russell abrió la puerta de la clase y entraron montones de policías. Vi más en el pasillo. Una policía abrazó a la señorita Russell, que hacía ruidos muy fuertes como si se estuviese atragantando. Quería quedarme cerca de la señorita, y empecé a tener frío porque estábamos todos por ahí desparramados en vez de apelotonados y calentitos. Con tantos policías me sentía tímido y asustado, así que me agarré a la camisa de la señorita.

—A ver, niños, por favor, acercaos aquí delante —dijo un policía—. Poneos aquí en fila, por favor.

Ahora se oían aún más sirenas al otro lado de la ventana. No veía nada porque las ventanas de nuestra clase están muy altas y no se ve nada a no ser que nos subamos a una silla o a una mesa, y está prohibido. Además, la señorita Russell había bajado las persianas cuando empezaron los estallidos.

Un policía me cogió del hombro y me hizo ponerme en la fila. Él y el otro policía llevaban uniformes con chalecos de esos que frenan las balas, y había otros que llevaban cascos como en las pelis, y todos tenían pistolas muy grandes, no de esas normales que van al cinturón. Entre las pistolas y los cascos daban un poco de miedo, pero eran amables con nosotros:

—¡Venga, campeón, no te preocupes, ya ha terminado todo! Ya no hay peligro.

Y cosas por el estilo. Yo no sabía qué era lo que había terminado, pero no quería salir de la clase, y la señorita Russell no estaba a la cabeza de la fila con el jefe de fila. Seguía apartada a un lado con la mujer policía, haciendo aquellos ruidos como si se estuviese atragantando.

En general, cuando tenemos que formar la fila para salir de clase, nos damos empujones y nos regañan porque la fila no está bien hecha. Esta vez nos quedamos muy quietecitos. Evangeline y Emma y algunos más seguían llorando y tiritando, y nos quedamos todos mirando a la señorita Russell para ver si dejaba de atragantarse.

Se oían muchos ruidos al otro lado de la puerta, y gritos al fondo del pasillo. Me pareció reconocer la voz de Charlie gritando una y otra vez: «¡NO, NO, NO!». Me pregunté por qué gritaría así. ¿Le habría herido el pistolero? Ser vigilante de seguridad de un colegio es un trabajo muy peligroso cuando viene un pistolero.

También se oía a gente llorando y pidiendo ayuda: «Aah, aaah, aaaah»; «¡Herida mortal de necesidad en la cabeza!»; «Hemorragia femoral. ¡Dame un vendaje de presión y un torniquete!». De los *walkie-talkies* que colgaban de los cinturones de los policías salían pitidos y voces de personas que hablaban muy deprisa, y era difícil entenderles.

El *walkie-talkie* del policía que iba en cabeza de la fila hizo *piii* y se oyó: «¡Venga, hay que ir saliendo ya!». El otro policía empezó a empujar a la fila por la cola y nos pusimos todos a andar, pero muy despacio. Nadie quería salir al pasillo, donde seguían oyéndose llantos y gritos de socorro. El policía que iba delante chocaba los cinco con los chavales que se cruzaban con él, y daba la impresión de que

14

estaba bromeando. Yo no le respondí, así que me hizo una especie de caricia en la cabeza.

Nos hicieron seguir por el pasillo hasta la puerta de atrás, donde está la cafetería. Vimos a los demás grupos de primero, y también a las clases de segundo y tercero, caminando en filas como nosotros, con los policías en cabeza. Todo el mundo tenía cara de frío y de miedo. «No os deis la vuelta», decían los policías. «No miréis atrás». Pero yo quería comprobar si, en efecto, había sido Charlie el que había chillado «NO, NO, NO» y si estaba bien. Y quería ver quién estaba gritando ahora.

Casi no pude ver nada porque Ryder estaba justo detrás de mí y es superalto, y detrás de él venían más niños. Pero entre los niños y los policías vi cosas: gente tirada en el suelo del pasillo, rodeada de paramédicos y policías. Y sangre; al menos, eso me pareció. Eran charcos de un rojo muy oscuro o negros, como si hubiese caído pintura por todo el suelo del pasillo y también por las paredes. Y vi a los niños mayores, de cuarto y de quinto, caminando detrás de Ryder con las caras muy blancas, como fantasmas, y algunos iban llorando y tenían manchas de sangre. En la cara y en la ropa.

—¡Que mires al frente! —dijo detrás de mí un policía, esta vez de malas maneras.

Miré inmediatamente al frente; el corazón me latía a mil por hora de la impresión de ver tanta sangre. Ya había visto sangre de verdad otras veces, pero siempre poquita, como cuando me caigo y me sangra la rodilla o algo así, nunca tanta como ahora.

Hubo otros niños que también volvieron la cabeza, y los policías empezaron a gritar: «¡Mirad al frente! ¡No os deis la vuelta!». Pero cuanto más lo decían, más volvían la cabeza, porque veían que otros niños lo hacían. Algunos empezaron a chillar y a andar más deprisa y a chocarse unos con otros y a darse empujones. Cuando llegamos a la puerta de atrás, alguien se chocó conmigo y me di con el hombro en la puerta, que es de metal. Me dolió mucho.

Seguía lloviendo cuando salimos, ahora bastante, y no llevábamos las chaquetas. Nos habíamos dejado todo en el colegio

—las chaquetas, las mochilas, los portalibros y todo lo demás—, pero seguimos andando hasta el patio y salimos por la verja de atrás, que a la hora del recreo siempre está cerrada para que nadie pueda escaparse y no entren desconocidos.

Al salir a la calle ya me sentía mejor. El corazón ya no me latía con tanta fuerza y me daba gusto sentir la lluvia en la cara. Hacía frío, pero me alegré. La gente empezó a ir más despacio, y los gritos, los llantos y los empujones fueron a menos. Era como si la lluvia calmase a todo el mundo, lo mismo que a mí.

Pasamos por el cruce, que estaba lleno de ambulancias, camiones de bomberos y coches de policía, todos con luces que lanzaban destellos intermitentes. Intenté pisar los reflejos de las luces en los charcos y salieron círculos azules, rojos y blancos; se me metió un poco de agua en las deportivas, por los agujeritos de arriba, y se me mojaron los calcetines. Aunque mamá se iba a enfadar cuando viera que me había mojado las deportivas, seguí chapoteando y haciendo más círculos. La mezcla de luces azules, rojas y blancas en los charcos parecía la bandera de Estados Unidos.

Las calles estaban cortadas por camiones y coches. Cada vez llegaban más coches y vi a padres y madres bajándose a todo correr. Busqué a mamá, pero no la vi. La policía se plantó a cada lado del cruce para que pudiéramos seguir andando y no dejaba pasar a los padres y a las madres, que gritaban nombres en forma de pregunta: «¿Eva? ¿Jonas? ¿Jimmy?». Algunos niños contestaron: «¡Mamá! ¿Mami? ¡Papá!».

Me imaginé que estaba en una película, todo lleno de luces y de policías con pistolas enormes y cascos. Era emocionante. Me imaginé que era un soldado que volvía de una batalla y que era un héroe y la gente había venido a recibirme. Me dolía el hombro, pero eso es lo que pasa cuando vas a la guerra. Heridas de guerra. Eso dice papá siempre que me hago daño jugando al *lacrosse* o al fútbol o cuando juego en la calle:

—Heridas de guerra. Los hombres han de tener heridas de guerra. Así se ve que no eres un debilucho.

3

Jesús y los muertos de verdad

Los policías que hacían de jefes de fila nos llevaron a la pequeña iglesia que hay en la calle de detrás del colegio. Al entrar, dejé de
sentirme como un tipo duro y un héroe. Las sensaciones emocionantes se quedaron fuera con los camiones de los bomberos y los
coches patrulla. La iglesia estaba oscura y silenciosa y hacía frío, sobre todo porque a esas alturas estábamos calados por la lluvia.

No vamos mucho a la iglesia, solo hemos ido una vez a una
boda y otra el año pasado, al funeral del tío Chip. No fue en esta
iglesia, sino en una más grande de Nueva Jersey, donde vivía el tío.
Que el tío Chip se muriera fue muy triste, porque además ni siquiera era tan viejo. Era el hermano de papá, y solo un poco mayor que
él, pero aun así se murió porque tenía cáncer. El cáncer es una enfermedad que coge mucha gente, y te puede dar en distintas partes
del cuerpo. A veces te llega a todas las partes; eso es lo que le pasó
al tío Chip, y, como el médico no consiguió que volviese a estar
bien, se fue a un hospital especial al que van las personas que ya no
pueden ponerse bien, y luego se mueren allí.

Fuimos a visitarle al hospital. Pensé que debía de tener mucho
miedo porque seguramente sabría que iba a morirse y que ya no iba
a estar nunca más con su familia. Pero cuando le vimos no parecía
que tuviera miedo, estuvo todo el rato durmiendo. Después de que
le viéramos, ya no se volvió a despertar. Pasó directamente de estar
dormido a estar muerto, así que no creo que ni siquiera se diera

cuenta de que se moría. A veces, cuando me meto en la cama, pienso en eso y me da miedo dormirme, porque ¿y si voy y me muero mientras duermo y ni siquiera me doy cuenta?

Lloré mucho en el funeral del tío Chip, más que nada porque el tío se había ido para siempre y ya no le iba a volver a ver. Los demás también lloraron, sobre todo mamá y Abu y la tía Mary, la mujer del tío Chip. Bueno, en realidad no era su mujer porque no estaban casados, pero de todos modos la llamamos tía Mary porque fueron novios durante muchísimo tiempo, desde antes de nacer yo. Y lloré porque el tío Chip estaba metido en una caja llamada ataúd, al fondo de la iglesia. Debía de estar de lo más apretujado, y pensé que no quería que me metieran nunca en una caja como aquella. El único que no lloró fue papá.

Cuando los policías nos dijeron que nos sentásemos en los bancos de la iglesia, pensé en el tío Chip y en lo triste que fue su funeral. Teníamos que caber todos en los bancos, así que los policías gritaron: «Meteos hasta el fondo. Dejad sitio para todos. Seguid, seguid», y seguimos avanzando hasta que al final nos quedamos todo apelotonados otra vez como en el armario. Había un pasillito entre los bancos de la izquierda y los bancos de la derecha, y varios policías empezaron a formar una fila a cada lado.

Tenía los pies helados. Y quería hacer pis. Intenté pedirle al policía que estaba al lado de mi banco que, por favor, me dejase ir al baño, pero dijo: «Por ahora, todos aquí sentados, campeón», así que traté de aguantar y de no pensar en las ganas que tenía. Pero cuando intentas no pensar en algo, resulta que al final no puedes pensar en otra cosa.

Nicholas estaba arrimado a mi derecha y seguía oliendo a vómito. Vi a la señorita Russell sentada con otros profes en un banco de atrás, y pensé que ojalá pudiera sentarme con ella. Los chicos mayores manchados de sangre también estaban en la parte de atrás, y muchos seguían llorando. Me pregunté por qué, si hasta los más pequeños habían dejado de llorar. Varios profesores y policías y el hombre de la iglesia —supe que era de la iglesia por la camisa negra y el cuello blanco— estaban hablándoles y abrazándoles, y quitándoles la sangre de la cara con pañuelitos de papel.

Al fondo de la iglesia había una mesa grande. Es una mesa especial y se llama altar. En la pared estaba Jesús colgando de una cruz muy grande, como en la iglesia donde se celebró el funeral del tío Chip. Intenté no mirar a Jesús, que tenía los ojos cerrados. Sabía que estaba muerto y que tenía clavos en las manos y en los pies, porque fue así como le mataron hace mucho tiempo a pesar de que era un buen tipo y el hijo de Dios. Mamá me contó esta historia, pero no recuerdo por qué le hicieron eso. Pensé que ojalá no estuviese Jesús allí en medio. Me recordaba a la gente del pasillo y la sangre, y se me ocurrió que quizá también ellos estuviesen muertos... ¡y que entonces había visto muertos de verdad!

Casi todo el mundo estaba callado, y con tanto silencio me volvieron a los oídos los estallidos como un eco rebotando contra las paredes de la iglesia. Sacudí la cabeza para que se me fueran, pero volvían:

PUM PUM PUM

Esperé a ver qué pasaba a continuación. Nicholas tenía la nariz roja y le caía una vela que daba mucho asco. Se la sorbía ruidosamente y le volvía a salir. Estaba frotándose las manos en las piernas, de arriba abajo, como si intentase secárselas, pero tenía los pantalones empapados. No hablaba, y eso sí que no era normal, porque en el cole nos sentamos el uno enfrente del otro en la mesa azul y no paramos de hablar de cosas como los Skylanders, la copa de la FIFA y los cromos que queremos intercambiarnos en el recreo y más tarde en el autobús.

Nos pusimos a coleccionar los cromos incluso antes de que empezase la Copa del Mundo este verano. Nuestros álbumes tienen a todos los jugadores de todos los equipos que juegan en la Copa, así que para cuando empezaron los partidos ya lo sabíamos todo sobre cada equipo, y de esta manera era más divertido verlos. A Nicholas solo le faltaban veinticuatro cromos para completar el álbum y a mí me faltaban treinta y dos, y los dos tenemos un montonazo de repes.

Le susurré a Nicholas:

—¿Has visto la de sangre que había en el pasillo? Parecía de verdad, ¿y a que parecía que había mucha?

Nicholas dijo que sí con la cabeza, pero siguió callado. Era como si se hubiese dejado olvidada la voz en el colegio junto con la chaqueta y la mochila. A veces es muy raro. No hacía más que sorberse los mocos y frotarse las manos en el pantalón mojado, así que dejé de intentar hablar con él y me esforcé por no mirarle la vela. Pero al apartar la vista, los ojos se me fueron derechitos a Jesús, muerto en la cruz; esas eran las dos únicas cosas a las que se me iban los ojos: la vela de Nicholas y Jesús. Mocos, Jesús, mocos, Jesús. Mis pegatinas y el álbum de la FIFA seguían dentro de mi mochila, y empecé a preocuparme por si alguien me los quitaba.

La puerta grande de la parte de atrás de la iglesia se abría y se cerraba con un chirrido muy fuerte, y no dejaba de salir y de entrar gente, sobre todo policías y algunos profesores. No veía a la señora Colaris por ningún sitio ni tampoco a Charlie, así que debían de haberse quedado en el colegio. Después empezaron a llegar padres y madres a la iglesia, y cada vez había más gente y más alboroto. Los padres no se quedaban callados como nosotros, volvían a decir nombres como si fueran preguntas. Lloraban y chillaban cuando encontraban a sus hijos, y trataban de llegar hasta ellos saltando por los bancos, cosa difícil porque estábamos todos muy pegados. Algunos niños intentaron salir de los bancos y volvieron a llorar al ver a su madre o a su padre.

Cada vez que oía un chirrido, me daba la vuelta para ver si era mamá o papá. Estaba deseando que vinieran a por mí y me llevasen a casa para poder cambiarme de ropa y de calcetines y entrar de nuevo en calor.

Llegó el padre de Nicholas. Nicholas pasó por encima de mí, y su padre le cogió por encima de los demás niños del banco.

Después estuvo mucho rato abrazándole, a pesar de que la camisa se le debía de estar manchando de vómito.

Por fin, la puerta se volvió a abrir con un chirrido y entró mamá. Me levanté para que me viese, y luego me dio vergüenza porque vino corriendo y me llamó «mi bebé» delante de todos los niños. Pasé por encima de los demás para llegar hasta ella, y me agarró y me meció y estaba fría y mojada por la lluvia.

Entonces se puso a mirar a su alrededor y dijo:

—Zach, ¿dónde está tu hermano?

4

¿Dónde está tu hermano?

—Zach, ¿dónde está Andy? ¿Dónde se ha sentado?

Mamá se levantó y se puso a mirar alrededor. Yo quería que siguiese abrazándome, y quería contarle lo de los estallidos y lo de la sangre y lo de la gente tirada por el pasillo como muertos de verdad. Quería preguntarle por qué había venido un pistolero y qué le había pasado a la gente que seguía en el colegio. Quería que nos fuésemos de aquella iglesia tan fría, lejos de Jesús y de los clavos que tenía en las manos y en los pies.

No había visto a Andy en todo el día. Después de bajarnos del autobús, en el colegio casi nunca veo a Andy hasta que volvemos a montarnos a la salida, porque no comemos ni salimos al recreo a la misma hora; los chicos mayores siempre salen antes que nosotros. Cuando por casualidad nos vemos en el cole, como, por ejemplo, cuando nuestras clases se cruzan por el pasillo, pasa de mí y hace como que no me conoce y como si ni siquiera fuese su hermano.

Cuando me fui a McKinley al pasar a tercero de infantil, estaba agobiado porque muchos de mis amigos de preescolar se iban a Jefferson y en McKinley conocía a pocos niños. Menos mal que Andy ya estaba allí, en cuarto de primaria. Podría enseñarme dónde estaba todo, y estando él allí no tendría miedo de nada. Mamá le dijo: «Cuida a tu hermano, ¿vale? ¡Ayúdale con lo que haga falta!». Pero no lo hizo. «¡No te acerques, pequeñajo!», me gritaba cuando intentaba hablar con él. Y sus amigos se reían, así que eso hice, no acercarme.

—Zach, ¿dónde está tu hermano? —repitió mamá, y empezó a subir y a bajar por el pasillo de en medio. Intenté seguirla cogido de su mano, pero el pasillo se había llenado de gente que no hacía más que gritar nombres y chocarse con nosotros. Tuve que soltarle la mano porque de tanto agarrarme me dolía el hombro.

Desde que nos bajamos del autobús no había pensado en Andy en todo el día, solo cuando mamá me preguntó por él. No pensé en Andy cuando empezaron los estallidos, ni cuando estábamos escondidos en el armario, ni cuando cruzamos el pasillo y salimos por la puerta de atrás. Intenté recordar si entre las caras que había visto cuando me volví y vi a los niños mayores que venían detrás de mí estaba la de Andy, pero no pude.

Ahora mamá estaba dando la vuelta entera, cada vez más deprisa y moviendo la cabeza de izquierda a derecha. Le di alcance al lado del altar y traté de cogerle otra vez la mano, pero justo en ese momento la subió y le tocó el brazo a un policía. Así que me metí las manos en los bolsillos para calentármelas y me arrimé a ella.

—No encuentro a mi hijo. ¿Están aquí todos los niños? —le preguntó al policía. La voz le sonaba distinta, chillona, y la miré a la cara para ver por qué hablaba así. Tenía puntitos rojos alrededor de los ojos y le temblaban los labios y la barbilla, seguramente porque también ella había terminado calada y fría por la lluvia.

—Dentro de unos minutos van a emitir un comunicado oficial, señora —le dijo el policía a mamá—. Por favor, si tiene un hijo desaparecido, siéntese y espere el comunicado.

—¿Desaparecido...? —dijo mamá, y se dio un manotazo en la coronilla, como si se pegase a sí misma—. ¡Ay, Dios mío! ¡Jesús!

Al oír su nombre, miré a Jesús en la cruz. Justo entonces, empezó a sonar el móvil de mamá. Dio un bote, soltó el bolso y se le cayeron algunas cosas al suelo; se arrodilló y buscó el móvil en el bolso. Me puse a recoger las cosas: papeles, las llaves del coche y un montón de monedas que salieron rodando entre los pies de la gente. Intenté cogerlas todas antes de que alguien las cogiese.

A mamá le temblaban las manos cuando encontró el móvil, como a la señorita Russell en el armario.

—¿Hola? —dijo—. En la iglesia de Lyncroft. Han traído aquí a los niños. ¡Andy no está! Dios mío, Jim, ¡no está en la iglesia! Sí, Zach está aquí conmigo.

Mamá se echó a llorar. Estaba de rodillas frente al altar y parecía que estaba rezando, porque eso es lo que hace la gente cuando reza, arrodillarse. Me puse delante y le di un masaje en el hombro para que dejase de llorar. Se me hizo un nudo muy gordo en la garganta.

Mamá dijo: «Ya, vale, de acuerdo. Sí, lo sé, vale», y después, «Vale, nos vemos ahora», y se metió el móvil en el bolsillo del abrigo, me apretó contra ella y me abrazó demasiado fuerte mientras lloraba con la cara contra mi cuello. Notaba su aliento; me hacía cosquillas, pero a la vez me daba gustito porque estaba caliente y yo cada vez tenía más frío.

Quería quedarme quieto y pegadito a mamá mientras me abrazaba, pero no tuve más remedio que dar saltitos porque seguía con ganas de hacer pis.

—Mamá, tengo que ir al baño —dije.

Mamá se apartó de mí y se levantó.

—Tesoro, ahora no. Vamos a sentarnos en algún sitio hasta que llegue papá y den el comunicado.

Pero no había dónde sentarse con tantos niños en los bancos, así que nos fuimos a un lado de la iglesia y mamá apoyó la espalda en la pared y me estrujó la mano. Yo no dejaba de dar saltitos y me puse de puntillas intentando mantener el equilibrio, porque me dolía mucho la pilila de las ganas. Tenía miedo de mearme encima. Vaya corte, como me mease allí delante de todo el mundo.

El móvil de mamá empezó a sonar otra vez en su bolsillo. Mamá lo cogió, me dijo: «Es Mimi» y respondió.

—¡Hola, mamá! —Nada más decirlo se echó a llorar de nuevo—. Estoy aquí, con Zach... Está bien, sí. Pero Andy no está, mamá. No, no está aquí, no le veo por ningún lado... Todavía no nos han dicho nada... Han dicho que van a dar un comunicado pronto.

Tenía el móvil muy apretado contra la oreja; tanto que los nudillos se le habían puesto blancos. Escuchó lo que le decía Mimi mientras expresaba que sí con la cabeza; le caían lágrimas por las mejillas.

—Vale, mamá. Estoy desquiciada. No sé qué hacer... Ahora viene, está de camino. No, no vengas aún. Creo que ahora solo están dejando entrar a los padres. Vale, descuida, te llamaré. Vale, yo también te quiero.

Eché un vistazo a los bancos y los recorrí con la mirada como cuando haces una sopa de letras y buscas la primera letra de una palabra. Por ejemplo, si buscas la palabra «piña», intentas encontrar todas las «p», y luego, cuando encuentras una, miras a ver si hay una «i» a cada lado de la «p», y así es como encuentras la palabra entera. De manera que moví los ojos de izquierda a derecha por si al final resultaba que Andy estaba en uno de los bancos. A lo mejor no le habíamos visto antes, y si estaba podríamos cogerle y salir de allí y volver a casa. Mis ojos buscaban y seguían buscando, de izquierda a derecha y de derecha a izquierda, pero era verdad que Andy no estaba en ningún sitio.

Empecé a cansarme y no quería seguir de pie. Al cabo de un rato muy largo, la puerta grande se abrió con un chirrido y entró papá. Tenía el pelo mojado y pegado a la frente, y la ropa chorreando. Tardó un rato en abrirse paso entre la gente y llegar hasta nosotros. Cuando lo consiguió, nos dio abrazos mojados y mamá se puso a llorar otra vez.

—Vas a ver como no pasa nada, cariño —dijo papá—. Seguro que no les cabían todos los niños aquí. Vamos a esperar. Al entrar he oído que estaban a punto de dar un comunicado.

Y entonces, el policía con el que había hablado mamá se puso enfrente del altar y dijo:

—¡Atención, atención! ¡Por favor, silencio! —Y tuvo que gritar varias veces «¡Por favor, silencio!» porque la gente no paraba de llorar, llamar y dar gritos, y nadie se había dado cuenta de que estaba hablando.

Por fin se callaron todos, y el policía se puso a soltar un discurso:

—Señoras, señores, hemos traído a la iglesia a todos los niños que han salido ilesos. Aquellos de ustedes que hayan encontrado a sus hijos hagan el favor de salir lo antes posible de la iglesia para que podamos organizar esto un poco y facilitarles las cosas a los padres que van llegando. Si no localizan a sus hijos aquí en la iglesia, sepan que los niños heridos están siendo llevados al hospital West-Medical. Lamento informarles de que ha habido víctimas mortales, todavía no sabemos cuántas, y que permanecerán en el lugar de los hechos mientras se lleva a cabo la investigación.

Cuando dijo «víctimas mortales» (yo no sabía lo que significaba), un sonido muy fuerte recorrió la iglesia, como si todo el mundo hubiese dicho «Ooooh» al mismo tiempo. El policía siguió hablando:

—Todavía no disponemos de una lista de los heridos y de las víctimas mortales, de modo que, si no localizan a sus hijos, por favor diríjanse al hospital y consulten con el personal sanitario. En estos momentos están elaborando una lista de los pacientes ingresados. El criminal ha muerto en un enfrentamiento con la policía de Wake Gardens, y creemos que actuó en solitario. La comunidad de Wake Gardens ya no está en peligro. Por ahora, no hay nada más que decir. Estamos preparando una línea directa de apoyo, y en breve se colgará toda la información en las páginas web del colegio McKinley y de Wake Gardens.

Una vez que terminó de hablar, hubo unos instantes de silencio y a continuación una especie de explosión de ruido. Todos le llamaban y le hacían preguntas. No entendí bien lo que había dicho el policía, solo que al criminal le habían matado, y me dije que era una buena noticia porque así no podría matar a nadie más. Pero cuando miré a mamá y a papá no me pareció tan buena, porque tenían las caras completamente arrugadas y mamá estaba llorando mucho. Papá dijo:

—Bueno, pues eso es que está en el hospital.

Yo ya había ido al hospital West-Medical una vez, cuando tenía cuatro años y me entró alergia a los cacahuetes. No me acuerdo de nada, pero mamá se asustó mucho. Casi dejé de respirar porque se me hincharon la cara, la boca y la garganta. En el hospital tuvieron que darme una medicina para que pudiera volver a respirar. Ahora ya nunca voy a poder comer nada que tenga cacahuetes, y en el comedor me toca sentarme en la mesa de los niños alérgicos a los frutos secos.

Mamá también tuvo que llevar a Andy al West-Medical el verano pasado, porque cogió la bici sin casco (lo tenemos prohibidísimo) y se cayó de cabeza. Le sangraba la frente y tuvieron que darle puntos.

—Melissa, cariño, tenemos que mantener la calma —le dijo papá a mamá—. Coge a Zach y vete a buscar a Andy al hospital. Llámame cuando llegues. Yo voy a llamar a mi madre y a la tuya para decírselo, y me quedo aquí por si... por si acaso...

«Por si acaso ¿qué?», pensé, pero mamá me agarró la mano y tiró de mí, y salimos de la iglesia. Fuera, había gente por todas partes, en la acera y en medio de la calle, y vi unas furgonetas con unos platos de sopa muy grandes en el techo. Las luces me parpadeaban en la cara.

—Vámonos de aquí —dijo mamá, y nos fuimos.

5

Día sin normas

—Todo va a salir bien, Zach, ¿me oyes? Todo va a salir bien. Cuando lleguemos al hospital encontraremos a Andy y se acabará esta pesadilla, ¿vale, mi niño?

Mamá no paraba de repetir las mismas cosas en el coche, pero no me parecía que me estuviese hablando a mí porque, cuando le dije: «Mamá, cuando lleguemos tengo que ir al baño como sea», no me respondió. Estaba inclinada sobre el volante y tenía los ojos clavados en el parabrisas, pues seguía lloviendo a cántaros. Los limpiaparabrisas se movían a velocidad de vértigo, esa que hace que te marees cuando intentas seguirlos con la mirada, y que para que no te entren ganas de vomitar tienes que intentar mirar al frente sin fijarte en ellos. A pesar de lo rápido que iban, era difícil ver algo. Cuando llegamos a la calle del hospital, había tráfico por todas partes.

—Mierda, mierda, mierda —dijo mamá.

Era el día de las palabrotas. Joder, estúpido, mierda, Jesús. «Jesús» en realidad no es una palabrota, es un nombre, pero a veces la gente lo dice como si fuera una palabrota. Se oían pitidos muy fuertes. La gente tenía las ventanillas bajadas a pesar de que estaba lloviendo, y debía de estar entrándoles agua. Se gritaban unos a otros que dejasen paso de una puta vez.

La última vez que fuimos al hospital, cuando Andy se cayó de la bici, había un aparcacoches, o sea, que puedes bajarte del coche con el motor en marcha y las llaves puestas y el señor va y te lo aparca. Y cuando vuelves, le das el tique y él va y saca el coche de donde lo aparcó. Esta vez no había ningún aparcacoches, pero sí como mil coches delante de nosotros. Mamá se puso a llorar otra vez y a tamborilear en el volante mientras decía: «¿Qué hacemos ahora? ¿Qué hacemos ahora?».

El móvil de mamá empezó a sonar muy alto. Supe que era papá porque en el nuevo GMC Acadia de mamá, delante, donde está la radio, se ve quién llama, y si le das al botón *Aceptar* se oye la voz en todo el coche y mola. En el coche de antes no teníamos esto.

—¿Estás ahí? —oímos decir a papá.

—Ni siquiera puedo acercarme al hospital —dijo mamá—. No sé qué hacer, hay coches por todas partes. Voy a tardar siglos en llegar al *parking*, y luego a ver si queda algún hueco. Joder, Jim, no puedo más, ¡tengo que entrar ya!

—Bueno, nena, olvídate de encontrar sitio en el *parking*. Seguro que hay un follón enorme. Maldita sea, debería haberte acompañado. Es que pensé que... —y se callaron los dos y se hizo un silencio en el coche—. Déjalo donde sea, Melissa. No importa. Deja el coche y vete andando.

Mucha gente debía de estar haciendo lo mismo, dejar el coche tirado, porque cuando miré por la ventanilla vi coches aparcados por todas partes, hasta en los carriles bici y en las aceras. Está prohibido por la ley, y si te pillan, viene la grúa y se lleva tu coche.

Mamá se subió a la acera y paró el motor. «Vamos», dijo, y me abrió la puerta. Vi que había dejado la parte trasera medio metida en la calzada, y los coches que teníamos detrás empezaron a pitar, aunque a mí me parecía que tenían sitio de sobra para pasar.

—¡Joder, cállate ya! —chilló mamá. La lista de las palabrotas iba creciendo.

—Mami, ¿y si viene la grúa y se lleva nuestro coche?

—Da igual. Vamos a andar deprisa, por favor.

Me puse a andar superrápido porque mamá tiraba de mi mano con fuerza. Al andar se me escapó un poco de pis. No pude evitarlo, se me escapó. Al principio solo un poco, y luego todo. Me dio gustito y se me calentaron las piernas. Si daba lo mismo que una grúa se fuera a llevar nuestro coche, pensé que también daría lo mismo que se me manchase de pis el pantalón. Era un día con normas diferentes o sin normas. Nos estábamos calando otra vez, así que en cualquier caso lo más probable era que la lluvia se llevase casi todo el pis.

Fuimos andando ni más ni menos que por la calzada, entre los coches parados. Me dolían los oídos de tanto bocinazo. Después cruzamos unas puertas automáticas en las que ponía *Urgencias*. Ahora podríamos encontrar a Andy y ver qué le había pasado y si hacía falta que le dieran puntos como la otra vez o qué.

Dentro estaba todo igual que fuera, solo que había personas en vez de coches. En la sala de espera había gente por todas partes. Se amontonaban enfrente de un mostrador que tenía un letrero que decía *Ingresos*. Todo el mundo hablaba a la vez a las dos mujeres que estaban detrás del mostrador. Al otro lado de la sala había un policía hablando con un grupo de gente, y mamá se acercó a él para oír lo que decía:

—Todavía no podemos dejar pasar a nadie. Estamos elaborando una lista de pacientes. Hay muchos heridos, y lo principal ahora es atenderlos.

Varias personas intentaron decirle algo al policía, que levantó las manos como para bloquear sus palabras.

—En cuanto las cosas se calmen un poco, iremos dando información a los familiares de los heridos que hemos podido identificar. Empezaremos por ahí. Les insisto en que tengan paciencia. Miren, sé que es difícil, pero vamos a intentar que los doctores y el personal sanitario cumplan con su tarea.

La gente empezó a sentarse por todas partes. Cuando ya no quedaban asientos libres, se sentaron en el suelo, arrimándose a las paredes. Nos acercamos a una pared en la que había un televisor muy grande. Vi a la madre de Ricky sentada en el suelo debajo de la tele. Ricky está en quinto, como Andy, y vive cerca de nosotros, así que vamos en el mismo autobús. Andy y Ricky eran amigos, pero en verano se pelearon, y no con palabras, sino a puñetazos, y después papá llevó a Andy a casa de Ricky a que le pidiera perdón.

La madre de Ricky levantó la mirada y, al vernos, volvió a bajarla muy deprisa. Lo mismo seguía enfadada por lo de la pelea. Mamá se sentó al lado de la madre de Ricky y dijo:

—Hola, Nancy.

La madre de Ricky miró a mamá y respondió:

—Ah, hola, Melissa. —Como si no nos hubiese visto antes de que mamá se sentase. Pero yo sabía que sí que nos había visto. Después volvió a clavar la vista en las rodillas, y las dos se quedaron calladas.

Me senté al lado de mamá y traté de ver la tele, pero como estaba justo encima de nosotros tenía que girar demasiado la cabeza, y aun así solo veía parte de las imágenes. Habían quitado el sonido, pero vi que estaban puestas las noticias y que salía McKinley, con los camiones de bomberos, los coches de policía y las ambulancias enfrente. Debajo de las imágenes salían palabras, pero desde donde estaba no pude leerlas porque tenía que volver demasiado la cabeza y además iban demasiado deprisa. Me empezó a doler el cuello y dejé de mirar hacia el televisor.

Estuvimos mucho rato sentados en el suelo, tanto que ya ni siquiera tenía la ropa mojada, se me estaba empezando a secar. Me rugían las tripas. Había pasado mucho tiempo desde la comida y ni siquiera me había comido el bocadillo, solo la manzana. Mamá me dio dos dólares para que cogiera algo de la máquina que había al lado de los servicios. Que cogiera lo que quisiera, dijo, así que metí los dos dólares y le di al botón de los Cheetos. Es comida basura y, en general, la comida basura está prohibida, pero era el día sin normas...

Se abrió la puerta del fondo en la que ponía *Prohibido el paso* y salieron dos enfermeras con camisa y pantalón verde. Todo el mundo se puso de pie a la vez. Las enfermeras llevaban unos papeles y empezaron a leer nombres: «Familia de Ella O'Neill, familia de Julia Smith, familia de Danny Romero...». Varias personas de la sala de espera se levantaron, se acercaron a las enfermeras y cruzaron la puerta de prohibido el paso con ellas.

Las enfermeras no dijeron «Familia de Andy Taylor», y mamá se dejó caer, se abrazó las rodillas y apoyó la cabeza en los brazos como si quisiera esconder la cara. Volví a sentarme a su lado y me puse a frotarle el brazo. Parecía que le temblaban los brazos, y abría y cerraba las manos apretando los puños.

—Pinta mal que no nos hayan llamado a estas alturas —dijo la madre de Ricky—. Si no, ya sabríamos algo.

Mamá no dijo nada, simplemente siguió abriendo y cerrando los puños.

Seguimos esperando mientras las enfermeras salían a decir nombres y otras personas se levantaban y cruzaban la puerta con el letrero de *Prohibido el paso*. Cada vez que salía una enfermera, mamá levantaba la cabeza y la miraba con los ojos muy abiertos, arrugando la frente. Cuando decían un nombre, pero no el de Andy, soltaba el aliento muy deprisa y volvía a apoyar la cabeza en los brazos, y yo le frotaba un poco más el brazo.

De vez en cuando, las puertas automáticas se abrían y salía y entraba gente. Se veía la calle, estaba anocheciendo, así que llevábamos mucho tiempo en el hospital y debía de ser ya la hora de cenar. Por lo visto, en el día sin normas me iban a dejar acostarme tarde.

No quedaba casi nadie en la sala de espera, solo mamá, la madre de Ricky y yo, y en las sillas y al lado de las máquinas expendedoras, unas cuantas personas. Todavía había dos o tres policías, y estaban hablando entre ellos con las cabezas agachadas. Aunque ahora había un montón de sillas vacías, no nos levantamos para sentarnos en ellas, y eso que me dolía el culo de tanto estar en el suelo.

Entonces se abrieron otra vez las puertas automáticas y entró papá. Me puse muy contento al verle. Empecé a levantarme para ir hacia él, pero inmediatamente volví a sentarme porque le vi la cara y no se parecía en nada a su cara de siempre. Sentí que el estómago me daba una voltereta como cuando me pongo nervioso, pero no estaba nervioso, solo muerto de miedo.

6

Aullidos de hombre lobo

La cara de papá estaba como gris, y tenía la boca rara, con el labio de abajo estirado de manera que se le veían los dientes. Dijo que no con la cabeza al ver que empezaba a levantarme. Se quedó al lado de las puertas automáticas mirándonos a mí, que estaba pegado a mamá, y a mamá, que estaba al lado de la madre de Ricky. No me moví. Yo también le miraba a él, porque no sabía por qué tenía esa cara y por qué no se acercaba a nosotros.

Tardó muchísimo en dar un paso, y cuando lo hizo echó a andar muy despacio, como si no quisiera llegar hasta donde estábamos. Volvió la cabeza varias veces; quizá quería comprobar cuánto se iba alejando de las puertas. De repente, tuve la sensación de que no me apetecía nada que se nos acercase porque cuando lo hiciera las cosas se iban a poner más feas.

Al ver a papá, la madre de Ricky hizo un ruido como si soltase mucho aire por la boca. Esto hizo que mamá levantase la cabeza de los brazos. Miró hacia arriba y por un segundo se quedó mirando la cara de papá, tan rara, y él se detuvo. Después, en efecto, las cosas se pusieron más feas. Yo tenía razón.

Al principio, los ojos de mamá se abrieron como platos, y después empezó a temblarle todo el cuerpo y se puso como loca. Gritó:

—¿Jim? ¡Ay, Dios mío, no no no no no no no no no!

Cada «no» lo decía más alto que el anterior y yo no sabía por qué gritaba tanto de repente. ¿Estaría enfadada porque papá se

33

había ido de la iglesia, porque tenía que haberse quedado esperando allí, por si acaso? La gente que quedaba en la sala de espera nos estaba mirando.

Mamá intentó levantarse, pero volvió a caerse de rodillas. Soltó un «Aaaauuuuuuuu» muy fuerte, y no parecía un sonido que pudiese venir de una persona, sino más bien de un animal, como de un hombre lobo cuando ve la luna.

Papá recorrió el trecho que le separaba de nosotros y también se arrodilló. Trató de abrazar a mamá, pero mamá empezó a pegarle y a chillar «No no no no no no no no» otra vez, conque sí que estaba enfadada con él.

Me di cuenta de que papá estaba dolido porque no paraba de decir: «¡Lo siento, cariño, lo siento, lo siento!». Pero mamá no paraba de pegarle, y él la dejaba a pesar de que todo el mundo los miraba. Quería que a mamá se le pasase el enfado y que dejase de pegar a papá. En cambio, enloqueció todavía más y se puso a chillar. Gritó mil veces el nombre de Andy, y tan alto que tuve que taparme los oídos con las manos. Aquel día todo eran ruidos demasiado fuertes para mis oídos.

Mamá lloraba y chillaba y seguía diciendo «Aaaauuuuuuuuu». Al cabo de mucho tiempo se dejó abrazar por papá y ya no le pegó más, así que a lo mejor se le había pasado el enfado. De repente se puso de cara a la pared y empezó a vomitar. Allí en medio, donde todo el mundo la veía. Le salió un montón de vómito y hacía unos ruidos asquerosos. Papá estaba de rodillas a su lado, acariciándole la espalda, y parecía como si estuviese asustado y como si también él fuese a vomitar, seguramente por ver a mamá.

Pero papá no vomitó. Me tendió la mano, se la cogí y nos quedamos allí sentados de la mano, y traté de no mirar a mamá. Había dejado de vomitar y ya no gritaba. Estaba tirada en el suelo con los ojos cerrados y el cuerpo hecho una bola, abrazándose las rodillas y llorando a mares.

Vino una enfermera, y tuve que apartarme para que pudiese atender a mamá. Volví a pegarme a la pared, debajo de la tele. Papá se arrimó a mí y apoyó la espalda contra la pared. Me pasó el brazo por el hombro y vimos cómo la enfermera se encargaba de mamá.

Por la puerta de prohibido el paso entró otra enfermera con una bolsa. Clavó una aguja en el brazo de mamá; debió de dolerle, pero ni siquiera se movió. La aguja salía de un tubo de plástico que iba unido a una bolsa llena de agua que la enfermera sostenía por encima de su cabeza. Después vino un hombre con una cama con ruedas, y bajó la cama hasta el suelo. Entre las dos enfermeras pusieron a mamá en la cama, volvieron a subirla y empezaron a empujarla hacia la puerta de prohibido el paso. Me levanté para irme con mamá, pero una de las enfermeras levantó la mano y dijo:

—Por ahora tienes que quedarte aquí, corazón.

La puerta se cerró y mamá desapareció. Papá me puso la mano en el hombro y dijo:

—Tienen que llevarse a mamá para ayudarla. Para que se sienta mejor. Lo está pasando muy mal y necesita ayuda. ¿De acuerdo?

—¿Por qué se ha enfadado tanto contigo?

—No, peque, no está enfadada conmigo. Tengo que... tengo que decirte una cosa, Zach. Venga, vamos un rato fuera a tomar el aire. Tengo que darte una noticia, y es muy mala. ¿Vale? Ven conmigo.

7

Las lágrimas del cielo

Andy estaba muerto. Esa fue la noticia que me dio papá a la puerta del hospital. Seguía lloviendo. No había dejado de llover en todo el día. Las gotas me recordaban todas las lágrimas que había visto, y era como si el cielo estuviese llorando con mamá y con el resto de las personas a las que había visto llorar aquel día.

—Tu hermano ha muerto en el tiroteo, Zach —dijo papá. La voz le sonaba muy rasposa. Estábamos juntos los dos bajo el cielo que lloraba, y en mi cabeza giraban sin parar las mismas palabras: «Andy está muerto. Le han matado en el tiroteo. Andy está muerto. Le han matado en el tiroteo».

Ahora ya sabía por qué mamá se había puesto como una loca cuando entró papá: porque sabía que Andy estaba muerto. Yo era el único que no lo sabía. Ahora yo también lo sabía, pero no me puse como un loco, ni tampoco me puse a llorar ni a chillar como mamá. Simplemente, me quedé esperando mientras las palabras daban vueltas en mi cabeza, y era como si mi cuerpo no fuera el de siempre, como si me pesara mucho.

Entonces papá dijo que mejor que volviésemos para ver qué tal estaba mamá. Entramos despacito, me costaba andar porque me pesaban las piernas. La gente de la sala de espera se nos quedó mirando. En sus caras vi que les dábamos mucha pena, así que ellos también sabían que Andy estaba muerto.

Fuimos a recepción.

—¿Puede decirme algo de Melissa Taylor? —le dijo papá a una de las mujeres que estaban detrás del mostrador.

—Voy a ver —dijo la mujer, y cruzó la puerta de prohibido el paso. De repente, la madre de Ricky estaba a nuestro lado.

—¿Jim? —le dijo a papá. Le puso la mano en el brazo, y papá pegó un bote como si le quemase o yo qué sé qué. La madre de Ricky apartó la mano y se quedó mirando a papá.

—Jim, por favor. ¿Qué hay de Ricky? ¿Has preguntado por Ricky?

Me acordé de que Ricky no tiene padre; mejor dicho, tenía padre, pero se fue a vivir a otro sitio cuando Ricky era un bebé. Así que su padre no podía quedarse esperando en la iglesia por si acaso, y ahora la madre de Ricky no sabía si Ricky estaba vivo o muerto o qué.

—Lo siento. No... no sé —dijo papá, y se apartó un poco más sin quitarle ojo a la puerta prohibida. Entonces se abrió la puerta y la mujer del mostrador la sujetó y nos hizo una seña para que pasáramos.

—Ahora cuando pase intentaré enterarme de algo, ¿vale? —le dijo papá a la madre de Ricky, y entramos.

Seguimos a la mujer por un pasillo largo hasta que llegamos a la sala grande que recordaba de la vez que fuimos con Andy; tiene todo un lado lleno de habitacioncitas sin paredes, separadas solo por cortinas. Una de las habitacioncitas tenía la cortina descorrida y vi a una niña de McKinley; está en cuarto, no sé cómo se llama. Estaba sentada en una cama con ruedas y tenía una venda blanca muy grande alrededor del brazo.

La mujer nos llevó a la habitacioncita en la que estaba mamá. Estaba tumbada en una cama, tapada con una sábana blanca, y tenía la cara igual de blanca que la sábana. La bolsa con el agua estaba colgada de un soporte metálico, y el cordón de plástico estaba pegado al brazo de mamá con una tirita muy grande. Mamá tenía los ojos cerrados y la cabeza vuelta hacia el otro lado. Parecía de mentirijillas, una muñeca, no una persona de verdad, y me dio miedo.

37

Papá se acercó a la cama y le tocó la cara. Mamá ni se movió. No movió la cabeza, y no abrió los ojos.

Había dos sillas al lado de la cama, y nos sentamos. La mujer dijo que el médico vendría enseguida, y al salir corrió una cortina que había delante de la puerta. Mientras esperábamos, me puse a mirar las gotas de agua que iban cayendo de la bolsa al tubo y de ahí al brazo de mamá. Parecían gotas de lluvia o lágrimas, y era como si la bolsa le estuviese devolviendo a mamá todas las lágrimas que había derramado antes. Ahora, la única que lloraba era la bolsa.

Sonó el móvil en el bolsillo de papá, pero no lo cogió. Por lo general, papá siempre responde por si le llaman del trabajo, pero esta vez lo dejó sonar hasta que paró, y al cabo de un ratito empezó de nuevo. Papá se estaba mirando las manos, que eran lo único que se movía de su cuerpo. Primero se tiró de los dedos de la mano derecha con la mano izquierda, y luego se tiró de los dedos de la izquierda con la derecha, y así una y otra vez. Me puse a imitar a papá y me tiré de los dedos a la vez que él. Tenía que concentrarme en hacerlo al mismo tiempo, y de esta manera dejé de pensar en que mamá estaba allí tumbada como una muñeca de mentirijillas. Como papá seguía un orden, sabía lo que tocaba hacer, y eso me ayudaba. Lo que quería era quedarme mucho tiempo allí sentado con papá, tirándome de los dedos.

Pero entonces se abrió la cortina y entró un médico. Se puso a hablar con papá, así que dejamos de hacer lo de los dedos.

—Le acompaño en el sentimiento —le dijo el médico a papá. Papá parpadeó varias veces, pero no dijo nada, de modo que el médico siguió hablando—. Su mujer está en estado de *shock*. Hemos tenido que sedarla y la dejaremos aquí esta noche. En cuanto se calmen un poco las cosas, le buscaremos una habitación. Está muy sedada, dudo que vaya a despertarse esta noche. Lo mejor será que volvamos a vernos por la mañana y valoremos su estado. ¿Por qué no se va a casa y... y trata de descansar un poco?

Papá seguía sin hablar, solo miraba al médico. Puede que no le entendiera. Después volvió a mirarse las manos como si le sorprendiera que estuvieran quietas.

—¿Señor? ¿Hay alguien que pueda llevarles a casa? —dijo el médico, y papá reaccionó y dijo:

—No. Nos... nos vamos. No hace falta que nos lleve nadie.

La cortina volvió a abrirse y apareció Mimi, que estaba allí de pie como congelada, agarrándose a la tela. Se quedó un buen rato mirando a papá con los ojos abiertos como platos, después me miró a mí y por último vio a mamá tumbada en la cama como una muñeca de mentirijillas. La cara se le empezó a arrugar como un trozo de papel. Abrió la boca como si fuese a decir algo, pero lo único que le salió fue un «oh» muy bajito. Dio un paso hacia papá, y papá se levantó como a cámara lenta. Lo mismo a él también le pesaba el cuerpo.

Mimi y papá se dieron un abrazo muy fuerte; Mimi sollozaba ruidosamente con la cara hundida en la chaqueta de papá. El médico y la enfermera estaban a su lado, con la mirada clavada en los pies. Llevaban esos zuecos verdes típicos de los hospitales.

Después de un rato, Mimi y papá terminaron de abrazarse. Mimi seguía llorando, y se acercó a mí y me rodeó con sus brazos. Me apretó contra su tripa. Estaba blandita y calentita, y se me hizo un nudo en la garganta. Mimi me besó en la coronilla y, con la boca entre mi pelo, susurró:

—Zach, mi cielo, mi tesoro. Mi niño, mi pobrecito niño.

Después me soltó. No quería que me soltase, quería seguir abrazándola, sentir su calor y oler su jersey, que olía a recién lavado.

Pero Mimi se apartó y se dirigió hacia mamá. Le retiró un poco de pelo de la cara.

—Esta noche me quedo yo, Jim —dijo en voz baja, y las lágrimas seguían cayendo, cayendo.

Papá hizo un ruidito con la garganta y dijo:

—Vale. Gracias, Roberta. —Me cogió la mano y me dijo—: Vámonos a casa, Zach.

Pero yo no me quería ir. No quería volver a casa sin mamá, así que me agarré al borde de la cama.

—¡No! —Lo dije muy alto y me sorprendió—. No. Quiero estar con mamá. ¡Quiero quedarme aquí con mamá! —Me salió voz de bebé, pero me daba igual.

—Por favor, Zach, no sigas —dijo papá con voz muy cansada—. Por favor, vámonos a casa. Mamá está bien, solo necesita dormir. Mimi se va a quedar aquí y la va a cuidar.

—Sí, tesoro, te lo prometo. Me quedo aquí con mamá.

—Yo también quiero quedarme —y otra vez lo dije muy alto.

—Mañana vendremos a verla. Te lo prometo. Deja de gritar, por favor —dijo papá.

—¡Pero es que me tiene que dar las buenas noches! ¡Tenemos que cantar nuestra canción!

Todas las noches, a la hora de acostarme, mamá y yo cantamos una canción. Siempre es la misma. Es nuestra tradición, y es la canción que Mimi se inventó cuando mamá era un bebé, y luego mamá nos la cantó a Andy y a mí cuando éramos bebés. Suena igual que *Frère Jaques,* pero con otra letra que nos hemos inventado. Hay que cambiar el nombre por el de la persona a la que se la cantas. A mí mamá me la canta así:

Zachary Taylor,
Zachary Taylor,
eres mi amor,
eres mi amor.
Mira qué eres guapo,
mira que te quiero,
sí, señor,
sí, señor.

A veces mamá cambia las palabras y la canta así: «Vaya tufo sueltas, aun así te quiero...», y yo me parto y me mondo, pero al final siempre tiene que cantarla bien para que me pueda dormir.

Ahora se iba a quedar en el hospital y no iba a estar conmigo en casa a la hora de acostarme.

—Hazme el fa... Venga, vale, ¿la quieres cantar ahora? —preguntó papá, pero lo dijo como si le pareciese una estupidez. Dije que sí con la cabeza, pero en realidad no quería cantar con papá, Mimi, el médico y la enfermera mirándome, así que seguí agarrándome a la cama de mamá hasta que vino papá y me obligó a soltarme.

Papá me cogió en brazos y cruzamos de nuevo la sala grande y el pasillo, pasamos a la sala de espera y salimos por las puertas automáticas; otra vez bajo la lluvia. Me llevó hasta su coche, que estaba muy lejos del hospital pero bien aparcado, para que no se lo llevase la grúa. Me pregunté si la grúa se habría llevado el coche de mamá y cómo se las iba a apañar para volver a casa sin él.

Papá abrió la puerta del coche y vimos el jersey de Andy en el asiento de atrás. Era el jersey que había llevado al entrenamiento de *lacrosse* la tarde anterior; se lo había quitado nada más subirnos al coche. Papá lo cogió y se sentó en el asiento del conductor. Después hundió la cara en el jersey y estuvo así un buen rato. Era como si su cuerpo entero estuviese temblando y llorando, y se mecía hacia atrás y hacia delante, pero no hacía ningún ruido.

Me quedé muy quieto en el asiento de atrás viendo caer las gotas de lluvia sobre el techo solar, viendo llorar al cielo sobre el coche. Al cabo de un rato, papá dejó el jersey sobre sus rodillas y se secó la cara con la mano.

—Ahora nos toca ser fuertes, Zach. Tenemos que ser fuertes por mamá. ¿Vale?

—Vale —dije, y volvimos a casa bajo las lágrimas del cielo, papá y yo solos.

8

El último martes normal

Papá se puso a dar vueltas por la casa. Yo iba detrás, dejando huellas mojadas en el suelo con los calcetines. Papá encendió las luces de todas las habitaciones, lo contrario de lo que suele hacer, que es apagarlas todas porque la luz consume electricidad y la electricidad cuesta mucho dinero.

—Tengo hambre —dije, y papá dijo «Vale». Fuimos a la cocina, pero se quedó allí plantado mirando a su alrededor como si estuviese en la cocina de otro y no supiera dónde estaban las cosas. Oí que le volvía a sonar el móvil en el bolsillo, pero tampoco lo cogió esa vez. Abrió la nevera y estuvo un rato rebuscando hasta que sacó la leche.

—¿Qué tal unos cereales?

—Vale —dije, porque cuando está mamá nunca me dejan cenar cereales.

Nos sentamos en los taburetes de la barra de la cocina y comimos Honey Bunches, mis cereales favoritos. Eché un vistazo al calendario familiar que había en la pared. Es el calendario grande de mamá, y cada miembro de la familia tiene una fila con su nombre escrito a la izquierda y las actividades de la semana al lado del nombre. Así mamá puede mirarlo por la mañana y recordar lo que nos toca ese día a cada uno.

En mi fila del calendario hay poca cosa; solo piano el miércoles y *lacrosse* el sábado. Me pregunté si el señor Bernard habría

42

venido hoy a darme clase a las cuatro y media y se habría encontrado con que nadie le abría la puerta porque habíamos pasado el día entero en el hospital.

La fila de Andy tiene algo prácticamente todos los días. Le dejan hacer muchas más cosas porque es más mayor, y además es mejor que esté ocupado con actividades. Ayer, martes, le tocaba *lacrosse*, y aunque solo hacía un día de eso, me parecía como si hubiesen pasado siglos, lo menos un mes.

El día anterior habíamos hecho todas las cosas que hacemos cada martes porque no sabíamos que al día siguiente iba a venir un pistolero. Algunos martes papá vuelve pronto del trabajo para ir al entrenamiento de *lacrosse* de Andy. Trabaja en Nueva York, donde vivíamos cuando yo era pequeño, pero después nos mudamos a esta casa porque es más grande, y además mamá dice que Nueva York no es una ciudad segura para los niños. Y encima aquí podíamos tener una casa entera, en vez de un apartamento.

La oficina de papá está en el edificio MetLife, que mola mucho porque debajo hay una estación de tren. El año pasado se hizo socio de su empresa, y lo celebramos con una fiesta. Pero a mí no me parece que sea como para celebrarlo, porque ahora papá se queda trabajando hasta las tantas y entre semana ni siquiera le veo, solo los fines de semana. Por la mañana se va antes de que me despierte, y para cuando vuelve a casa yo ya me he ido a la cama. A Andy le dejan quedarse más tarde que a mí, porque me saca tres años y medio, así que a veces ve a papá antes de acostarse. No es justo.

Este verano acompañé una vez a papá a su oficina porque mamá tenía que llevar a Andy al médico. Estaba loco por ir, y encima era la primera vez que iba a pasar el día entero con papá. Además, papá me habló de ese despacho nuevo tan chulo que tiene, con ventanas a dos lados y vistas al Empire State Building. Me moría de ganas de verlo, y hasta me llevé mis prismáticos para ver el centro de la ciudad.

Pero resulta que al final casi no estuve con papá en su oficina nueva porque tuvo que ir a un montón de reuniones a las que no me dejaban ir. Tuve que quedarme con Angela casi todo el rato.

Angela es la ayudante de papá, y es muy maja. Me llevó a comer a Grand Central (así se llama la estación de ferrocarril que hay debajo de la oficina), que tiene muchos restaurantes en el sótano. Me dejó pedirme una hamburguesa Shake Shack y hasta un batido de chocolate, una comida nada sana. Los batidos son mi bebida favorita. Siempre mojo las patatas fritas en ellos. Me lo enseñó el tío Chip, y a todo el mundo le da asco, pero al tío Chip y a mí nos encantaba. Sigo haciéndolo, y es algo que siempre me hace recordar al tío Chip.

Andy tiene *lacrosse* los martes y los viernes, y los fines de semana le toca partido y tenemos que ir toda la familia a apoyarle. Se le da fenomenal, como todos los deportes, y marca muchos goles. Papá dice que juega tan bien que seguramente podría jugar en un equipo universitario, como él cuando iba a la universidad. Habla mucho de eso y todavía tiene el récord de su universidad de goles por partido; nadie lo ha batido aún a pesar de que fue hace siglos. Pero también dice que Andy no se está esforzando lo suficiente y que debería intentar mejorar la técnica del palo. Andy se enfada y dice que qué más da, que es un deporte absurdo, y el año que viene puede que solo juegue al fútbol y deje el *lacrosse*.

Este año, yo también he empezado a jugar al *lacrosse*; se empieza en primero. Pero hasta ahora solo he participado en tres *clinics*, y no vino la familia entera a apoyarme porque, como los partidos de Andy son a la vez, papá le lleva a él y mamá me lleva a mí. No creo que se me vaya a dar muy bien, es difícil sujetar el palo y recoger la bola. Ni siquiera me gusta; los demás chicos se me echan encima a lo bestia, y odio ponerme el casco, aprieta mucho.

El último martes normal, papá llegó a casa mientras le esperaba en la puerta, pero no le dije hola porque venía hablando por teléfono y no me dejan. Se llevó un dedo a los labios y dijo «Shh», y subió a cambiarse el traje por la equipación de *lacrosse*. Siempre lo hace, y no sé por qué, porque el que jugaba era Andy, no él.

Me quedé esperándole en el pasillo porque había bronca en la cocina. Mamá y Andy estaban discutiendo por los deberes. Andy, como tantas otras veces, no los estaba haciendo, y tienen que estar terminados antes del entrenamiento porque volvemos a casa supertarde, casi a las nueve, una hora después de mi hora de acostarme. Yo ya había hecho los deberes nada más volver a casa.

Mientras me comía los Honey Bunches en el taburete al lado de papá, me puse a pensar en la bronca del día anterior. En cómo le gritaba mamá a Andy, y en cómo la cosa se había puesto más fea cuando bajó papá después de cambiarse. Y pensé que, en aquel momento, no sabíamos que iba a ser el último día normal, y que de haberlo sabido a lo mejor habríamos intentado no pelearnos como siempre.

Miré a papá y me pregunté si también él estaría pensando en la bronca. Se estaba metiendo en la boca una cucharada de cereales tras otra, y ni siquiera masticaba, solo tragaba. Parecía un robot, un robot que se movía demasiado despacio porque se le estaban agotando las pilas.

—¿Papá?

—¿Eh? —Papá giró la lenta cabeza de robot y me miró.

—Papá, ¿dónde está Andy?

Me miró raro y dijo:

—Zach, Andy está muerto. ¿No te acuerdas?

—Ya, ya sé que está muerto, pero ¿dónde está ahora mismo?

—Ah, no estoy seguro, cielo. No me han dejado... ir a verle. —Al llegar a las últimas palabras, le cambió la voz. Bajó los ojos rápidamente y se quedó mirando los cereales que estaban flotando en la leche, y estuvo mucho rato sin parpadear.

—¿Sigue en el colegio? —pregunté, y pensé en la gente tirada por el pasillo rodeada de sangre y en que uno de ellos era Andy. ¿Ya estaba muerto cuando bajé por el pasillo hacia la puerta de atrás? Y cuando estaba escondido en el armario con la señorita Russell y el resto de la clase, ¿ya estaba muerto?

Pensé que debía de haberle dolido mucho que le matasen a balazos y que debía de haber pasado mucho miedo cuando vio que el pistolero estaba a punto de pegarle un tiro.

—¿Dónde le disparó el pistolero? —Me refería a qué parte del cuerpo, pero papá dijo:

—En el auditorio, creo. Su clase estaba en el auditorio cuando... cuando pasó.

—Ah, es verdad. ¡Hoy les tocaba ver las serpientes a los de cuarto y a los de quinto!

—¿Cómo? ¿Qué serpientes?

De repente caí en que, al final, no le había contado nada a papá sobre la boa esmeralda que había visto en el cole. La noche anterior me había quedado esperando en el pasillo a que papá bajase después de cambiarse porque quería decirle que había tocado una serpiente viva de verdad. En serio, la toqué. Era larga y de color verde chillón con marcas blancas; se llama «boa esmeralda», y a todos los niños les daba miedo, menos a mí.

Nos sentamos en círculo y vino un hombre que traía distintos tipos de serpientes y pájaros y un hurón, y nos contó cosas sobre las serpientes. Estuvo guay. Me encantan las serpientes. Ojalá pudiese tener una en un terrario como mi amigo Spencer. Pero mamá las odia y dice que son peligrosas. Le dije que no todas, y dijo:

—Bueno, pero eso no lo sabes hasta que te muerden, ¿no? Y lo mismo ya es demasiado tarde.

Así que cuando el tipo preguntó si alguien quería tocar la boa, levanté la mano inmediatamente y me eligió a mí para que saliese a acariciarla. Estaba enroscada alrededor de su brazo, como si estuviese en la rama de un árbol esperando a su presa, me dijo. La piel de la boa estaba seca y tenía escamas duras, no era babosa como yo pensaba. El hombre nos dio mucha información sobre la boa esmeralda: se llama así por su color, un tipo de verde. No es una serpiente de las que tienen veneno, pero se enrosca alrededor de su presa y la espachurra tanto que la presa ya no puede respirar y se muere.

Pero cuando papá bajó e intenté contárselo, oyó la bronca entre mamá y Andy y dijo: «Espera, cielo, déjame que me ocupe de esto primero. Luego me lo cuentas», y entró a la cocina y, cómo no, la bronca se puso todavía más fea. Siempre pasa lo mismo: todo empieza porque Andy se porta mal, y mamá y él se pelean. Cuando papá está en casa y se mete, mamá y él también se pelean. «Jim, ya me estaba encargando yo», le dice mamá a papá, y entonces todos se enfadan con todos, menos yo, que no tengo nada que ver con la bronca.

Pasé a la cocina detrás de papá y empecé a sacar servilletas, tenedores y cuchillos, que es lo que me toca hacer antes de cenar. A Andy le toca poner los platos y prepararnos las tazas de leche, pero aquella noche tampoco lo estaba haciendo porque aún no había terminado los deberes. Así que lo hice yo. Papá se sentó a la mesa y dijo que se pasaba el día trabajando y que a ver si nunca iba a poder llegar a casa y cenar en paz. Y que, por cierto, la puerta de atrás estaba abierta y los vecinos debían de estar oyendo el griterío. Mamá también se sentó, me miró con una sonrisa como falsa y me dijo:

—Gracias por poner la mesa, Zach. Eres un ayudante estupendo.

—Sí, Zach, eres un pelota —dijo Andy.

Papá dio un puñetazo en la mesa. Todo tembló y se salió la leche de las tazas. Hizo tanto ruido que pegué un bote, y luego papá se puso a gritarle a Andy, estaba claro que los vecinos le iban a oír.

Aquella fue la última cena normal del último día normal, y ahora solo había pasado un día y estaba cenando cereales a solas con papá, sin mamá y sin Andy. Aquella había sido la última bronca porque Andy ya no estaba, y sin él se acabarían las peleas.

Me pregunté si el pistolero habría matado también a la serpiente, y qué habría sido de las serpientes. ¿Andarían sueltas por el colegio?

9

Ojos amarillos

El móvil de papá empezó a sonar de nuevo, y esta vez se lo sacó del bolsillo y lo miró.

—Santo cielo —dijo—. Tengo que hacer unas llamadas. Tengo que devolverles la llamada a Abu y a la tía Mary y a... y a más gente. Es tardísimo. Vamos arriba a prepararnos para ir a la cama, ¿vale?

El reloj del microondas marcaba las 10:30, y eso es supertarde. Solo me he quedado hasta tan tarde una vez, el 4 de julio. Habíamos ido a ver los fuegos artificiales del club playero, que son enormes, y era la primera vez que íbamos a un fiestón en el club, porque hasta este año no hemos sido miembros del club. Me encanta el club, porque nos dejan ir adonde nos dé la gana: a la playa, a la zona de las canchas de tenis y de las cabañas... No corremos peligro en ningún sitio. En verano fuimos un montón de días. Mamá y papá se sientan en la terraza a beber vino con sus amigos, y a mamá no le importa que esté anocheciendo y yo siga levantado. Muchos de los amigos del trabajo de papá son miembros del club, y como es importante que papá pase ratos con ellos y él quiere que Andy y yo juguemos con sus hijos, no tenemos que irnos temprano porque haya que acostarse.

Los fuegos artificiales del 4 de julio no empezaban hasta que estaba todo oscuro, y en verano no oscurece hasta las tantas. Nos quedamos a ver todos los fuegos, y fue una pasada porque al otro lado

48

de la bahía los había de muchos tipos distintos y pudimos verlos todos desde la playa.

Cuando terminaron, llegó la hora de irse. Se suponía que teníamos que volver a la terraza, pero Andy no vino y tuvieron que ponerse a buscarle. Al final, papá le encontró en el muelle de los pescadores, y eso que Andy no tenía permiso para estar allí sin un adulto porque es el único sitio en todo el club playero que no es seguro. Durante el viaje de vuelta se armó una buena bronca, y papá dijo que cómo se le ocurría hacerle pasar tanta vergüenza delante de sus amigos. No me acosté hasta las 10:30, como hoy.

Subimos las escaleras, y para llegar a mi cuarto teníamos que pasar por delante del cuarto de Andy. Papá pasó a toda mecha, como si no quisiera mirar dentro.

—¿Podrías ponerte el pijama y prepararte para la cama? —dijo, y siguió andando hasta su cuarto, que también es el de mamá. Después le oí hablar por teléfono, pero no pude saber con quién porque hablaba muy bajito y cerró la puerta.

Me metí en mi cuarto y todo estaba exactamente igual que por la mañana. Pero la sensación era distinta. Todo parecía distinto sin mamá y sin Andy, y además era como si hubiese pasado mucho tiempo desde la última vez que había estado allí.

Vi la cama, tan bien hecha y tan estiradita que seguro que mamá la había hecho nada más irnos al cole esa misma mañana, lo hace todos los días. No sé por qué, porque por la noche te vuelves a meter en la cama, pero mamá dice que le sale esa directora contable con personalidad tipo A que lleva dentro. Aquel miércoles empezó como un día normal, así que, después de que cogiéramos el autobús para ir al cole, mamá hizo las camas como siempre. Puede que, en ese mismo instante, el pistolero estuviese entrando en el cole, pero mamá estaba en casa haciendo las camas y ni siquiera se estaba enterando de lo que pasaba.

Me acordé de que esa mañana Andy y yo habíamos estado esperando el autobús en la entrada de la señora Gray. Aún no estaba lloviendo; la lluvia empezó cuando ya estábamos en el cole.

Y aunque de todos modos hacía frío, Andy todavía llevaba pantalón corto. Andy siempre quiere ir en pantalón corto. Mamá y él discuten cada mañana porque mamá dice que para eso tiene que haber al menos quince grados y que si no, nanay, pero aun así Andy se pone pantalón corto cuando no llegamos a quince grados, como aquel día, que al salir había trece, y lo sé porque lo miré en el iPad. Sé que llevaba pantalón corto, pero en ese momento no recordaba de qué color era. Solo recordaba que llevaba un jersey azul de los Giants, y me fastidiaba muchísimo no acordarme del color del pantalón.

La entrada de la señora Gray es muy estrecha y tiene piedras a los lados, así que a veces jugamos a un juego que se llama «Que no te coman» y que consiste en saltar desde las piedras de un lado a las del otro. Hacemos como que el caminito es agua con tiburones, y no podemos tocarla porque nos comen. Le pregunté a Andy si quería jugar a «Que no te coman», pero dijo que no, que pasaba de volver a jugar a ese juego de pequeñajos. A Andy le ha dado por decir que todos los juegos a los que quiero jugar yo son «de pequeñajos». Se quedó allí plantado sin decir nada más, dando pataditas a las piedras. «Que no te coman» iba a ser lo último de lo que iba a hablar con Andy, aunque en ese momento no lo sabía.

El día había empezado como un día cualquiera, pero ahora todo había cambiado. Y como Andy ya no se iba a meter nunca más en su cama, se quedaría así para siempre, bien hecha y estiradita.

Tengo sábanas con dibujos de coches de carreras que van a juego con mi cama, que es un coche de carreras rojo con ruedas. Mi cama y la de Andy son diferentes porque Andy tiene una litera. Si duerme arriba es porque así está más lejos de todos nosotros, dijo una vez. Pero, por lo demás, nuestras habitaciones son prácticamente iguales, salvo que tenemos juguetes distintos. Los dos tenemos una ventana desde la que se ven la calle y la entrada, y los dos tenemos una mesa debajo de la ventana y, en la otra pared, dos estanterías blancas y una silla para leer. Entre su habitación y la mía hay un cuarto de baño. No mola nada, porque cuando Andy va al servicio siempre echa los pestillos por dentro y luego no los abre. Siempre me toca dar la vuelta y pasar por su habitación para ir al baño, y él me grita que me largue y me tira almohadas desde la litera de arriba.

La diferencia más grande entre Andy y yo, en relación con nuestros cuartos, es que a mí el mío me encanta, mientras que a Andy el suyo no le gusta. Casi ni entra, excepto para dormir y cuando le mandan allí a que pase un ratito a solas. Cada vez que le entra el mal genio le dicen que se esté un ratito a solas, que significa que tiene que irse a su cuarto y calmarse. No es un castigo, es para que aprenda a gestionar sus emociones negativas. Eso fue lo que dijo el médico (se llama doctor Byrne), y Andy tiene que ir a hablar con él una vez a la semana, aunque no quiera. No le queda más remedio, por lo del «trastorno oposicionista desafiante», que es esa cosa que tiene Andy que le hace tener mal genio.

Cuando a Andy le entra el mal genio, da miedo. Cada vez se me da mejor saber cuándo le va a entrar, y entonces intento alejarme de él. No quiero ni mirarle, por no verle la cara. Se pone colorado, abre los ojos como platos y empieza a gritar muy fuerte. Hasta cuesta entender lo que dice porque suena como si estuviese diciendo del tirón una sola palabra muy larga, y los labios y la barbilla se le llenan de babas.

A veces, cuando mandan a Andy a su cuarto para que esté un ratito a solas, mamá tiene que plantarse delante de la puerta porque Andy intenta salir y tira desde dentro y hace eso de gritar. Mamá tiene que tirar de la puerta desde fuera para que no se abra, y Andy tarda siglos en calmarse y en dejar de tirar y de chillar. O engaña a mamá y sale corriendo por el baño y se mete en mi cuarto. Una vez que hizo esto, vi a mamá entrar en la habitación de Andy. Se sentó en la silla de leer, que es pequeñísima para ella, y apoyó la cabeza sobre las rodillas, y parecía como si estuviese llorando. Me enfadé con Andy por haber puesto triste a mamá.

Yo me paso la vida en mi cuarto porque hay silencio, y a veces quiero estar solo y tranquilo. Vuelvo a salir cuando acaba la bronca,

51

y así es como si no me hubiese enterado. Me gusta jugar con mis coches, con el parque de bomberos y con los camiones. Tengo miles de camiones: de construcción, de bomberos, grúas... Cada noche, antes de acostarme, los pongo todos en fila en las estanterías y les doy las buenas noches. Aquella mañana había jugado un ratito con los camiones antes de venir el autobús, así que no estaban en fila y me fastidió. Me quedé mirándolos y pensé que estaban todos mezclados y que había que ordenarlos, pero no lo hice.

En cambio, me acerqué a la ventana y miré a la calle. Estaba todo muy oscuro, y la farola de enfrente de casa parecía una pelota de luz flotando en el aire oscuro. Dentro de la pelota caían gotas de lluvia. Las casas de nuestra calle tienen todas una farola delante, en el césped que hay entre la acera y la calzada, y todas juntas parecían una larga fila de pelotas de luz con gotas de lluvia cayendo en su interior. Eran como ojos amarillos llenos de lágrimas, y me dio cosa, como si me estuvieran mirando.

Me senté en la cama. Estaba reventado, y todavía tenía los pies helados. Intenté quitarme los calcetines, pero seguían un poco mojados y me costaba. Empecé a echar mucho de menos a mamá, y pensé que ojalá estuviese en casa para ayudarme a quitarme los calcetines y a prepararme para irme a la cama. Me entraron ganas de llorar, pero intenté aguantarme porque papá había dicho que ahora teníamos que ser fuertes por el bien de mamá.

Me pellizqué la nariz y cogí a Clancy, la jirafa de peluche que me compraron en el zoo del Bronx cuando tenía dos años. Es mi peluche favorito, y lo necesito para irme a la cama. Sin él no me duermo.

Al cabo de un rato vino papá.

—Venga, peque, a la cama. Tenemos que intentar dormir un poco. Ahora mismo es lo mejor que podemos hacer. Nos esperan unos días muy duros y tenemos que estar fuertes. ¿Vale?

Papá estiró las sábanas de coches de carreras. No me puse el pijama, sino que me acosté vestido, y me dio un poco de asco porque me había meado encima, pero el calzoncillo ya estaba seco. Ni siquiera me cepillé los dientes.

—Papá, ¿me cuentas un cuento?

Papá se frotó la cara y, al pasarse las manos por la barbilla, hizo un ruido rasposo. Parecía muy cansado.

—Esta noche, casi mejor que no, peque —dijo—. Creo que... que no estoy para cuentos... Esta noche, no.

—Pues entonces te cuento yo uno. Va a ser sobre la boa esmeralda que vi ayer.

—Es muy tarde. Esta noche, no —dijo papá, y se inclinó para darme un abrazo. Pensé que eso era lo único de aquel día que era igual a la víspera: que no conseguía contarle a papá lo de las serpientes—. Estoy aquí al lado, al final del pasillo, ¿de acuerdo? —dijo, pero en vez de levantarse se quedó un buen rato abrazándome muy fuerte. Me entraron ganas de cantarle la canción de buenas noches que canto con mamá.

Empecé a cantar muy bajito, pero era difícil porque papá tenía el brazo encima de mi pecho y pesaba mucho. Notaba su respiración pegada a mi oreja, saliendo y entrando muy deprisa, y me hacía cosquillas, pero no me moví. La canté enterita hasta el final:

—Mira que te quiero. Sí, señor. Sí, señor.

10

Apretones de mano

A la mañana siguiente me desperté en la cama de mamá y papá. No sabía qué hacía allí. Estaba todo en silencio y fuera se oía la lluvia golpeando contra la ventana, plaf, plaf, plaf, y después los plaf empezaron a sonar como pums y me acordé del pistolero, y todo lo que había pasado el día y la noche de antes me vino de nuevo a la cabeza. Y entonces todo encajó, porque nunca me dejan dormir en la cama de papá y mamá, pero la noche anterior sí porque me había entrado mucho miedo.

Cuando acabé de cantar, papá salió de mi cuarto. Mamá siempre deja encendidas las luces del pasillo porque no me duermo si me quedo demasiado a oscuras, pero papá las apagó. Y me quedé demasiado a oscuras. Intenté cerrar los ojos con todas mis fuerzas, pero lo único que conseguí fue que todo se volviese aún más oscuro. De golpe, me vinieron imágenes de personas llenas de sangre; el corazón me latía a mil por hora y respiraba muy deprisa.

Oí un ruido en mi habitación o en el cuarto de baño, como si viniese alguien, y me puse a gritar muy fuerte. Grité y me levanté y salí corriendo al pasillo, pero no veía nada y no sabía dónde estaba papá, y notaba que alguien se iba acercando a mí por detrás, que iba a agarrarme, y tropecé y me caí. No podía levantarme y seguí gritando como un descosido.

Entonces se abrió la puerta del dormitorio de mamá y papá, y papá salió corriendo. Encendió las luces del pasillo, que me cegaron.

—¡Zach, Zach, ZACH!

Me cogió por los sobacos y me chilló el nombre a la cara un montón de veces. Me zarandeó y dejé de gritar y él de chillar. Se quedó todo en silencio, menos un zumbido muy fuerte que me daba vueltas en la cabeza. Miré detrás de mí, pero no había nadie. Miré el resto de mi cuarto: parecía una cueva negra y oscura y no pensaba volver a dormir allí solo por nada del mundo, así que por una vez papá me dejó dormir con él en su cama.

Papá ya no estaba conmigo en la cama, así que me levanté y me fui a buscarle. Salí al pasillo y pasé por delante del cuarto de Andy; las manos me sudaban y las piernas se me movían a paso de tortuga. Abrí de un empujón la puerta de Andy y entré dando pasitos muy cortos. Al principio no quise mirar la litera de arriba. Pensé que a lo mejor todo había sido un mal sueño y que Andy estaría allí, en su cama. Pero si la litera de arriba estaba vacía, querría decir que era verdad, que había muerto, porque Andy nunca es el primero en levantarse, nunca se levanta antes que yo. Le cuesta muchísimo despertarse por las mañanas. Mamá dice que es por la medicina que se tiene que tomar para el mal genio.

Como Andy se toma la medicina del mal genio por las mañanas, en el cole se porta bien. Pero solo le dura un rato, y luego, al llegar a casa, le vuelve el mal humor. Una vez oí a mamá y a papá discutiendo por la medicina del mal genio, porque papá decía que debería tomársela también por las tardes y así se portaría mejor en casa. Pero mamá dijo que no, que no iba a darle más, que no era bueno para él, que solo se la daría cuando hubiese una fiesta o en ocasiones especiales en las que tuviera que portarse bien.

Al cabo de un rato miré la litera de arriba. Ni rastro de Andy.

Sabía que no estaba, pero de todos modos pronuncié su nombre en la habitación vacía: «Andy». No había nadie allí para oírlo. Fue como si la habitación se hubiese tragado su nombre y hubiese desaparecido, igual que él.

Salí corriendo y bajé las escaleras. Desde la cocina llegaban voces y ruidos. A lo mejor mamá había vuelto del hospital. Pero al entrar en la cocina vi que estaban papá, Abu y la tía Mary, sin mamá.

Papá estaba en el mismo taburete en el que se había sentado la noche anterior a comerse los cereales y todavía iba vestido con el traje que usa para ir al trabajo, menos la chaqueta. Toda su ropa estaba como arrugada y le estaba empezando a crecer la barba. A papá la barba le crece muy deprisa, así que tiene que afeitarse a diario porque si no se empieza a parecer al tío Chip cuando estaba vivo. El tío Chip se dejaba crecer la barba, y me hacía cosquillas cuando me daba un abrazo o un beso. A veces se le quedaba pegada la comida y daba asquete, así que me alegro de que papá se afeite, aunque justo aquel día no lo había hecho.

El resto de la cara, por donde no le estaba saliendo la barba, estaba muy blanca, como la cara de mamá en el hospital, y tenía manchas oscuras en torno a los ojos. Quizá no había dormido nada, y eso que había dicho que era lo mejor que podíamos hacer. El reloj del microondas marcaba las 8:10, así que había perdido el autobús del cole, porque llega a las 7:55. Papá iba a tener que llevarme en coche, seguramente. Al pensar en McKinley, me vinieron otra vez a la cabeza los estallidos y la gente tirada en el pasillo, y de golpe volvió a invadirme el miedo de la noche anterior. No quería volver. ¿Y si Andy seguía allí? Le vería muerto y lleno de sangre.

Abu estaba sentada al lado de papá en otro taburete, hablando por teléfono. Estaba muy tiesa. Siempre se sienta así y a veces nos hinca el dedo en la espalda a Andy y a mí para que nos pongamos más tiesos; a veces incluso se lo hace a papá. Estaba muy distinta y era porque no se había puesto el pintalabios rojo. A mí su pintalabios no me gusta, porque cuando me da besos me deja marcas de labios en la cara. Nunca la había visto sin él, parecía otra... no sé, como más vieja. Se parecía un poco más a Mimi, que es requetevieja; tiene el pelo blanco, mientras que el de Abu es rubio. Además, Mimi nunca lleva pintalabios. Cuando Mimi sonríe o se ríe, se le arruga toda la cara, sobre todo alrededor de los ojos y de la boca. Abu no tiene arrugas y la cara no le cambia cuando sonríe.

Los labios le temblaban entre unas palabras y otras. La tía Mary estaba de pie a su lado con la mano sobre la barra de la cocina, encima de la de Abu, y le caían lágrimas a borbotones.

—¿Papá? —dije, y papá, Abu y la tía Mary, todos a la vez, levantaron la cabeza y miraron hacia la puerta.

—Ay, Dios, ahora te llamo —dijo Abu al teléfono, y volvió a dejarlo sobre la barra. Después se acercó a mí, y vi que le temblaban los labios todavía más que antes—. Ay, Zach —dijo agachándose, y el aliento le olía mal, como a viejo. Me abrazó, apretándome un poco más de la cuenta. Giré la cabeza para no tener que olerle más el aliento.

Vi que papá y la tía Mary me estaban mirando. La tía Mary se estaba tapando la boca con la mano y tenía la frente toda arrugada y le seguían cayendo lágrimas. Cuando Abu dejó de espachurrarme, la tía Mary abrió los brazos y me fui corriendo hacia ella. Su abrazo fue suave y calentito. Noté que el cuerpo entero le temblaba de tanto llorar, y también su cálido aliento en mi coronilla.

—Hola, monito —me dijo pegando la boca a mi pelo. Nos quedamos así un buen rato hasta que sentí la mano de papá acariciándome la espalda.

—Hola, Zach —dijo papá, y la tía Mary me soltó—. Me alegro de que hayas dormido algo.

—Papá, voy a llegar tarde al cole, ¿no? No quiero ir. Estoy... No quiero ir.

—Claro que no, hoy no vas a ir al cole —respondió papá, y me arrimó a él y me sentó sobre sus rodillas—. Estarás una temporada sin ir.

Desde las rodillas de papá, vi que la tele estaba puesta en el cuarto de estar. Estaban hablando de la llegada del pistolero a McKinley, pero no oía lo que decían porque habían bajado el volumen del todo, como en el hospital. ¿Por qué le daba a la gente por quitarle el sonido a la tele?, pensé.

Después de que Abu me hiciera el desayuno, empezó a llegar gente, y a lo largo del día fueron viniendo cada vez más personas.

Hicieron una pila enorme de zapatos y paraguas mojados en el pasillo, y el cajetín de la alarma que hay en la cocina no paraba de decir «¡Puerta de la calle!» con esa voz de robot chica que tiene. Así sabes si entra o sale alguien aunque no veas la puerta. Todo el mundo traía comida. Abu y la tía Mary intentaron encajar los recipientes y los boles en la nevera de la cocina y en la del sótano, y sacaron cosas para que comiera la gente, pero nadie comió nada.

Abu le dijo a papá que subiese a arreglarse, y papá bajó con el pelo mojado pero sin afeitarse. Se puso a hablar con unos y con otros, y parecía como si estuviésemos dando una fiesta.

En casa damos muchas fiestas, y a veces viene gente del trabajo de papá, tanto compañeros de oficina como clientes. Papá siempre quiere que Andy y yo nos plantemos en la entrada a saludar a los invitados con un apretón de manos. Es muy importante aprender a darlos bien, para cuando seas mayor. La mano no puede estar demasiado floja porque eso es de blandengues, pero tampoco puedes apretar demasiado: hay que apretar lo justo, lo que se dice «con firmeza», y mirar a la otra persona a los ojos y decir «Encantado». A veces practico a solas en mi cuarto antes de las fiestas para que me salga bien.

Me pareció raro que estuviésemos dando una fiesta aquel día, porque Andy había muerto y mamá estaba en el hospital en estado de *shock* y no parecía un buen momento para fiestas, pero el caso es que seguía llegando gente. Se quedaban de pie o se sentaban en la cocina, en el cuarto de estar o en el salón. Aparte de mí, no había ningún niño, solo adultos, y me sentía como si no pintase nada en aquella fiesta.

Estuve todo el rato pegado a papá. Quería hablar con él y preguntarle cuándo iba a volver mamá y si podíamos ir a verla al hospital, pero no le daba tiempo a escucharme porque tenía que hablar con los demás adultos y dar apretones de manos.

«Mi más sentido pésame», «Te acompaño en el sentimiento», «No entiendo cómo ha podido pasar algo así en Wake Gardens», decían. Papá tenía una sonrisita en la cara, no una sonrisa feliz, sino una que parecía como si se la hubiese puesto adrede en la cara y se la hubiese dejado allí y no se le fuera. Algunos, tanto personas que conocía como otras a las que no había visto en mi vida, me daban abrazos o me acariciaban la cabeza, y no me hacía ninguna gracia eso de que estuvieran todos abrazándome de esa manera.

Por la tarde, una de las personas que vino a la fiesta fue la señorita Russell. Acababa de salir del salón, siguiendo a papá, cuando la vi entrar por la puerta de la calle. Parecía como si hubiese encogido y tuviese frío o qué sé yo, porque se estaba abrazando a sí misma. Se quedó en el pasillo mirando a su alrededor y parpadeó varias veces muy deprisa. Estaba muy pálida y tenía manchas oscuras alrededor de los ojos. Al verme detrás de papá, dejó de parpadear y me dirigió una sonrisita.

Se acercó a nosotros y dijo «Hola, Zach» en voz muy baja. Papá la miró y le tendió la mano.

—Hola... —dijo, y la señorita Russell le cogió la mano y se la estrechó despacito.

—Nadia Russell. Soy la maestra de Zach.

—Ah, sí, disculpe, claro —dijo papá.

—Siento muchísimo lo de..., lo de Andy —dijo la señorita Russell, y sonó como si se le atragantase la voz en la garganta un par de veces.

—Gracias. Ah, y... gracias... muchas gracias por proteger a Zach ayer. Se... se lo agradezco muchísimo.

La señorita Russell no respondió, solo dijo que sí con la cabeza. Después me miró a mí, que estaba detrás de papá.

—Zach. —Volvió a poner la sonrisita—. No voy a quedarme mucho tiempo, pero quería darte esto... Quédatelo, es para ti, ¿vale? Puede que te guste tenerlo.

La señorita Russell me cogió la mano y me soltó algo en la palma. Era un amuleto de su pulsera, uno de sus favoritos. Nos lo había enseñado muchas veces: un ala de ángel de plata con un corazón. Nos dijo que se lo había dado su abuela, que significaba «amor y protección» y que era muy especial para ella porque su abuela ya no vivía.

—Gracias —dije, y me salió un susurro.

Cuando la señorita Russell se marchó estuve un rato más dando vueltas con papá, pero me entraron ganas de descansar un poco y me senté en la butaca amarilla que está en un rincón del cuarto de estar. La butaca amarilla está más o menos detrás del sofá, y, como la gente que estaba en el cuarto estaba mirando hacia la tele y hablando en voz baja, nadie se enteró de que estaba yo allí. El volumen de la tele seguía quitado. Al principio había anuncios, pero luego volvieron las noticias y seguían tratando sobre McKinley.

Había una señora con un micrófono enfrente de McKinley, al lado del letrero que dice *Colegio McKinley*. Vi que ponía *miércoles, 6 de octubre*, y eso era ayer, conque, por lo visto, Charlie se había olvidado de poner la fecha de hoy, que es lo primero que hace siempre antes de que empiecen las clases. Detrás de la señora de las noticias había varios coches de policía, pero ya no había ni camiones de bomberos ni ambulancias. Había muchas furgonetas con grandes platos de sopa en el techo, como las que había visto enfrente de la iglesia.

Vi que la señora empezaba a hablar porque se le movían los labios detrás del micrófono, pero en el cuarto de estar solo eran unos labios que se movían en una habitación muy pequeña sin que saliera ningún sonido. Me moría de ganas de saber qué decía y si estaba hablando del pistolero, pero no quería que nadie descubriese que estaba ahí detrás, en la butaca amarilla, así que me quedé calladito viendo los labios moverse.

Salieron fotos de personas, y encima de las fotos ponía: *19 muertes confirmadas*. Después, una a una, las fotos se iban agrandando y se quedaban un ratito en la pantalla antes de volver a su tamaño. Se agrandó la siguiente foto, y luego otra más. Comprendí que eran fotos de las personas a las que había matado el pistolero. Conocía a todos, eran chavales de cuarto y de quinto, y daba la impresión de que las habían sacado en la fiesta de fin de curso porque todos llevaban puestas las camisetas de McKinley. Y también había fotos de algunos adultos del cole: la señora Colaris, la directora; la señora Vinessa, que era la profe de Andy; el señor Wilson, nuestro profe de educación física, y el señor Hernández, el bedel.

Conocía a todos los que salían en las fotos. El día anterior había visto a algunos en el cole, pero en el momento en que veía las imágenes estaban muertos. En las fotos se les veía con el mismo aspecto que tenían en el cole, y pensé que ya no eran así: estaban tirados en el pasillo, cubiertos de sangre.

La siguiente foto que se agrandó fue la de Ricky, así que él también había muerto. Me pregunté si la madre de Ricky sabría que Ricky estaba muerto o si seguiría en el hospital esperando en la sala, y luego me acordé de que papá le había dicho que íbamos a comprobar si estaba Ricky cuando pasamos por la puerta de prohibido el paso para ver a mamá. Pero no llegamos a hacerlo, y estuvo muy feo por nuestra parte.

Después de Ricky salió Andy. Estaba todo sudado y tenía las rodillas dobladas como si estuviese a punto de saltar. El pelo, rubio, se le había quedado de punta a causa del sudor, y estaba poniendo cara de bobo, sacando la lengua por un lado de la boca. Andy siempre pone cara de bobo en las fotos, y mamá se enfada porque no tenemos ni una sola foto buena de la familia que podamos poner en la pared, una foto en la que salgamos todos sonriendo.

Me quedé mirando la cara de bobo de Andy. Era como si fuese a saltar desde la tele al cuarto de estar; eso quería yo que pasase, y contuve el aliento, pero de repente la foto encogió y desapareció.

Salió otra foto agrandándose y la cara de bobo de Andy desapareció.

11

La guarida secreta

Giré la cabeza desde la butaca amarilla y vi a papá sentado en la cocina. Me acerqué a él tratando de tragarme el nudo que tenía en la garganta. Tragué y tragué y la boca se me quedó muy seca, pero el nudo seguía ahí. Intenté sentarme en las rodillas de papá, pero estaba mirando a su móvil, no a mí. Solo me dejó sentarme en una pierna, pero estaba incómodo.

Intenté subirme del todo, pero me dijo:

—Peque, déjame respirar un momento, ¿vale? —y me apartó.

Vino Abu, que se había vuelto a poner el pintalabios rojo.

—Zach, papá está muy cansado. Vamos a dejarle descansar un poco.

Entonces entró en la cocina la señora Gray, nuestra vecina, y dijo:

—Dios mío, Jim. Cuánto lo siento —y papá se levantó a hablar con ella, así que debía de haberse pasado ya el momento de respirar.

Tuve que dar varios pasos hacia atrás porque se me vino encima el taburete de papá. Empezaba a no gustarme la cara que tenía papá con aquella sonrisa/no-sonrisa que se le había vuelto a poner, así que salí de la cocina y me fui arriba.

Los ruidos de la fiesta me siguieron por las escaleras como si se me hubiesen montado encima a caballito, y cada vez eran más fuertes. No oía nada más, y eso que me estaba alejando de la fiesta. Eché a andar más deprisa por el pasillo y sacudí la cabeza para sacármelos. Quería llegar a mi cuarto y dejar los ruidos en la puerta. Pero al pasar por delante del cuarto de Andy, tuve que pararme a mirar. Era como si hubiera una fuerza invisible tirando de mí. Los ojos se me fueron inmediatamente a la litera vacía de Andy.

Siempre quiero entrar al cuarto de Andy a ver sus cosas y pasar un rato con él, pero nunca me deja. Seguro que estaría enfadadísimo conmigo por estar dentro. Hice como que era un espía que iba buscando información sobre el enemigo y me puse a mirar por todas partes, a tocar las cosas del enemigo, a abrir cajones y puertas en busca de pistas. Toqué el brazo de robot que había en la mesa de Andy y fingí que era el arma del enemigo y que tenía que averiguar cómo se utilizaba.

El brazo de robot se lo había dado Mimi a Andy por Navidad, y fue de lo más injusto porque a mí me dio el Tragabolas, que es un juego para bebés. Yo quería algún juego de construcción guay, como el de Andy. Parece un robot de verdad y tiene un motor y pilas. Mueve el brazo hacia arriba y hacia abajo, y la garra puede coger cosas... Es una pasada. Le pedí a Andy que me dejase probar, pero, por supuesto, la respuesta fue «no». Andy lo construyó él solito, no lo ayudó ningún mayor, y eso que en la caja ponía *12*+ y él solo tenía nueve años.

Oí a Mimi hablando de eso una vez en la cocina con mamá:

—Andy es tremendamente inteligente, yo diría que demasiado para su bien.

La gente siempre dice lo mismo de Andy: «Es tan inteligente», «Jamás he visto un crío tan inteligente». Y es verdad, es muy pero que muy inteligente, mucho más que otras personas. Una vez hizo un test que lo demostraba. Lo que pasa es que no le apetece hacer el trabajo del cole, y no aguanta mucho tiempo sentado en el mismo sitio. Cuando todavía vivíamos en la ciudad, fue a una clase especial para niños inteligentes donde los de primero estudiaban lo mismo que los de tercero, pero en McKinley no tienen una clase especial como aquella, así que ahora Andy odia el cole porque le aburre.

Andy se leyó todos los libros de Harry Potter en primero. Papá siempre lo va contando por ahí, y se nota que está muy orgulloso. Intenté leer el primer libro de Harry Potter, *Harry Potter y la piedra filosofal,* porque ahora estoy en primero y quería que papá también hablase de mí con orgullo, pero el libro tenía un dibujo en la portada que me daba miedo y además estaba lleno de palabras difíciles. Andy se burló de mí porque tardé como media hora en leer dos páginas, así que lo dejé.

Encontré el botón de arranque del robot y le di. Intenté que la garra cogiera un lápiz de la mesa de Andy, pero era difícil y siempre se le caía. Después me pareció oír un ruido en la escalera, como si estuviera subiendo alguien, así que lo apagué a toda mecha. Si era papá el que subía, seguro que se enfadaba conmigo por estar en el cuarto de Andy toqueteando sus cosas. Vi que el armario estaba abierto, así que me metí y cerré la puerta, pero no del todo.

Dentro del armario casi no se oían los ruidos de la fiesta. El armario de Andy es enorme, un verdadero desperdicio para un chico, dice mamá. Andy no había guardado su ropa. Había un montón de ropa tirada en el suelo, detrás del cesto. La metí en el cesto y me fui hasta el fondo del armario, detrás de las camisas elegantes y las chaquetas que había colgadas. Había mucho espacio, y aunque estaba oscuro, vi el saco de dormir de Andy enrollado en un rincón y me senté encima. Me quedé muy quieto y el corazón me latía a mil por hora mientras esperaba a ver si papá me encontraba, pero no pasó nada.

Me senté en el rollo del saco de dormir y pensé que justo ayer estaba en el armario de mi clase, conque ya llevaba dos días seguidos dentro de un armario. Hasta el día de antes nunca había estado en un armario, porque los armarios no son para que uno pase ahí el rato, son para guardar cosas.

Además, en los armarios casi no hay espacio, y a mí eso no me gusta. Los sitios apretujados me dan miedo. A veces Andy me pone una manta en la cabeza porque sabe que no lo soporto. La agarra bien agarrada y se ríe cuando empiezo a tener miedo, y aunque intento apartarle, es demasiado fuerte. Y en los ascensores, siempre gasta bromas tipo: «Eh, miedica, ¡me da que este se queda atascado! ¡Ya verás, nos quedaremos aquí atascados un montón de días sin nada que comer y tendremos que hacérnoslo todo encima!». Se pone a hablar así y no para hasta que mamá le manda callar, y luego, sin que mamá le vea, pone caras como de estar muriéndose.

Papá se quedó atascado una vez en el ascensor de su oficina y no tuvo miedo, pero algunos de los que estaban con él sí. Dijo que tuvo gracia, que solo estuvieron atascados unos minutos, que ni siquiera dio tiempo a que algo pudiera darles miedo. Pero a mí no me parece gracioso, yo también me habría asustado. Andy me llama miedica, y la verdad es que un poco de razón sí que tiene. Hay muchas cosas que me dan miedo, sobre todo al acostarme o en mitad de la noche. Me da mucha rabia. A veces me gustaría ser más valiente, como Andy y como papá. Nunca tienen miedo de nada.

Al ponerme a pensar en lo que había pasado el día anterior cuando vino el pistolero, quise levantarme y salir del armario, porque el cuerpo se me puso exactamente igual que entonces. El corazón me latía a mil por hora y me estaba mareando porque respiraba demasiado deprisa. Pero, por alguna razón, era incapaz de levantarme. Era como si todo mi cuerpo estuviese duro y congelado, del miedo que tenía. «Ojalá venga papá y abra la puerta y me encuentre», pensé, y también en eso se parecía al día anterior, cuando deseaba con todas mis fuerzas que viniera.

No vino papá ni nadie, y seguí allí sentado con el cuerpo congelado, atento a ver si oía algo. Pero todo siguió en silencio. Me metí la mano en el bolsillo del pantalón, saqué el amuleto del ala de ángel que me había dado la señorita Russell y lo froté con los dedos. «Amor y protección», me dije. Empecé a sentirme mejor. La cabeza me empezó a ir más despacio y se me calmó la respiración.

—No viene nadie —susurré, y se me hizo raro hablar solo y que no hubiese nadie cerca para oírlo, ni siquiera Clancy. Pero también me hizo sentirme bien, como si una parte de mí le hablase a otra parte de mí, y me ayudó a tranquilizarme. Así que seguí susurrando—:

Ni siquiera hay nada aquí dentro que dé miedo. Solo es el armario de Andy, y tampoco se está tan apretujado.

Desenrollé el saco de dormir de Andy, lo abrí y me senté encima al estilo indio. Miré a mi alrededor y me costó ver en la oscuridad. Había un montón de pelusas de polvo en las esquinas y varios calcetines de Andy, pero nada más. Era como un lugar secreto dentro de casa, un lugar que nadie conocía, menos yo.

—Guarida secreta —susurré—. Esta va a ser mi guarida secretísima.

Empezó a gustarme eso de estar en silencio escuchando mi respiración: dentro (aire por la nariz), fuera (por la boca con un resoplido); dentro... fuera... cada vez más despacio, porque en realidad casi se me había pasado el miedo.

Cuando se me iba la cabeza a la víspera, volvía el miedo. Entonces, intentaba que los pensamientos malos dejasen de flotar en mi cerebro. «¡Salid de mi cerebro, pensamientos malos!». Me imaginé que tenía una caja fuerte en la parte de atrás de la cabeza como la que tiene papá en la oficina, donde guarda documentos importantes para que nadie se los robe, y metí en ella los pensamientos malos.

Me gustaba estar allí dentro y que ninguno de los que estaban en la fiesta lo supiera. Ahora iba a poder venir aquí cuando quisiera porque Andy ya no estaba y ya no podía chillarme y decirme que me largase.

Empecé a imaginarme cómo iba a ser la vida sin Andy. En casa, todo iba a ir a mejor. Se acabarían las peleas, y, al ser ahora el único hijo de la familia, mamá y papá iban a poder hacer muchas más cosas conmigo. Como venir a mis recitales de piano y quedarse los dos hasta el final. Hasta ahora, eso nunca había podido ser por culpa de Andy. En el recital de primavera, papá no había venido porque Andy tenía entrenamiento de *lacrosse*, y aunque en el de verano, justo antes de que empezase el cole, sí que vinieron los tres, ni siquiera había tocado aún mi canción, *Para Elisa*, cuando mamá tuvo que levantarse y llevarse a Andy porque se estaba portando mal.

Al cabo de un rato me entraron ganas de mear. Salí del armario y me fui al baño, y de ahí me fui a mi habitación a buscar cosas que llevarme a mi nueva guarida.

—Te estaba buscando, Zach.

Di un bote porque me sorprendió ver a Abu en la puerta de mi cuarto. No quería que se enterase de lo de la guarida, así que me inventé una mentira:

—Estaba buscando mi volquete en el cuarto de Andy.

—Te he hecho un poco de cena, ¿vale, tesoro? ¿Bajas?

—¿Ya se ha acabado la fiesta?

—¿La... fiesta? No era una... Sí, todos se han ido a casa —dijo Abu, y me miró con cara rara.

—¿Mamá viene a cenar? —Si era la hora de cenar, significaba que mamá se había quedado en el hospital toda la noche de ayer y todo el día de hoy, y eso es demasiado tiempo seguido durmiendo.

—No —dijo Abu—, todavía no va a volver a casa. A lo mejor mañana. Pero voy a cenar yo contigo, ¿te parece bien?

No me parecía bien. Papá me había prometido que hoy iríamos al hospital a ver a mamá, pero no habíamos ido por culpa de la fiesta, así que papá también había mentido.

12

¿Tienen cara las almas?

Después de la cena, Abu me hizo ducharme. Luego me acosté y me arropó; me dejaron dormir otra vez en la cama de papá. Le pregunté por el cole:

—¿Yo soy el único que no está yendo al cole por lo que le pasó a Andy?

Abu estaba sentada al borde de la cama con la espalda muy tiesa, como siempre. Me quitó el pelo de la frente.

—No, cariño. No va ningún niño. Ayer pasó una cosa terrible en tu colegio. Supongo que pasará un tiempo hasta que vuelva a abrir. La gente va a necesitar tiempo para curarse.

—Abu...

—Dime, tesoro.

—¿Andy sigue allí, en el cole?

No hacía más que pensar que Andy estaba allí tirado, sin más compañía que la de los demás muertos. Llevaba todo el día intentando no pensar en ello, pero ya era la hora de acostarse y a la hora de acostarse es más difícil dejar de pensar, quizá porque, como lo único que haces es estar ahí tumbado, lo único que puedes hacer es pensar.

Abu hizo un ruidito con la garganta, una especie de tos, como si se le hubiese atascado algo y quisiera expulsarlo.

—Andy ya no está en el colegio —dijo, y le volvió a salir la tosecita varias veces más—. Ahora, está en el cielo con Dios. Dios nos lo va a cuidar a partir de ahora.

—Pero ¿cómo ha llegado al cielo desde el cole? ¿Ha subido así de repente, zas y ya está?

Los labios rojos de Abu dibujaron una sonrisita.

—No, su cuerpo no sube al cielo, solo su alma, ¿te acuerdas?

Recordé que mamá me lo había contado cuando murió el tío Charlie. El cuerpo sigue aquí en la tierra, pero ya no es la persona de verdad, así que no pasa nada por que metan el cuerpo en un ataúd y lo entierren, porque la parte importante de la persona, que se llama «alma», sube al cielo. Sube inmediatamente después de que te mueras. Me pregunté si todas las almas de las personas a las que había matado el pistolero habrían subido volando mientras yo estaba todavía en el cole escondido en el armario, y si alguien, tal vez el propio pistolero, las habría visto.

No sé cómo es un alma. Mamá me dijo que el alma está hecha de todos tus sentimientos, tus pensamientos y tus recuerdos, y pensé que a lo mejor se parece a un pájaro o a cualquier cosa con alas, como el ala del amuleto que me dio la señorita Russell. Me pregunté si el alma conserva tu cara cuando sube al cielo, porque, si no, la gente que te quiere y que ya está en el cielo ¿cómo va a saber que es tu alma, cómo va a encontrarte para que no te sientas solo y podáis estar juntos?

Después de que Abu me diese las buenas noches y saliese del cuarto de mamá y papá, intenté pensar en el alma de Andy, que estaba allí en el cielo con la del tío Chip. Pero el cerebro se me iba todo el rato al cuerpo de Andy tirado en el cole, a la sangre que había por el pasillo y por las paredes, y no conseguí meter los pensamientos malos en la caja fuerte del cerebro.

Quizá la caja fuerte del cerebro solo funcionaba en la guarida. Cogí a Clancy y me fui a mi cuarto. Cogí mi linterna de Buzz Lightyear del cajón de la mesilla y pasé al cuarto de Andy por el cuarto de baño, intentando pisar muy suavecito porque los suelos son de madera vieja y chirrían cuando andas, y no quería que papá y Abu, que estaban abajo, se enterasen de que me había levantado. Enfoqué a Buzz hacia la litera de arriba. Vacía.

Después fui al armario de Andy y me senté en su saco de dormir. La linterna hizo un circulito de luz en la oscuridad y me puse a hacer dibujos con él sobre las paredes, las camisas y las chaquetas. Me eché sobre el saco y apoyé las piernas en la pared, y era supercómodo. Dejé a Buzz a mi lado y a Clancy encima de mi pecho, y crucé las manos por debajo de la nuca a modo de almohada.

Inmediatamente, me entraron ganas de susurrar otra vez:

—Venga, pensamientos malos, ¡a la caja fuerte!

Me imaginé los pensamientos malos como personitas que iban desfilando por mi cerebro hacia la caja fuerte. Después, un portazo.

—Ya está. ¡Y ni se os ocurra volver a salir!

¡Funcionó! Me quedé un rato allí tumbado pensando en mamá y en si volvería a casa al día siguiente. Después me entró sueño y me fui a la cama de papá.

Más tarde, en mitad de la noche, el pistolero volvió.

PUM PUM PUM

Me senté. Estaba todo demasiado oscuro y no veía nada. Solo oía los estallidos.

PUM PUM PUM
PUM PUM PUM

Una vez, y otra, y otra más. ¿Sonaban lejos o cerca? Me apreté las manos contra las orejas con todas mis fuerzas, pero seguía oyéndolos.

PUM PUM PUM

Oí que me salían ruidos de la boca, pero tenía que estar callado para que el pistolero no me encontrase y me disparase.

NO NO NO

No dejaban de salirme gritos de la boca y no podía hacer nada por impedirlo. Noté que una mano me tocaba. No sabía de dónde había salido, pero entonces oí la voz de papá:

—Zach, tranquilo, tranquilo.

Se encendió una luz y seguí gritando. No podía evitarlo, porque el pistolero había vuelto. ¿Cómo había entrado en casa? Nos iba a disparar y se nos llenaría todo de sangre y nos moriríamos como Andy.

—No está pasando de verdad. Tienes una pesadilla —repitió papá muchas veces, y dejé de chillar. Pero seguía asustado y respiraba demasiado deprisa, y los PUM seguían retumbándome en los oídos como un eco—. Estás bien. No te pasa nada.

La siguiente vez que me desperté ya era por la mañana y no recordaba cuándo había vuelto a dormirme después de oír los PUM ni cuándo se había levantado papá. Ya no estaba en su lado de la cama.

Me lo encontré abajo, otra vez sentado en la cocina y con la mirada clavada en la taza de café. Seguía sin afeitarse y le había crecido la barba. Fui a sentarme en sus rodillas y me puse a ver lo que estaban haciendo Abu y la tía Mary. Habían cogido los álbumes de fotos y estaban sacando fotografías, sobre todo de Andy y algunas de toda la familia. Hablaban muy bajito y se secaban las lágrimas de la cara, pero a veces se reían un poquito al ver las caras de bobo que ponía Andy en las fotos.

—¿Qué hacéis? —pregunté.

Me daba que a mamá no le iba a hacer ninguna gracia que sacasen fotos de los álbumes, porque los álbumes de fotos son cosas muy especiales y hay que lavarse las manos antes de tocarlos y pasar las páginas con mucho cuidado para no arrugar el papelito que hay entre una página y otra.

—Esto... Tenemos que elegir unas fotos para el... —dijo Abu, y la tía Mary la interrumpió y dijo:

—Nada, que tenemos que coger unas cuantas. Después las volveremos a meter. Oye, mira esta. —La tía Mary dio la vuelta al álbum y señaló una foto—. ¿Te acuerdas de dónde era?

—Del crucero —dije yo. Salíamos todos: mamá, papá, Andy y yo, y también el tío Chip y la tía Mary y Abu. Llevábamos aquellos sombreros tan grandes que compramos en la tienda de regalos del barco. El verano antes de que empezase tercero de infantil hicimos todos juntos un viaje especial en un crucero enorme para celebrar que Abu cumplía setenta años. El barco molaba mucho; en lo más alto había una piscina grande con toboganes de agua. Había montones de restaurantes en los que servían todo tipo de comidas y estaban siempre abiertos, así que podías pasarte el día comiendo si querías. El barco fue parando en distintos sitios de México durante varios días.

Miré la foto que estaba al lado de la que había señalado la tía Mary. También era del crucero, pero solo salíamos mamá, papá, Andy y yo. En la foto, los cuatro nos estamos riendo a carcajadas, y sonreí al acordarme del motivo: era de cuando organizaron una fiesta mexicana y hubo un concurso para ver qué familia era capaz de comerse las cosas más picantes. Al principio, la comida que sacaron no era demasiado picante, pero después sí, y aun así tratamos de comérnosla, a pesar de que nos quemaba la boca y nos salían lágrimas. Bebimos un montón de agua, pero no sirvió de nada. En la foto, mamá se está riendo y tiene los ojos apretados. Papá, a su lado, la está mirando, riéndose él también, y Andy y yo estamos sentados delante de ellos con unos pimientos rojos muy largos en la mano. Estos al final no nos los comimos porque estaban demasiado picantes.

—Qué bien lo pasamos, ¿eh? —dijo la tía Mary con una voz que no parecía la suya. Cuando la miré para ver por qué le sonaba así, seguía sonriendo, pero también se había echado a llorar otra vez.

—Yo creo que valdrá con estas para empezar —dijo Abu, enseñando un montoncito de fotos. Cogió el bolso de la barra y las guardó. La tía Mary cerró el álbum de las fotos del crucero y arrancó un trozo de papel para secarse las lágrimas. Después siguió a Abu hasta la puerta de la cocina.

Me recosté contra papá.

—¿Papá?

—Dime.

—¿Anoche entró en casa el pistolero?

Abu y la tía Mary se dieron la vuelta a la vez.

—No, cariño, tuviste una pesadilla. El pistolero no va a venir a nuestra casa. ¿Está claro? —Lo dijo como si le hubiese hecho una pregunta estúpida, como diciendo «menuda chorrada».

—Pero ¿y si viene y nos dispara como a Andy?

Abu volvió hacia nosotros, me cogió las manos y me las agarró con fuerza.

—Zach, el pistolero ya no puede hacerte daño, ni a ti ni a nadie, porque está muerto. Es importante que lo sepas. Ya no hay por qué tener miedo. La policía le mató.

Entonces me acordé de que el policía de la iglesia lo había dicho. Se me había olvidado.

—Era un hombre malo, ¿no? —pregunté.

—Sí. Hizo una cosa muy mala —respondió Abu.

—¿El alma del pistolero también se fue volando al cielo? ¿Intentará hacerle daño al alma de Andy en el cielo?

—¡Dios mío, Zach, claro que no! El cielo es para las almas de las personas buenas. Las almas de las personas malas van a otro lugar.

13

No puedes estar aquí

Estaba en el baño lavándome los dientes después de desayunar cuando oí voces que subían del pasillo de abajo. Eran la voz de papá y otra voz distinta; al principio pensé que sería Abu o la tía Mary, que quizá habrían vuelto del sitio al que habían ido con las fotos. Oí decir a papá:

—No puedes estar aquí. Tú... Lo siento...

Oí la voz de la mujer, que sonaba como si estuviese llorando, o puede que atragantándose. Me acerqué a las escaleras con cuidado para que no crujiera el suelo, porque quería ver a quién le había dicho papá que no podía estar ahí.

La voz de mujer era de la madre de Ricky. Estaba en la entrada, con la espalda apoyada en la puerta, y papá estaba justo enfrente de ella. La madre de Ricky había levantado las manos y papá le estaba agarrando las muñecas. Estaba llorando y tenía la cara toda mojada, y también la camiseta, aunque esto lo mismo era por la lluvia. No llevaba más que una camiseta, y tenía los brazos muy blancos y flacuchos.

—Jim. Por favor. No me hagas esto —dijo la madre de Ricky—. Jim, por favor. —Lo dijo una y otra vez, y no supe qué era lo que le pedía a papá que no hiciera—. Estoy... estoy completamente sola. —Hizo un ruido muy fuerte, como si se ahogase, y le salió de la nariz un mocazo que le llegó hasta la boca. Me dio mogollón de asco.

Papá le soltó las muñecas y la mujer se limpió la nariz con el brazo, como los niños pequeños. Después, con la espalda pegada a la puerta, empezó a resbalarse hacia el suelo como a cámara lenta, como si estuviera demasiado cansada para seguir de pie, y se quedó sentada justo delante de la puerta. Lloraba y lloraba. Yo solo lo oía, no le veía la cara porque papá estaba delante.

—Nancy —dijo papá en voz baja—, lo siento, de verdad que lo siento. Ojalá pudiera... —Dejó la frase colgando, y la madre de Ricky no respondió. Siguió allí sentada llorando, nada más.

—Nancy —repitió papá—. Por favor. —Se agachó a tocarle la mejilla y la pude ver otra vez—. Estábamos los dos de acuerdo en que teníamos que poner fin a... a esto. Convinimos en que es mejor así, ¿no?

La madre de Ricky le agarró la mano con las dos suyas y se la acercó a la cara, y aunque se la debía de estar llenando de lágrimas y de mocos, papá no la apartó.

—Nancy, Zach está arriba. Y mi madre y Mary deben de estar al caer. Lo siento muchísimo. Por favor, tienes que marcharte.

—No —dijo la madre de Ricky, mirando a papá—. No, tengo que estar contigo. Te necesito. ¿Cómo se supone que voy a poder...? —Y se puso a llorar cada vez más fuerte, pero sin apartar la vista de papá—. Está muerto —y estiró la palabra, que sonó como a «mueeeeeerto»—. Mi Ricky. Ay, Dios mío. Ricky, mi... ¿Qué voy a hacer? ¿Qué se supone que tengo que haceeeer?

A Ricky le había matado el pistolero igual que a Andy, pero la madre de Ricky no estaba en el hospital en estado de *shock* como mamá. Había venido aquí, a nuestra casa, y decía que tenía que estar con papá y se agarraba a su mano como si le perteneciera. No me hizo ninguna gracia y no sabía por qué papá se lo consentía.

Quería que le soltase, así que empecé a bajar las escaleras. Al oír mis pasos, papá retiró la mano y se volvió inmediatamente hacia mí. La madre de Ricky intentó ponerse de pie y se golpeó la cabeza con el picaporte.

—¡Zach! —dijo papá, y me miró como esperando que yo

75

fuese a decir algo, pero no dije nada—. Ha venido Nancy... la señora Brooks —dijo, como si yo fuera ciego o algo parecido, porque la mujer estaba ahí en medio.

Me quedé mirando a papá y a la madre de Ricky. Tenía la cara muy blanca, igual que la piel de los brazos, solo que muy roja por la zona de alrededor de los ojos, y hasta el blanco de los ojos estaba rojo. Los ojos eran muy azules, los más azules que he visto en mi vida. El pelo, largo, estaba mojado y se le había pegado a la cara y al cuello. A través de la camiseta mojada vi dos círculos puntiagudos saliéndole de las tetas, y no pude apartar la mirada.

—Me... me voy —dijo. Se dio media vuelta y agarró el picaporte, pero no podía abrir la puerta porque no sabía que hay que bajarlo con fuerza hasta el fondo.

—Espera, que te...

Papá alargó la mano para abrirle y su brazo le rozó los círculos puntiagudos de las tetas. Intentó abrir, pero como la madre de Ricky estaba delante de la puerta, tuvieron que dar un paso atrás y se chocaron. Cuando al fin lo consiguió, la madre de Ricky bajó los peldaños del porche. Me acerqué más a la puerta para arrimarme a papá. Vimos a la madre de Ricky dando pasitos cortos como si el sendero estuviese resbaladizo por la lluvia y le costase caminar por él. Al llegar a la acera giró y siguió por nuestra calle en dirección a su casa, y no volvió la cabeza ni una sola vez.

14

¿Adónde has ido?

Mamá se convirtió en una persona diferente en el hospital. Al cabo de tres noches volvió a casa, y no solo tenía un aspecto diferente, sino que además se portaba de manera diferente. Mamá siempre está guapa, incluso por la mañana nada más levantarse. Su pelo, largo, muy liso y brillante, es del mismo color castaño que el mío. También tenemos los mismos ojos, color miel. El color miel es como varios colores juntos, una especie de verde tirando a marrón, y mola que mamá y yo seamos los únicos de la familia que tenemos el mismo color de pelo y de ojos. Mamá dice que también tengo su forma de ser, o sea, que nos portamos de la misma manera, y creo que tiene razón. A ninguno de los dos nos gusta que haya esas broncas en casa. Lo sé porque a veces, cuando discute con Andy o con papá, se echa a llorar, así que sé que le ponen triste. Mamá dice que los dos somos personas complacientes. Eso es cuando quieres que la gente que te rodea se sienta bien.

En cuanto a Andy, mucha gente dice que es la mezcla perfecta entre mamá y papá, pero para mí que se parece a papá. Tiene el mismo color de pelo (rubio), es alto como él, a los dos se les dan muy bien los deportes y creo que también tienen la misma forma de ser, porque a veces a papá también le entra el mal genio y seguro que de ahí le viene a Andy.

Cuando mamá volvió del hospital, tenía el pelo todo revuelto por detrás, ni liso ni brillante. Al entrar en casa, Mimi iba a su lado.

Daba la impresión de que tenía que sostener a mamá para que no se cayese. Mamá andaba muy despacito, como si estuviese muy cansada, y eso que papá había dicho que lo único que había hecho en el hospital era dormir. Por eso no habíamos podido ir a verla, porque no habría estado despierta.

Antes de que Mimi ayudase a mamá a entrar en casa, papá me dijo que tenía que dejarla tranquila y que no la agobiase nada más llegar, y pensé que no era justo, porque llevaba tres noches sin verla y la había echado muchísimo de menos. Pero al verla tan cambiada me sentí tímido, así que hice lo que había dicho papá: la dejé tranquila.

Mamá llevaba la misma ropa que el día que fuimos al hospital a buscar a Andy, pero ahora estaba estropajosa. Mamá suele llevar ropa muy bonita, incluso cuando no está haciendo nada especial. La ropa elegante que se ponía cuando trabajaba ya no la lleva, solo cuando papá y ella salen a pasar una noche romántica. Me gusta ayudarla a elegir un modelito de la sección de ropa elegante que tiene en su armario, y dice que tengo buen gusto. Su antiguo trabajo estaba en la ciudad, como el de papá, aunque en otra oficina distinta. Hacía anuncios para la tele, pero lo dejó al nacer Andy y yo. Ahora su trabajo es ser una mamá, y poner lavadoras, hacer la cena y cosas así.

Mimi la ayudó a sentarse en el sofá, parecía como si mamá fuese una niña pequeña que no sabe hacer las cosas sola. Me dio pena verla con esa pinta, con el pelo todo revuelto y portándose como una niñita, así que decidí ir a sentarme a su lado a pesar de que todavía me sentía tímido. No miré a papá porque seguro que se enfadaba conmigo por no dejar tranquila a mamá.

Cuando me senté, mamá volvió la cabeza muy despacio y me miró. Puede que no me hubiera visto antes, nada más entrar, porque puso cara de sorpresa. Me sentó sobre sus rodillas y hundió la cara en mi cuello. El pecho se le movía como si estuviera llorando, y noté su respiración caliente y rápida en el cuello. El aire que soltaba me hacía cosquillas, pero no me moví. Me dejé abrazar muy fuerte, aunque no olía a ella, olía al gel antiséptico que tenemos en el cole.

Vi que tenía una tirita en el hueco del codo, justo donde le habían metido el tubo transparente, y quise preguntarle si le dolía. Dije «¿Mamá?» y mamá levantó la cara de mi cuello y me enfadé conmigo mismo porque ahora tenía frío en el cuello. Mamá me miró, pero no a los ojos, sino a algún lugar por encima, puede que a la frente. «¿Mamá?», volví a decir, y esta vez le puse las manos en la cara y acerqué mi cara a la suya. Era como si siguiese dormida, pero con los ojos abiertos. Quería despertarla suavemente, pero de repente se agarró la tripa con los brazos, se echó hacia atrás en el sofá y soltó una especie de «¡Aaaaaaaay!» muy largo.

Le solté la cara y me bajé de sus rodillas porque el ruido me asustó y seguro que lo hacía por mi culpa, porque no la dejaba tranquila.

—Cielo, dale un poco de tiempo a mamá, ¿vale? —dijo Mimi en voz muy baja, poniéndome la mano en el brazo—. Necesita descansar.

—Venga, peque, vamos a dejar un ratito a mamá para que se vaya instalando —dijo papá, y se acercó al sofá para cogerme la mano y levantarme.

Aparté el brazo de un tirón y subí corriendo las escaleras. Me quedé un rato en mi cuarto, respirando muy deprisa y atento por si oía subir a papá detrás de mí, pero no vino. Me enfadé al pensar que yo estaba allí arriba completamente solo mientras los mayores se quedaban abajo y ni siquiera les importaba. Noté ese cosquilleo que me entra en los ojos justo antes de que me salgan las lágrimas. No quería llorar, así que rápidamente hice el truco del pellizco, y se me fue el cosquilleo de golpe y evité que salieran las lágrimas.

Me gusta estar en paz en mi cuarto, pero esta vez no sentía nada bueno. Tenía un sentimiento de soledad. Sentirse solo no es lo mismo que estar solo. Mamá y yo nos dimos cuenta de esto un día cuando acababa de irme a la cama. La llamé para que volviera a mi cuarto y le dije que estaba solo, pero mamá dijo que no estaba solo porque ella estaba abajo, y llegamos a la conclusión de que no estaba solo, sino que me sentía solo. Te sientes solo cuando preferirías estar acompañado, y es un sentimiento triste. En cambio, estar solo no tiene por qué ser malo, porque puedes encontrarte tan a gusto estando solo. Mamá y yo llegamos a la conclusión de que, de vez en cuando, a los dos nos gusta estar solos. Yo antes me iba a mi cuarto para estar solo, no para sentirme solo.

Decidí irme a la guarida, porque, por alguna razón, allí estaba solo, pero no me sentía solo. Empezaba a ser acogedora. Tenía mi linterna de Buzz, y me había traído unas almohadas del armario del pasillo en el que hay un montón de mantas y almohadas de sobra. Como nunca se usan, nadie se iba a fijar en que las había cogido. Y el amuleto de la señorita Russell lo había dejado en un rincón de la guarida. Cada vez que entraba, lo cogía y frotaba el ala, y pensaba en lo buena que era la señorita Russell por haberme dado su amuleto favorito, porque al frotarlo me sentía bien. Por supuesto, Clancy también estaba allí. Para dormir, me lo llevaba de la guarida a la cama, y después de la cama a la guarida. Cogí a Clancy, me senté sobre el saco de dormir, me puse una almohada entre la espalda y la pared y empecé a morder la oreja de Clancy, la derecha, no la izquierda, porque la izquierda ya la había mordido demasiado y mamá dice que el día menos pensado se le va a caer.

Andy siempre intenta quitarme a Clancy para tirarlo a la basura, porque dice que huele que apesta. Me paso la vida buscándole escondites para que Andy no me lo pueda quitar, y a veces a la hora de acostarme se me olvida dónde lo he dejado y tenemos que buscarle por todas partes porque si no no me duermo. Pensé que ahora no iba a tener que esconder nunca más a Clancy, que iba a estar a salvo, a salvo de Andy.

Me pregunté cómo sabría Abu que Andy, o su alma, se había ido al cielo, porque había dicho que al cielo solo va la gente buena. La verdad es que muchas veces Andy no era una buena persona. Más que nada, intentaba meterse conmigo y disgustar a mamá. Hacía una y otra vez todas las cosas que le disgustaban, así que debía de hacerlo aposta, porque, si no, ¿por qué no paraba?

Ahora, Andy ya no podía meterse conmigo ni tampoco disgustar a mamá. De momento, mamá estaba triste y en estado de *shock* porque el pistolero había matado a Andy, pero cuando empezase a encontrarse mejor ya no tendría que estar disgustada a todas horas.

El tío Chip se fue al cielo, eso seguro, porque se portaba bien con todo el mundo. Pero ¿Andy? Abu decía que las almas de las personas malas se iban a otro lugar; yo no sabía adónde, pero si Andy se había ido a ese lugar en vez de al cielo, ahora estaría con todos los tipos malos, como el pistolero, y eso debía de dar mucho miedo. Cerré los ojos y busqué una imagen de Andy en mi cerebro. Conseguí ver su cara unos instantes, pero me costaba mantenerla inmóvil. «¿Te has ido al cielo, o adónde te has ido?», le dijo mi cerebro a la cara de Andy. La cara de Andy desapareció. «Bueno, pues ojalá que sí».

15

Caminando a ciegas

—¿Me dejas un ratito ver la tele? —Dejé el bol de los cereales en la pila—. ¿Puedo ver los dibujos?

—Hmmm...

Papá no levantó la vista del móvil, y sonó como un sí o, al menos, no como un no, así que me fui al cuarto de estar y puse la tele. Inmediatamente salieron las noticias; el volumen seguía quitado. Estaba a punto de darle a la opción de televisión a la carta para ver si había un nuevo episodio de *Phineas y Ferb* cuando, de repente, salió una foto en las noticias y, encima de la foto, las palabras *El asesino de McKinley*. Me quedé como paralizado, no podía moverme. No podía apartar los ojos de la pantalla: la foto era del hijo de Charlie.

Supe que era el hijo de Charlie nada más verle. Lo reconocí por la fiesta que hubo el año pasado en honor de los treinta años que llevaba Charlie en el cole. La mujer de Charlie (se llama Mary, como mi tía) y su hijo (no sabía cómo se llamaba) vinieron a la fiesta. Su mujer era simpatiquísima. Nos llamaba «los ángeles de Charlie» y decía que éramos monísimos y que no le extrañaba nada que Charlie se pasase la vida hablando de nosotros. El hijo de Charlie no dijo nada en toda la fiesta. Se quedó allí plantado al lado de Charlie, mirándonos con cara de borde, como si estuviese enfadado. Su cara era igualita a la de Charlie, solo que no tan vieja. Eran clavados, pero el hijo no sonreía y Charlie siempre está sonriendo.

La boca de Charlie tenía una curva hacia arriba, y la boca de su hijo, una curva hacia abajo; eran iguales y, a la vez, todo lo contrario.

El hijo de Charlie ni siquiera sonrió cuando le habló mamá. Mamá le dijo que era increíble que estuviese tan alto y le preguntó si se acordaba de que había sido su canguro nada más acabar la universidad, cuando él tenía tres o cuatro años. El hijo ni sonrió ni respondió. La mujer de Charlie respondió por él y dijo que por supuesto que se acordaba, y que mamá había sido su canguro favorito, «¿Verdad que sí, hijo?».

Quería oír lo que decían las noticias sobre el hijo de Charlie, pero no quería subir el volumen porque no quería que papá supiera que estaba viendo las noticias y me dijera que la apagase. Así que seguí viéndolas sin volumen. La foto se quedó un buen rato en la pantalla, y en un momento dado desapareció *El asesino de McKinley* y leí *Charles Ranalez Jr.*, así que debía de llamarse así, porque Charlie se apellida Ranalez. Eso pone en su placa de identificación: *Charlie Ranalez*. Después se fue la foto y salió una nueva. Era una de Charlie sonriendo, y me pareció que era la misma foto que había salido en la pantalla grande del auditorio durante la fiesta.

Me moría de ganas de saber qué decían de Charlie, así que subí el volumen un poquitín. La foto de Charlie desapareció y salió un locutor con un micrófono. Estaba enfrente de mi cole hablando con una mujer a la que recordaba haber visto alguna vez con una furgoneta, creo que es la abuela de Enrique.

—¿Cuál fue su reacción cuando se enteró de que el pistolero era Charles Ranalez júnior, el hijo del vigilante de seguridad de McKinley, Charlie Ranalez? —dijo el locutor, y después apuntó con el micrófono a la boca de la abuela de Enrique.

—No daba crédito. Nadie da crédito —dijo la abuela. Parecía tristísima y no hacía más que decir que no con la cabeza—. Charlie es un encanto, ¿sabe?, y le queremos a morir. Bueno, a morir, no... No debería haberlo expresado así. Pero adoraba a los niños, ¿sabe?, los quería como si fueran suyos. Ha visto pasar por el colegio a varias generaciones. Mi hijo estudió aquí, y ahora mi nieto... Charlie siempre era amable y atento... No acabo de creerme que su hijo haya podido hacer algo así.

El locutor me miró a través de la pantalla y dijo:

—Cuesta entender la ironía de que el hijo del mismísimo vigilante de seguridad del colegio matase a sangre fría a quince niños y cuatro trabajadores antes de ser abatido a tiros por la policía. Testigos presenciales afirman que su padre le suplicó que dejase de disparar, pero en vano...

—¡Ay!

Fue un gritito como de ratón; tenía los ojos clavados en la tele y al oírlo se me pusieron los pelos de punta porque había sonado justo detrás de mí. Me di la vuelta y vi que el gritito había salido de la boca de mamá. Antes no estaba en el piso de abajo, pero ahora estaba detrás del sofá y también tenía los ojos clavados en la tele.

Papá vino de la cocina, me quitó el mando de la mano y apagó el televisor.

—¿Se puede saber qué haces, Zach? —Me miró como si estuviese muy pero que muy enfadado.

—Me has dicho que podía ver la tele. —La voz me salió como si fuese a llorar.

Mamá no dijo nada. Siguió mirando hacia la tele, aunque ya no se veía nada, pero no parecía que se diese cuenta.

—Papá, ¿sabías que el pistolero era el hijo de Charlie? En las noticias han dicho que...

—Zach. Ahora no.

Se acercó tanto a mí que noté su aliento en la cara. Los ojos se le achicaron y me chilló las palabras, pero sin separar los dientes, así que no fue un chillido fuerte, sino un chillido de los que dan miedo. Me entró mucho calor y se me puso dolor de estómago.

En Nueva York había visto a un hombre ciego. Al principio no sabía que estaba ciego; tenía un perro monísimo y le había preguntado a mamá si podía acariciarlo, pero me dijo que no, que era un perro especial, un perro guía, y que no está permitido tocar a los perros guía porque se encargan de ayudar a las personas ciegas o enfermas, y si los tocas, ya no pueden hacer bien su trabajo. Y me pareció guay que el perro pudiese decirle al hombre ciego adónde tenía que ir y que el hombre le siguiese a todas partes, incluso para cruzar la calle. En las calles de Nueva York hay mucho trajín y son muy peligrosas, y a mí no me dejan cruzar si no le doy la mano a un mayor.

Al ver cómo volvía mamá a la cocina con papá, me acordé del ciego y del perro guía, como si papá fuese el perro y tuviese que indicarle el camino a mamá porque mamá no veía nada. Me aseguré de que ya no me venían más lágrimas a los ojos y fui tras ellos a la cocina. Pero solo estaba papá.

—¿Dónde está mamá?

—Arriba. He tenido que darle medicina para que se tranquilizase. Estaba muy muy afectada. Ahora va a dormir.

Me di cuenta de que papá seguía enfadado conmigo y casi se me volvieron a llenar los ojos de lágrimas.

—Lo siento, papi. Iba a ver los dibujos y resulta que estaban las noticias y...

Aunque todavía me quedaban cosas que decir, papá se puso a hablar.

—No deberías ver las noticias. No tienes permiso, ya lo sabes. Y a mamá no le ayuda nada ver esas cosas. Acaba de volver del hospital, y a este paso tendremos que volver a ingresarla. Y supongo que no querrás eso, ¿verdad que no?

No quería, pero me sentía incapaz de decir nada, así que me limité a negar con la cabeza. No quería que mamá se fuese otra vez al hospital. Quería que se le pasase el *shock* para que volviese a ser la de siempre y dejase de andar como una persona ciega y de dormir a todas horas. Seguí diciendo que no con la cabeza, no paré hasta que papá dijo:

—Vale, tranquilo, Zach. Esto es duro para todos, ¿de acuerdo? ¿Qué tal si te entretienes tú solito un rato? Mimi volverá luego y podréis hacer algo juntos, ¿vale?

—Vale. Pero, papá... ¿El hijo de Charlie ha herido a Charlie?

—¿Qué? No, Charlie no está herido. —Lo dijo como si estuviese enfadado por eso.

Subí al piso de arriba y vi que la puerta del dormitorio de mamá y papá estaba abierta, así que me acerqué a ver si mamá estaba bien. Estaba en la cama, pero no dormida. Estaba tumbada de lado con los ojos abiertos. Nada más verme, sacó los brazos de debajo de las sábanas y me los tendió. Fui a echarme a su lado y me abrazó muy fuerte. Estuvimos tumbados un buen rato sin hablar. Me sentía bien a solas con mamá. Todo estaba en silencio; lo único que oía era su respiración.

Me volví un poquito para verle la cara y quise pedirle perdón por haberla disgustado, pero había cerrado los ojos. Me quedé un rato mirándole la cara. Notaba su pecho subiendo y bajando, y no me moví nada. Después susurré: «Lo siento, mami» y me solté del abrazo, me bajé de la cama y salí de puntillas de la habitación. La puerta chirrió un poco. Volví la cabeza y miré a mamá, pero seguía dormida.

Lo único que quería era llegar a mi guarida. Cerré del todo la puerta del armario, encontré la linterna en la oscuridad y la encendí. Cogí a Clancy y me puse a morderle la oreja, y durante un buen rato no paré de morder. Clancy se quedó empapado de saliva.

16

Zumo de tomate

Se suponía que, ahora que mamá había vuelto, yo tenía que dormir en mi cama, pero a la hora de acostarme volví a tener miedo y mamá le dijo a papá que pusiera mi colchón al lado de su cama. Se acostó en su cama y yo en mi colchón, y me cogió la mano; me sentó muy bien dormirme así, cogiditos. Nos olvidamos de cantar nuestra canción, y cuando me acordé, parecía que mamá se había dormido y no quise despertarla. Así que la canté yo solo, para mí y para Clancy.

A la mañana siguiente me desperté porque estaba temblando. El colchón estaba superfrío, y vi que estaba mojado por todas partes y que también lo estaban el pantalón del pijama y un lado de la camiseta. No entendía nada, pero de repente caí: ¡me había meado encima mientras dormía! ¡Me había meado en la cama como un bebé!

Jamás en la vida me había meado, excepto cuando tenía tres años y dejé de llevar pañal por las noches. Mamá decía que solo se me había escapado un par de veces, y que me despertaba en mitad de la noche para llevarme en brazos al cuarto de baño. Me contó que hacía pis en el váter sin despertarme, y que al día siguiente ni siquiera me acordaba. Pero ahora siempre me despierto y voy yo solo al baño.

Mi primo Jonas siempre se mea en la cama. También tiene seis años, y no es mi primo de verdad; es el hijo de la hermana de la tía Mary, así que es como una especie de primo sin serlo. Una vez vino a dormir a casa y durmió en un colchón hinchable al lado de mi cama. Me dejó todo el colchón meado, y Andy se rio de él y dijo que solo los bebés se meaban en la cama. Yo también me reí de él un poquito, pero después me sentí mal porque mamá dijo que no era culpa suya y que no estaba bien que nos metiéramos con él por eso. Que seguro que se había meado porque tenía miedo y echaba de menos a su madre, y que seguro que estaba avergonzado.

Y ahora yo me había meado en la cama como Jonas. Al pensarlo noté que empezaba a arderme la cara, y supe que era porque me estaba poniendo rojo de vergüenza. Me pasa mucho. En el cole me pasa siempre, como cuando la señorita Russell va y me habla cuando estoy a mi bola y todos me miran a ver qué respondo. Cuando sé que voy a decir algo y me da tiempo a pensar lo que quiero decir y estoy seguro de que me sé la respuesta, no pasa nada. Pero cuando no me lo espero, me pongo rojo; lo llamo el derrame del zumo de tomate, porque es como si me echasen un vaso de zumo de tomate por el cuello y me subiese poco a poco hasta la cara. Cuando me pasa, intento esconder la cara y esperar a que se me vaya el calor, y entonces sé que el zumo de tomate ha vuelto a bajar por el cuello.

Zumo de tomate ardiendo. A veces se me quedan puntitos rojos en el cuello durante un rato. En general, vuelve a bajar muy deprisa, pero no si alguien dice algo o se ríe de mí. Por ejemplo, Andy sabe que odio que digan que estoy rojo, así que, cómo no, le encanta decirlo bien alto para que todo el mundo lo oiga, y se parte de risa. En estos casos tarda siglos en desaparecer.

Me puse a pensar en qué me convenía hacer porque no quería que nadie se enterase de que me había meado en la cama. Eché un vistazo a la cama de mamá y papá y solo vi la espalda de mamá. No se movía, así que seguía durmiendo, y papá no estaba en la cama. Me levanté de un salto, me fui a mi cuarto y me quité el pijama, y me dio mucho asco porque tuve que tocar todo el pis. No quería tirar el pijama a la cesta de la ropa sucia porque mojaría el resto de la ropa, así que lo dejé en la bañera, detrás de la cortina. El colchón seguía empapado, pero seguro que se iba secando a lo largo del día...

Me vestí y me quedé un rato sentado en la cama esperando a que se me pasara la sensación de zumo caliente. Me fijé en los camiones. Seguían delante de mi estantería, en aquellos días no había jugado con ellos ni una sola vez; seguían todos mezclados, la fila estaba rota. No era normal que los dejase por ahí tirados como si nada.

Me levanté y comprobé en el espejo del baño que se me habían ido los puntos rojos del cuello. Entré en el cuarto de Andy a mirar la litera de arriba y luego bajé las escaleras. No había nadie en la cocina, y papá estaba en su despacho hablando por teléfono. Su despacho tiene una puerta de cristal; al verme, me miró con una sonrisa cansada y señaló el teléfono. Me fui a la cocina y me senté en el taburete. Tenía hambre, pero nadie me iba a preparar el desayuno.

Vi que el iPad estaba sobre el mostrador y se me ocurrió jugar al juego de los camiones de bomberos. Es mi juego de iPad favorito. Es un simulador de *parking* y tienes que intentar aparcar un camión de bomberos enorme, y aunque cuesta mucho porque no puedes chocarte con otros coches ni con las paredes del parque de bomberos, se me da fenomenal. Pasé el dedo por el iPad y apareció el periódico de papá.

Ahora papá lee siempre el periódico en el iPad o en su móvil. Antes compraba el periódico de verdad. Nos lo dejaban en la acera enrollado en una bolsa azul, y me tocaba a mí traérselo por las mañanas... bueno, solo los fines de semana, porque entre semana se lo llevaba al trabajo antes de que yo me levantase. Pero luego dejó de recibir la bolsa azul con el periódico y empezó a leerlo en el iPad, y se tira mucho rato. Ojalá le siguieran trayendo el de verdad, así yo podría jugar con el iPad.

Nada más salir el periódico de papá, vi que iba sobre el pistolero, el hijo de Charlie. Bajé por la página y vi la misma foto que había visto el día anterior por la tele. Pensé que era mejor que lo dejase si no quería que papá se enfadase otra vez conmigo. Pero estaba en su despacho al teléfono, y mamá seguía durmiendo, y no sabía dónde estaba Mimi, así que nadie se enteraría. Empecé a leer lo que decía del hijo de Charlie. Ponía: *¿Cuál fue el móvil del asesino?*, con letras muy gordas; y debajo, con letras más pequeñas pero también gordas, ponía: *¿Obra de un loco o de un chico con problemas que reclama a voces la atención de su padre?* Debajo del todo había un montón de letras más pequeñas y finitas.

Era difícil de leer, pero entendí algunas cosas, como que el hijo de Charlie se había llevado cuatro armas de fuego a McKinley para disparar a la gente, y que en su casa, la casa de Charlie, la policía había encontrado más armas, y que aún no sabían dónde las había comprado.

Más adelante había fotos de las armas. Algunas parecían pistolas normales, como las que llevan los policías en el cinturón, y otras eran grandes y largas por delante, parecían armas del ejército. Debajo de las fotos venían los nombres, y eran nombres muy chulos. Debajo de las pistolas con pinta normal ponía *pistola calibre .45 Smith & Wesson M&P* y *revólver semiautomático Glock 19 9 mm*, y debajo de las pistolas que parecían del ejército ponía *Smith & Wesson M&P15 semiautomática* y *escopeta Remington 870 calibre 12*. Susurré los nombres de las armas mientras intentaba leerlos, pero era difícil pronunciarlos.

Me quedé un buen rato mirando las fotos, y el corazón me latía muy deprisa porque, aunque ya sé que las pistolas son peligrosas, también son un poco emocionantes. Pero tenía que pensar que el hijo de Charlie había utilizado estas pistolas para matar a Andy, y me pregunté cuál sería la pistola de la que había salido la bala que le mató. También me pregunté cómo habría metido el hijo de Charlie cuatro pistolas en el colegio... Además, ¿cómo usa uno cuatro pistolas al mismo tiempo? A Andy debió de dolerle muchísimo cuando le entró la bala en el cuerpo (aún no sabía por qué parte del cuerpo le había entrado), y luego se murió.

Debajo de las fotos de las pistolas decía que el hijo de Charlie había puesto un mensaje en Facebook mientras iba de camino a McKinley. Sé lo que es Facebook porque lo he visto en el móvil de mamá. Mamá entra mucho para ver qué cuelgan sus amigos, y me enseña fotos y vídeos graciosos. Ella también cuelga fotos, sobre todo de mí y de Andy haciendo deporte y cosas por el estilo. A papá no le gusta Facebook y no entra nunca, y una vez mamá y él se pelearon porque papá decía que mamá no debería colgar fotos de nosotros cuatro para que las viera el mundo entero, a lo cual dijo mamá: «Bueno, no deja de tener su gracia que digas eso, teniendo en cuenta lo mucho que te gusta alardear».

Este era el mensaje que había puesto en Facebook el hijo de Charlie:

Ángeles de Charlie, hoy es el día que voy a por vosotros. ¡Nos vemos pronto, papá! Reza por mí.

Así nos había llamado la mujer de Charlie en la fiesta, «los ángeles de Charlie».

Detrás de mí, el cajetín de la alarma dijo «¡Puerta principal!» con su voz de mujer robot, y casi tiro el iPad. Pulsé corriendo el botón de arriba para apagarlo y lo guardé. El corazón me latía supermegarrápido y notaba la cara como cuando me pasa lo del zumo de tomate. Entró Mimi con bolsas del súper y pensé que se daría cuenta nada más verme, pero no.

—Buenos días, cielo —fue lo único que dijo, y me sentí incapaz de responder nada, solo «Hmm».

Mimi vació las bolsas y la vi sacar leche, huevos y plátanos..., se le debía de haber olvidado que a nadie de la familia le gustan los plátanos, menos a Andy. A Andy le encantan, pero ya no estaba para comérselos, conque ¿quién se iba a comer todos los plátanos que había traído Mimi de la tienda? Ahí estaban, sobre la barra. No podía dejar de mirarlos. En mi cabeza, me decía a mí mismo muy alto: «¿Quién se va a comer los malditos plátanos?». Estaba, no sé, como gritándolo por dentro: «Qué asco de plátanos, ¡están blandurrios!». Y los cogí y los tiré a la basura. Me dio gustito. Salí de la cocina sin hacerle ni caso a Mimi, que me dijo:

—Zach, cariño, ¿y eso a qué viene?

17

Papeles de sentimientos

No sabía que pudieras sentir más de una cosa al mismo tiempo en tu interior.

Sobre todo sentimientos opuestos. Puedes estar muy emocionado por algo, pero luego, cuando haces ese algo, la emoción se va y te quedas contento porque ha sido divertido. O triste porque ya se ha terminado, como cuando acaban de irse todos de tu fiesta de cumpleaños. Pero ¿más de un sentimiento a la vez, uno al lado de otro o uno sobre otro y todos mezclados dentro de ti? No tenía ni idea de que eso pudiera pasar.

Pero entonces me pasaba, y era duro, porque si estás contento, al menos sabes que quieres reírte o sonreír, y si estás enfadado o triste, quieres chillar o llorar, pero cuando sientes todas estas cosas juntas, no sabes lo que quieres. Me puse a dar vueltas por la casa y lo mismo iba por aquí que por allá, subía que bajaba, y era como si mi interior no pudiera calmarse y, por tanto, mi exterior tampoco.

Al pasar por delante del calendario de la cocina, me paré. Allí seguían las actividades de la semana anterior. La fila de papá está encima, luego está la de mamá, después la de Andy y, por último, debajo del todo, la mía, porque va por edades y yo soy el más pequeño. Los nombres estaban escritos con rotu permanente, no se borran cuando mamá borra todo cada domingo para apuntar las actividades de la semana siguiente. Así que, a partir de entonces, la fila de Andy iba a estar vacía, iba a haber una fila vacía entre la mía y la de mamá, pero su nombre seguiría allí y, por lo tanto, seguía formando parte de nuestra familia, solo que en realidad no.

Me quedé mirando la fila de Andy y leí lo que se suponía que tenía que haber hecho la semana anterior. Solo llegó hasta el martes (*lacrosse*) porque se murió el miércoles. No llegó a ir a fútbol el jueves. En su fila ponía *partido de* lacrosse, *7:00 p. m.* para el viernes. Me pregunté si, de todos modos, el equipo de Andy habría jugado el viernes sin él. A lo mejor habían cogido a uno de los jugadores que suelen quedarse en un lado del campo para que jugase en lugar de Andy, y entonces habría sido como si Andy ni siquiera hubiese faltado y no hubiese cambiado nada. Empecé a enfadarme por eso, por que hubiesen jugado el partido a pesar de todo. Aunque Andy juega genial y mete muchos goles, así que, al no estar él, puede que no ganasen.

Aquel día era martes, y los martes me toca expresión artística en el cole. Me encanta esa clase, soy un artista guay. Estaba a puntito de terminar mi retrato de Frida Kahlo, que ya empezaba a tener muy buena pinta, como los que hacía ella. Frida Kahlo fue una artista mexicana muy famosa de la que nos han hablado en el cole. Pintó un montón de cuadros de sí misma, llenos de colores, y sale con unas cejas enormes que se le juntan y parece que tiene una sola ceja muy larga, y tiene bigote, pero es una mujer. A mí también me gusta usar mogollón de colores cuando pinto. Me daba pena no haber podido ir a clase de expresión artística aquel día, pero también me alegraba que no hubiera cole. Triste y alegre. ¿Lo ves? Sentimientos opuestos.

Frida Kahlo murió hace mucho tiempo. No era vieja, pero estaba muy enferma. No sé de qué, puede que de cáncer, como el tío Chip. Se pasaba el día pintando debido a su enfermedad y a que se sentía sola en la vida. Pintar le ayudaba a manejar lo que sentía. Eso nos dijo la profe de expresión artística, la señora R. Dijo que el arte siempre busca expresar los sentimientos y que es un buen modo de manejarlos. Pensando en lo que había dicho la señora R, se me ocurrió hacer lo mismo: hacer arte para manejar mis sentimientos.

Subí y saqué la bolsa grande de las pinturas. Cogí también el papel de pintar y lo coloqué en el suelo de mi cuarto. Después estuve un rato sentado sin hacer nada, porque no sabía cómo se hace arte para manejar los sentimientos. Quizá podía pintarme a mí mismo, como Frida Kahlo. Llené una taza de agua en la cocina y Mimi me hizo prometer que no iba a dejarlo todo hecho una porquería con la pintura. Me pregunté si Frida Kahlo también habría tenido que intentar que no se quedase todo hecho una porquería cuando pintaba.

Mojé el pincel en el rojo, mi color favorito, y lo moví de arriba abajo hasta cubrir el papel, así que ya no iba a ser un cuadro de mí mismo, sino de cualquier otra cosa que mi mano decidiese hacer. Aún no sabía de qué. Una raya hacia arriba y, al lado, una hacia abajo, y otra vez arriba y otra vez abajo, como una larga serpiente en zigzag. El rojo empezó muy muy rojo cuando todavía tenía mucha pintura en el pincel, y luego se fue aclarando hasta que se me gastó la pintura y parecía rosa clarito. Al ver la raya tipo serpiente en el papel, me acordé del zumo de tomate que me subió por la cara después de mearme en el colchón.

Por lo tanto, el rojo parece el color del sentimiento de vergüenza. ¿Y si elegía un color para cada uno de los sentimientos opuestos que había dentro de mí y pintaba un montón de cachitos de papel de un solo color-sentimiento cada uno? Así los sentimientos estarían separados en vez de todos revueltos, y me ayudaría.

Rojo: vergüenza. Dejo el papel a un lado.

¿Y después qué sentimiento tocaba? Tristeza. En casa, la tristeza estaba por todas partes, sobre todo allí donde estuviese mamá. Mamá estaba tan triste que cuando te acercabas a ella lo notabas. Cuanto más te acercabas, más notabas el sentimiento de tristeza. Mamá no paraba de llorar, y casi no se levantaba de la cama, y alrededor de los ojos tenía unos círculos rojos muy grandes de tanto llorar. Miré los colores que tenía. La tristeza podía ser el gris. Gris como el cielo que había aquel día y como las nubes de lluvia. Lavé el pincel en el frasco del agua y no se me cayó ni una gota en la moqueta. Luego cubrí de gris un cacho nuevo de papel.

Cachito de papel triste al lado del cachito de la vergüenza.

Miedo. Sentía miedo continuamente. Sin ninguna duda, negro. Así estaba todo dentro del armario del cole, negro; casi no había luz para ver los demás colores. Y de noche, cuando me despertaba y pensaba que volvía el pistolero, todo estaba negro, solo que siempre era un sueño. Pinté un papel de negro; sin duda, verlo todo negro daba miedo.

También tenía que encontrar un color para la furia. Furia, enfado. Es un sentimiento que se debe expresar con palabras, dice mamá, no con las manos, pegando.

—Estoy furioso con el pistolero —dije.

La furia tenía que ser verde. Verde como el increíble Hulk. Hulk empieza siendo una persona normal, con la piel beis, pero cuando se enfurece se vuelve verde del todo, incluso la cara. Y se pone muy pero que muy furioso. Y se hace más grande y se llena de músculos, y se vuelve superfuerte. Y también verde, no sé por qué. Así que, el color verde me recuerda el sentimiento de furia. Hice un papel verde y lo dejé al lado de los otros. Por ahora, la cosa iba así:

Rojo: vergüenza.
Gris: tristeza.
Negro: miedo.
Verde: furia.

¿Y qué color hay para cuando te sientes solo? El color de la soledad tenía que ser transparente, pensé, así que ningún color, porque cuando te sientes solo es como si fueras invisible para los demás, pero no invisible molón como los superhéroes, sino invisible triste. Aunque, claro, el papel era blanco; ¿cómo pones un color transparente en un papel blanco? Se me ocurrió una idea. Saqué las tijeras, recorté la parte de dentro del papel y me quedó una especie de marco con un rectángulo de nada transparente en medio. Soledad: transparente.

Pensé que también me sentía feliz. Feliz porque el pistolero no me había matado. Y un poquito feliz porque como Andy ya no estaba, ya no podía meterse conmigo, y ahora podía tener mi guarida secreta en su armario y no podía decirme que me largase. En la guarida me sentía bien y feliz. De momento, era un sentimiento feliz pequeñito, acababa de empezar, pero cuando mamá se recuperase del *shock* y de su tristeza y se fueran los sentimientos malos (furia, miedo, soledad), se convertiría en un sentimiento feliz más grande. Mamá, papá y yo podríamos estar juntos sin pelearnos y podríamos pasarlo bien.

¿Qué color hay para el sentimiento de felicidad? Amarillo. Amarillo como el sol del cielo. Un sol amarillo y cálido en un bonito cielo azul de verano, no el cielo gris-triste que teníamos en ese momento.

Rojo: vergüenza.
Gris: tristeza.
Negro: miedo.
Verde: furia.
Transparente: soledad.
Amarillo: felicidad.

Esperé a que se secasen los papeles de los sentimientos, y después me fui a la cocina y cogí papel celo para pegarlos en la pared de mi guarida. Era un buen sitio para colgarlos. Podía tumbarme sobre el saco de dormir de Andy y mirar los sentimientos. Así, separados, me resultaba más fácil pensar en ellos.

18

Pesadilla en la vida real

El pistolero vino y la vida real se fue, y ahora era como si estuviésemos viviendo una vida nueva de mentira. Yo estaba en casa, papá estaba en casa y mamá también, Mimi se estaba quedando con nosotros en el cuarto de los invitados para cuidar a mamá, y Abu y la tía Mary venían todos los días; por eso se notaba que las cosas eran distintas, porque habitualmente no estamos todos en casa a la vez.

Fuera de casa, daba la impresión de que todo seguía igual que siempre, normal. Cuando miraba por la ventana de mi cuarto, veía que en nuestra calle seguía la vida real con el mismo aspecto que antes. El señor Johnson seguía sacando a Otto a pasear por el barrio, el camión de la basura seguía viniendo y el cartero seguía trayendo las cartas cada tarde a las cuatro, siempre a la misma hora exacta, o casi. La gente que estaba fuera de nuestra casa hacía las mismas cosas de siempre, y me pregunté si sabrían siquiera que dentro de mi casa todo había cambiado.

La única cosa de fuera que hacía juego con el interior de nuestra casa era la lluvia. Llovía y llovía, parecía que no iba a parar jamás, igual que mamá lloraba y lloraba como si no fuese a parar jamás.

En la tele seguían echando lo mismo de siempre y en los anuncios seguían diciendo las mismas cosas, como, por ejemplo, que los cereales *Froot Loops* son guais, como si todo siguiera igual que antes y todavía tuviese importancia. Pensé que, si veía mis programas favoritos de siempre, quizá me dejaría de parecer una vida nueva de mentira, pero los chistes de *Phineas y Ferb* ya no me hacían gracia, y aunque dijesen alguno gracioso, no me reía. Casi todo lo que había dentro de mí era lo opuesto a la risa.

Empecé a fingir que estaba en una pesadilla y que lo que me pasaba era que me veía a mí mismo dando vueltas y haciendo cosas en la pesadilla, porque no era así como quería que fuese la vida real. No quería que mamá se pasase el día llorando en la cama. No quería pasarme por el cuarto de Andy cada mañana a mirar la litera de arriba por si acaso. Lo hacía todas las mañanas, no podía evitarlo. Justo antes de mirar, pensaba: «¿Y si está en su cama y nada de esto ha pasado de verdad? ¿Y si nos ha estado gastando una broma estúpida y me lo encuentro sentado en su cama riéndose de mí porque me he tragado que se ha muerto de verdad?». Cada vez que veía su cama vacía era como si alguien me pegase un puñetazo en el estómago.

No quería seguir meándome en el colchón. La noche anterior había sido la segunda vez, así que ya llevaba dos noches seguidas meándome dormido. Mamá lo descubrió y tuvo que coger el pijama mojado de la bañera y quitar las sábanas mojadas del colchón para lavarlas. No dijo nada, pero aun así me dio vergüenza.

No salíamos a la calle. Era como si el interior y el exterior fuesen dos mundos distintos y tuviésemos que mantenerlos separados. Papá ni siquiera iba a trabajar, pero se metía en su despacho y cerraba la puerta de cristal. No entendía por qué se metía allí, porque no parecía que estuviese trabajando. Se sentaba y se quedaba mirando el ordenador. O apoyaba los codos en la mesa y la cara en las manos.

Después del desayuno me había puesto a mirar el mundo de fuera desde mi ventana y había pensado que ojalá hubiera estado yo en ese lado, donde seguía estando la vida real. Al principio solo veía la lluvia y miraba los círculos que hacían las gotas en los charcos de la acera. Pero después me fijé en que había alguien en la acera de enfrente, justo delante de nuestra casa.

Era la madre de Ricky. Iba con camiseta, como la otra vez, y ni siquiera llevaba un paraguas. Estaba allí plantada bajo la lluvia como si no la notase, pero parecía que estaba calada. Tenía los ojos clavados en nuestra casa; era muy raro, no hacía más que mirar sin moverse del sitio y no cruzaba la calle para entrar. Entonces, de repente, vi a papá cruzando la calle, también sin paraguas y calándose con la lluvia. Agarró a la madre de Ricky del brazo, le hizo darse la vuelta y se fueron calle abajo.

Al cabo de un rato papá volvió, pero sin la madre de Ricky. Bajé y le pregunté adónde había ido, y me miró raro y dijo que había salido a dar un paseo para despejarse.

Durante muchos días después de que viniera el pistolero (y había pasado una semana, lo miré en el calendario de la cocina) no paró de llegar gente a casa con mogollón de comida, a pesar de que la nevera de la cocina y la del sótano estaban ya a reventar. Aquella tarde vino el señor Stanley. El señor Stanley trabaja en mi cole y es muy majo. Solo lleva en McKinley desde que empecé primero. Me cae mejor que el señor Ceccarelli, que era el antiguo jefe de estudios. A veces era muy antipático y casi no nos daba estrellas, ni siquiera cuando nos portábamos bien y con respeto, así que por su culpa no llegamos a celebrar el día del pijama en tercero de infantil. El señor Stanley siempre está bromeando. Hace como que se pierde por el pasillo porque todavía es nuevo y no sabe adónde ir, y nos da un montonazo de estrellas.

Los de primero debemos de tener ya suficientes estrellas para celebrar el día del pijama, porque necesitamos dos mil y la semana antes de que viniera el pistolero teníamos mil ochocientas. Así que lo mismo habían llegado ya a las dos mil. Lo mismo celebraban el día del pijama sin mí porque seguía sin ir al cole, pero no sería justo, porque muchas de las estrellas las gané yo por portarme bien y con respeto.

El señor Stanley no bromeó en aquella ocasión. Pero me sonrió, se agachó a mi altura (es muy alto, por eso hay muchos chicos que le llaman Stanley el Alto, en vez de Stanley el Plano) y me dio un abrazo. Me gustó que me abrazase, y eso que no me suele gustar que nadie me abrace. Quería preguntarle por el día del pijama, pero se metió en el salón con mamá y papá y no me dejaron acompañarles.

Mimi me dijo que lo mejor era que me quedase con ella en la cocina, pero me moría de ganas de saber lo que les estaba contando. Así que le pregunté a Mimi si podía irme al piso de arriba y me dijo que sí, pero en realidad no subí. Lo que hice fue sentarme en las escaleras a espiar al señor Stanley y a mamá y a papá. Me costaba oírles porque hablaban muy bajito, así que deseé poder acercarme más, pero entonces seguro que me pillaban espiando. Conque intenté activar mi oído supersónico.

—... y quiero que sepa que hay un centro de atención psicológica a disposición de todas las familias afectadas. —Estaba hablando el señor Stanley—. Y no solo de las familias afectadas... O sea, todo el mundo está afectado, claro, todos los niños que estaban en el colegio y que tuvieron que vivir una experiencia tan... tan aterradora. Pero para Zach... Zach lo ha vivido en carne propia y además ha perdido a su hermano... No me imagino... Debe de ser muy duro.

Entonces mamá dijo algo, pero no llegué a oírlo, y el señor Stanley respondió:

—Sí. Bueno, cada niño es un mundo, claro. Y, por lo que sé, los síntomas de las posibles complicaciones postraumáticas no tienen por qué manifestarse inmediatamente.

Mamá volvió a decir algo, otra vez muy bajito; bajé un peldaño para ver si estaba hablando de mí.

—Tiene pesadillas, pero me imagino que eso es normal...

Noté que se empezaba a derramar el zumo de tomate, porque no quería que mamá le contase al señor Stanley que no estaba durmiendo en mi cama.

—Bueno, muchas gracias por la información. También tenemos un terapeuta de familia muy bueno, el de Andy... Es otra posibilidad —dijo papá.

100

—Genial, muy bien —dijo el señor Stanley, y sonó a que estaban a punto de terminar de hablar y salir del salón, así que me piré antes de que me vieran.

Cuando se hubo marchado el señor Stanley, mamá se cansó muchísimo y se volvió a echar en la cama. Me eché con ella porque me lo pidió, y me dio un abrazo muy fuerte y dijo: «Zach, mi pequeño y dulce Zach», y después: «¿Qué vamos a hacer?». Y lloró y lloró hasta que se empapó la almohada entera y también su pelo y el mío, y todavía las lágrimas siguieron cayendo. De estar tan cerca de mamá y de su tristeza se me estaba poniendo un nudo en la garganta que me dolía mucho cada vez que intentaba tragar. Me dolía todo el cuello y el dolor me subía hasta las orejas. Estar tan cerca de la tristeza de mamá no me hacía sentir bien, pero me quedé porque mamá no quería que me fuese.

Vino papá y se echó en el otro lado de la cama, de manera que me quedé en medio, y, mientras mamá lloraba, él la miraba. Estuvo un ratito rodeándonos a los dos con el brazo, y me pregunté si a él también se le pondría un nudo en la garganta de estar tan cerca de la tristeza de mamá. Después, nos dio una palmadita en la cabeza, se levantó y se fue.

19

Estar en vela

No entendía que se llamase velatorio cuando la persona ya nunca más va a estar en vela. En el velatorio del tío Chip yo tenía seis años y era la primera vez que veía a un muerto de verdad, porque el ataúd del tío estaba en la parte delantera de la sala y la tapa estaba abierta. El tío Chip estaba dentro, tumbado, y parecía normal. Tenía los ojos cerrados, parecía dormido. No quería acercarme al ataúd, pero durante todo el tiempo que estuvimos en la sala del velatorio, que fue mucho porque hubo dos velatorios, dos días seguidos, no le quité el ojo de encima al tío Chip.

Pensé que a lo mejor no estaba muerto de verdad o que a lo mejor estaba gastando una broma, porque el tío Chip siempre estaba de guasa, y también que a lo mejor estaba esperando el momento perfecto para levantarse del ataúd y darnos un susto. Se acercaron montones de personas al ataúd que se sentaron enfrente de rodillas y le tocaron las manos. Las tenía dobladas sobre el pecho y me pregunté si se habría muerto con las manos así, y qué tacto tendrían y si estarían frías o qué. Ese habría sido el momento perfecto para levantarse, les habría puesto los pelos de punta a todos los que estaban sentados enfrente. Pero el tío Chip no se levantó ni se movió, y en la iglesia, durante el funeral, la tapa del ataúd estuvo cerrada.

Después del desayuno, papá me ayudó a ponerme el traje negro. Bueno, en realidad no era mío, era de Andy, el que había llevado al velatorio y al funeral del tío Chip. Se me hacía raro ponerme el traje que había usado Andy en el velatorio del tío para el velatorio de Andy. Cuando murió el tío Chip, mamá nos llevó a Andy y a mí al centro comercial a comprarnos trajes porque no teníamos. Cuando alguien muere, tienes que ponerte un traje, y tiene que ser negro, porque con el negro demuestras que estás triste. De manera que el negro también es un color para la tristeza, pero, para mis papeles de los sentimientos, yo había elegido el gris para la tristeza y el negro para el miedo. El traje negro hacía juego con mi miedo de ir al velatorio. Andy montó una pelotera cuando fuimos a por los trajes porque no quería ir de traje, pero a mí me gustó. Me parecía a papá cuando va a trabajar.

Primero me probé el traje de cuando murió el tío Chip, pero me estaba pequeño y ni siquiera me abrochaban los pantalones. De modo que papá sacó el traje de Andy del armario; me preocupó que viese mi guarida, pero no pareció que la viera porque cuando salió con el traje de Andy no dijo nada. Me enseñó la chaqueta y me la puse. No se me veían las manos porque las mangas me quedaban largas.

—Papi, me molestan las mangas —dije, porque las manos se me atascaban todo el rato en las mangas y tenía que levantar los brazos para soltarlas. Andy es mucho más alto que yo porque me saca tres años y medio, y encima es altísimo para su edad. Yo no. Yo soy de altura normal.

—Lo siento, peque, vamos a tener que conformarnos con esto —dijo papá, y me sorprendió, porque papá siempre quiere que vayamos bien vestidos. «No vamos a salir con pinta de vagabundos», nos dice, y nos manda que nos cambiemos y nos pongamos ropa más chula.

No sabía por qué no podíamos ir al centro comercial a por un traje nuevo. Las mangas largas me molestaban muchísimo, y además el estómago me empezaba a dar la lata.

—¿Me doblas las mangas? —Me salió una especie de lloriqueo. No paraba de mecerme por culpa del estómago.

—Las mangas de los trajes no se doblan. Déjalo así, de verdad que no tiene importancia. ¿Vale? ¿Te puedes estar quietecito un segundo para que te pueda poner la corbata? —dijo papá con tono antipático. Me di cuenta de que se sentía mal por haberme hablado así, porque añadió—: Estás muy guapo, pequeñajo. Hoy va a ser un día difícil para todos, ¿lo entiendes? —Y me pasó la mano por el pelo.

Dije que sí con la cabeza.

—Te pido que hoy me hagas el favor de ser un chico grande y de ayudarme con mamá, ¿vale? Hoy necesito que me ayudes.

Volví a decir que sí con la cabeza, aunque, teniendo en cuenta cómo me sentía, no sabía si iba a poder ser un buen ayudante.

Fuimos al velatorio en el coche de mamá. La grúa no se lo había llevado del hospital. Abu y la tía Mary habían ido a recogerlo el día después de que mamá lo aparcase en la acera. Pero mamá no condujo. Se sentó en el asiento del copiloto y se quedó mirando por la ventanilla, aunque con tanta lluvia no se veía ni pizca y encima las ventanillas se estaban empañando con nuestra respiración. Mimi se sentó a mi lado en el asiento de atrás y también se puso a mirar por la ventanilla. Papá conducía muy despacito, y cuanto más nos alejábamos de casa, más despacio iba, y eso que no había tráfico.

Sin la radio, el coche estaba muy silencioso. Lo único que oía era la lluvia cayendo sobre el techo y los chirridos del limpiaparabrisas yendo a velocidad de vértigo. Me gustaba el silencio. En el velatorio iba a haber mucha gente y mucha conversación, de modo que pensé que ojalá papá siguiera conduciendo y nos quedásemos dentro del coche, nosotros y nadie más.

—Mamá —dije. En el silencio del coche, se oyó mucho.

Mamá subió un poquito los hombros, pero ni se dio la vuelta ni me respondió.

—¿Mamá?

—¿Qué, cielo? —dijo papá.

—¿Tenemos que ir al velatorio? —pregunté, sabiendo que era una pregunta estúpida. La señorita Russell siempre dice que no hay preguntas estúpidas, pero no es verdad, porque, si ya te sabes la respuesta, es de tontos empeñarte en preguntar. Mimi me agarró la mano y me miró con una sonrisa triste.

—Sí, Zach, tenemos que ir al velatorio —dijo papá—. Somos la familia de Andy, y la gente va a venir a decirle adiós y a darnos el pésame.

Volví a pensar en el velatorio del tío Chip y el estómago se me revolvió a lo bestia. Intenté bajar la ventanilla para respirar aire fresco, pero estaba echado el seguro. Papá siempre lo echa desde su asiento para que no podamos bajar las de atrás, y, a pesar de que me mareo a menudo y me viene bien que vayan abiertas, dice que nanay porque le da dolor de oídos. Solo me mareo cuando conduce papá, nunca cuando conduce mamá.

No quería ver a Andy muerto en un ataúd. Cuando llegamos al sitio del velatorio y papá aparcó el coche, el corazón me latía a mil por hora. Tenía ganas de vomitar y se me estaban llenando los ojos de lágrimas. Me pellizqué la nariz tan fuerte que me dolía.

—Sal del coche, Zach, venga —dijo papá.

Quería quedarme en el coche, pero papá dio la vuelta y me abrió la puerta. Mamá estaba de pie al lado del coche, mojándose bajo la lluvia, y parecía pequeñita pequeñita, y también asustada. Me tendió la mano y vi que me miraba como si quisiera que la acompañase, así que me bajé, le cogí la mano y empezamos a caminar juntos.

Dentro había unos hombres trajeados que se pusieron a hablar en voz muy baja con mamá, papá y Mimi. Aparte de nosotros, no había nadie más. Miré alrededor y me recordó a la sala del velatorio del tío Chip, en Nueva Jersey. Parecía el vestíbulo de un hotel elegante, como ese al que vamos a veces cuando nos quedamos a pasar la noche en la ciudad. Tenía butacas muy cómodas con mesitas entre una y otra, una lámpara muy brillante colgando del techo y una moqueta roja que al pisarla me pareció muy blandita. De algún lugar de la sala salía una música de piano muy suave.

El vestíbulo era acogedor. Quería sentarme en una de aquellas butacas tan cómodas, pero papá me dijo que había llegado el momento de entrar en la sala del velatorio y, ¡zasca!, otra vez se me puso el estómago como una montaña rusa. Mamá me llevaba de la mano. Cada vez apretaba más, me la estaba espachurrando, pero no intenté soltarme. Necesitaba apretármela, pensé.

Papá tenía una mano en la espalda de mamá y la otra en mi cabeza. Empezó a empujarnos hacia una puerta que había al fondo del vestíbulo, y adiviné que al otro lado estaba la sala del velatorio. Mimi iba detrás de nosotros, y todos íbamos caminando a pasitos muy cortos.

Al acercarnos a la puerta, contuve la respiración y me miré los pies. Cada vez que daba un paso, el zapato se me hundía en la mullida moqueta roja. Miré atrás para ver si iba dejando huellas. Vi que sí, pero la moqueta recuperaba su forma cuando levantaba el pie del todo. No aparté la vista de mis pies, tenía la sensación de que al otro lado de la puerta me estaba esperando algo que daba miedo. Algo enorme y aterrador. Sin duda, lo mejor era que las puertas siguieran cerradas.

20

Dispensador de papel higiénico extragrande

Alguien abrió la puerta. La moqueta pasó de roja a azul. La sala estaba en silencio y olía bien, como un jardín.

Oí que mamá respiraba muchas veces y muy deprisa. Me soltó la mano y se alejó, pero no supe adónde porque no subí los ojos; seguían clavados en mis pies y en la moqueta azul.

Sin mamá a mi lado apretándome la mano, era como si estuviese completamente solo en un sitio desconocido y me hubiese perdido o algo por el estilo. Me quedé pegado a la puerta, y, como no quería usar los ojos, intenté usar los demás sentidos para adivinar cómo era lo que había a mi alrededor. Primero, el sentido del tacto: mis dedos tocaron la pared, que tenía relieves suaves. Y sentí bajo mis pies la moqueta azul, mullida como la roja del vestíbulo. No podía usar el sentido del gusto porque no tenía nada en la boca, pero me quedaba un saborcillo desagradable de cuando había empezado a marearme en el coche. Después, el sentido del olfato: olía a jardín, a flores, y era un olor muy dulce. Al principio me gustó, pero luego me empezó a parecer, no sé, como demasiado dulce. Para el sentido del oído, pensé que a lo mejor habría sonidos de pájaros o de abejas, porque en los jardines se oyen, pero no se oía absolutamente nada. Incluso con el supersentido del oído, lo único que oía era silencio.

Pero, de repente, oí un llanto. Al principio era suave y me pareció que estaba lejos, pero luego se hizo más fuerte y lo reconocí:

venía de mamá, que estaba por ahí, en la sala. El llanto de mamá fue subiendo de volumen y duró mucho tiempo, y pensé que quizá debería ir a buscarla, pero no me moví de la puerta porque estaba empezando a conocer ese cachito de la sala y no quería conocer nada más. De repente oí un golpe muy fuerte y levanté la vista de mis pies. Y vi todo lo que no quería ver.

El ataúd, en primera fila de la sala, justo en medio. Era de un color distinto al del ataúd del tío Chip (marrón claro, mientras que el del tío era negro) y más pequeño. La tapa no estaba abierta como la del tío, sino cerrada, y había un montón de flores encima. Empecé a asarme de calor con el traje. Andy, su cuerpo, estaba allí metido.

Papá y Mimi estaban delante del ataúd, levantando a mamá... y mamá estaba en el suelo, al lado de un gran jarrón con flores moradas que se había volcado. Entre la puerta, donde estaba yo, y el ataúd de Andy había una larga fila de sillas con un pasillito en medio, casi igual que los bancos de la iglesia después de que viniera el pistolero. Había flores por las paredes y cerca del ataúd. Eran muy bonitas y las había de todos los colores, entendí entonces por qué olía a jardín. También vi fotos por todas partes, la mayoría de Andy y algunas de toda la familia. Unas estaban sobre unos paneles y otras, las enmarcadas, sobre unas mesitas muy endebles.

Oí ruidos detrás de mí, y empezó a entrar gente a la sala del velatorio. Abu y la tía Mary, mi primo Jonas (el que se mea en la cama), su madre y su padre y otras personas de la familia. Mamá, papá y Mimi estaban en la primera fila. Mamá estaba agarrada al brazo de papá, parecía como si se fuese a caer otra vez. Miraba al frente y ya no hacía ruidos como de llorar. Las lágrimas le resbalaban por la cara y le caían sobre el vestido negro, pero no se las secaba. Las dejaba caer, caer, caer.

Cada vez llegaba más gente, y todos hablaban en voz baja, como susurrando, como si temiesen despertar a Andy en su ataúd. Tantos susurros juntos hacían mucho ruido.

—Vamos a la primera fila con mamá y papá —dijo Abu.

Me dio un empujoncito, hincándome un poco las uñas en la espalda. Nos pusimos todos en fila, muy cerca del ataúd: mamá, papá, Abu, Mimi, la tía Mary y yo. No quería estar allí, tan cerca.

La gente se acercó a hablar con nosotros. Las mangas del traje empezaron a molestarme otra vez, y la mano derecha se me quedaba atascada cada vez que intentaba subirla para dar un apretón de manos. El nudo de la corbata que me había hecho papá me apretaba el cuello por encima de la camisa. Tragué saliva un montón de veces, y cada vez que tragaba notaba que se me atascaba por la zona del nudo. Vino más gente y dijeron: «Lo siento mucho»; más abrazos, más apretones de manos con la mano que se me quedaba atrapada en la manga.

Me sonaron las tripas como de hambre, pero no tenía. Me tiré del nudo de la corbata con los dedos para aflojarlo. Ni se movió, y empezaba a costarme respirar. Estaba asándome de calor, y cuando intentaba coger aire, no me entraba, y me puse peor del estómago.

Me salí de la fila y me fui al vestíbulo. Quería correr porque me hacía caca, pero me corté: había demasiada gente y todos me miraban, y me estaba empezando a pasar lo del zumo de tomate. Al llegar al vestíbulo vi el letrero del cuarto de baño, que estaba justo en la otra punta. Intenté llegar lo antes posible. Estaba sudando mucho y, aunque respiraba muy deprisa, no me entraba el aire. Por fin, llegué al baño. Notaba que me venía la caca y traté de desabrocharme el pantalón del traje, pero no hubo manera: tenía una hebilla de esas que se deslizan y se había atascado.

Me hice caca. Empezó a salir y no paró; la notaba en los calzoncillos, caliente. Creo que era diarrea, porque también notaba que me bajaba algo caliente por la pierna izquierda hasta el calcetín.

Intenté quedarme muy quieto porque todo estaba mojado y pegajoso y no quería sentirlo. El olor me estaba dando ganas de vomitar, olía que apestaba. No sabía qué hacer. Estaba atrapado en el cuarto de baño con los pantalones llenos de caca, y fuera estaba toda aquella gente y se iban a enterar.

En el chisme del papel de váter había un letrerito: *Dispensador de papel higiénico extragrande*. Lo leí mil veces:

Dispensador de papel higiénico extragrande.
Dispensador de papel higiénico extragrande.
Dispensador de papel higiénico extragrande.

Repasé las palabras con el dedo: *Dispensador de papel higiénico extragrande*.

Leerlo un montón de veces me ayudó a tranquilizarme un poquito. Sabía qué palabra tocaba, y cada vez que acababa volvía a empezar.

Me quedé un buen rato en el compartimento del váter y no cambió nada. Olía peor, así que algo tenía que hacer, pero no sabía qué y no nos habíamos traído un pantalón de repuesto. No venía nadie y tampoco se oían voces fuera, así que de nuevo intenté quitarme el pantalón y esa vez la hebilla se abrió de golpe. Qué injusto que se abriese ahora y no antes, cuando me estaba haciendo caca.

Me bajé el pantalón muy despacito. Cada vez olía peor y me dieron arcadas, que es cuando te entran ganas de vomitar y se te mueve la boca como si vomitaras pero no sale nada. Cuando conduce papá y me mareo y vomito en una bolsa que mamá me sujeta por delante, papá y Andy se ponen inmediatamente a fingir que les dan arcadas y hacen gestos muy aparatosos. Después, papá baja todas las ventanillas, aunque debería haberlas abierto antes de que me marease.

Me dieron arcadas y me quité los zapatos y los calcetines. La caca me había bajado por toda la pierna izquierda y me había llegado hasta el calcetín. Me quité del todo el pantalón y el calzoncillo y cayó caca al suelo, y daba tanto asco que me puse a llorar.

Hasta ahora no había llorado. Cuando vino el pistolero y tuve que esconderme en el armario con el resto de la clase, no lloré. Cuando papá me dijo que Andy estaba muerto y mamá se portó como una loca en el hospital y tuvimos que dejarla allí, no lloré, ni

110

tampoco después cada vez que se me habían llenado los ojos de lágrimas. Pero ahora sí. Y era como si aquellas lágrimas que no habían salido antes salieran todas juntas, y había mogollón. No intenté hacer el truco del pellizco, ni siquiera quería. Simplemente, dejé que salieran, y me sentí bien.

Cogí papel higiénico para limpiar la caca del suelo, pero lo único que conseguí fue esparcirla. Intenté limpiarme la pierna y el culo y gasté un montonazo de papel, sin parar de llorar mientras me limpiaba. Arranqué más papel y después intenté tirar de la cadena, pero no se iba, seguramente porque había demasiado.

Entonces se abrió la puerta y entró un hombre que no conocía, y como no había cerrado la puerta del váter, me vio sin el pantalón. Se tapó la boca con la mano y salió inmediatamente. Eché el pestillo de la puerta del váter. Al poco rato volvió a venir alguien y oí la voz de papá.

—¿Zach? Santo cielo. Dios mío. ¿Qué está pasando aquí?

No le respondí porque no quería que se enterase.

—¡Abre la puerta, Zach!

Así que abrí y papá vio todo el lío que había montado. Se tapó la nariz con la chaqueta del traje y me di cuenta de que se esforzaba con todas sus fuerzas por contener las arcadas.

Se suponía que aquel día tenía que portarme como un chico mayor y resulta que estaba haciendo todo lo contrario. Me estaba portando como un bebé. También vino mamá, y eso que era el baño de los chicos y se supone que las chicas no pueden pasar; se la podría haber cargado. Al verme, gritó «Ay», apartó a papá de un empujón y me dio un abrazo muy fuerte. Ni siquiera le importó que se le pudiese manchar de caca el vestido. Me abrazó muy fuerte y me meció mientras lloraba ella y lloraba yo, y empezó a dolerme la cabeza de tanto llorar. Papá se quedó allí mirándonos, tapándose la nariz con la chaqueta del traje.

21

Grito de guerra

—Vale, de acuerdo; si no estorbas, puedes quedarte —me gritó Andy desde lo alto de la roca, y empecé a subir antes de que cambiase de idea. Era una roca muy alta y tenía una pared muy lisa, así que me escurría.

—Quítate las chanclas, te será más fácil —dijo Liza. Iba subiendo detrás de mí.

Me quité las chanclas de una patada, rebotaron en la roca y cayeron en medio del patio trasero de Liza, que era como una montañita que bajaba hasta su casa. Liza me puso la mano en la espalda y me empujó hacia arriba.

Desde arriba, veía perfectamente el cuarto de Liza: así de alto llegan la montañita y la roca de su patio. La roca estaba muy caliente y me quemaba un poco los pies, pero me acostumbré. El aire también estaba muy caliente, y tenía la espalda de la camiseta mojada de sudor. Era como si se viera el calor del aire saliendo de la roca. Estaba borroso, y el sol producía destellos muy brillantes en la roca.

El calor también se oía: hacía una especie de «zzzzzzz». Había grillos por todas partes. No los veía, pero los oía: «cri-cri-cri». Cantaban todos a la vez, pero empezaban y terminaban en momentos distintos.

Al principio, Andy me dijo que no podía jugar con él y con Liza y los demás, pero luego dijo que vale. A lo mejor porque también estaba Aiden, y tiene seis años, como yo. Es el primo de James y June, y su madre dijo que tenían que dejarle jugar. Y seguro que también por Liza: Liza es muy maja conmigo, y cuando está ella, Andy también es más majo. Yo creo que es porque le gusta Liza y quiere gustarle. Cuando Liza le pide que deje de hacer algo, como llamarme «inútil» o decirme que me vaya a freír espárragos, le obedece y no le entra el mal genio.

—Te dejo ser de la tribu —me dijo Andy cuando me senté a su lado en la roca. Me puse a ver cómo hacía un arco a partir de un palo con la navaja. Era la navaja de papá, y mamá no quería que Andy la utilizase porque es muy peligroso y podría hacerse daño. Pero papá dijo:

—¡Por el amor de Dios, tengo esta navaja desde que era más pequeño que Zach! Déjale al chico que haga cosas normales de chicos. Tú siempre tan sobreprotectora, ¿eh? —Le dio una palmada en la espalda al padre de Aiden, y mamá ya no volvió a sacar el tema.

Estábamos jugando a la tribu india. Andy era el jefe y estaba sentado en medio de la roca con las piernas cruzadas, como los jefes indios. En la cabeza llevaba una cinta azul con plumas de distintos colores. La cinta le levantaba el pelo por un lado y lo tenía todo alborotado.

—Es importante cortar todas las ramitas de los lados y que el palo se quede muy liso, ¿lo ves? —me dijo Andy. Aunque sabía que todo era de mentirijillas, parecía verdad, y sentía una especie de excitación en el estómago.

—¿Puedo probar? —pregunté.

—No, no puedes usar la navaja, es demasiado peligrosa para ti. Solo puedo usarla yo —dijo Andy.

La roca me estaba quemando el culo a través del pantalón corto.

—Este puesto de vigilancia es una pasada —dijo Aiden.

—Sí, y la pared de atrás nos sirve de protección para el campamento —dijo Andy.

Liza señaló a la izquierda y a la derecha de su casa.

—Desde esa dirección los enemigos solo pueden venir de allí y de allí, y se los ve.

A la derecha de la casa estaba el patio, donde mamá y papá estaban preparando la barbacoa con los padres de Liza y los demás adultos.

—Todavía tenemos que ponerle nombre a la tribu —dijo James. Estaba haciendo una lanza larga para cazar.

—¿Qué tal «Los niños perdidos», como en *Peter Pan*, cuando empiezan a hacerse amigos de los indios? —dije—. Bueno. «Los niños y las niñas perdidos» —añadí, por Liza y por June.

—Menuda idiotez —dijo Andy—. Vamos a usar los nombres de todos los miembros de la tribu, o mejor las dos primeras letras de cada nombre.

Estuvimos un rato pensando cómo podíamos juntar las dos primeras letras de cada nombre. Al final, nos decidimos por «JaZaJuLiAnAi». Sonaba a indio, y ensayamos diciéndolo superrápido: «JaZaJuLiAnAi. JaZaJuLiAnAi. JaZaJuLiAnAi».

—También lo usaremos de grito de guerra para cuando luchemos contra las tribus enemigas —nos dijo Andy, y gritó—: ¡JAZA-JULIANAI!

¡JaZaJuLiAnAi! Nos rebotó desde la casa de Liza como un pequeño eco.

Habíamos esparcido todos los materiales sobre la roca: palos y cuerdas de diferentes colores para hacer arcos, flechas y lanzas, y también plumas y cuentas. Además teníamos dos bolsitas llenas de puntas de flecha; eran mías y de Andy, las habíamos cogido haciendo minería unas semanas antes cuando fuimos de acampada. La minería consiste en coger una bolsa muy grande en la que parece que solo hay arena, y luego coges un tablero que tiene una red con agujeritos en medio y te vas al río. Cuando metes en el agua el tablero con la red y echas la arena, toda la arena se va por los agujeritos y ves las piedras tan chulas que había ocultas en la arena. Y si tienes suerte, puntas de flecha. Eran puntas de flecha de verdad, de las que hacían los indios a partir de piedras negras brillantes, muy afiladas por los lados y puntiagudas por arriba. Andy y yo nos trajimos a casa una bolsa entera cada uno con las piedras y las puntas de flecha que habíamos encontrado haciendo minería.

Las cuerdas y las plumas eran de Liza y de June, las tenían en casa entre los materiales de hacer manualidades. No hacían más que acordarse de cosas que podíamos utilizar para decorar las flechas y las lanzas, y salían corriendo a por ellas y las traían.

—Zach, necesitamos más palos perfectos para hacer arcos. Vete a mirar en nuestro patio también —dijo Andy, y eso hice.

Los palos para los arcos tenían que ser largos y finitos, para que se pudieran doblar. Andy hizo un corte en cada punta de cada palo, y atamos cuerda a cada punta. Había que atarla primero a una punta y después tirar fuerte de la cuerda y atarla a la otra hasta que se formase una «d» mayúscula. Los palos para las flechas tenían que ser más cortos y no tan finitos, y, en ellos, Andy solo hacía el corte en una de las puntas, una «x» en la que se encajaban las plumas. Después atábamos las puntas de flecha con cuerda en la otra punta. Las lanzas eran palos más largos y más gordos. No teníamos suficientes puntas de flecha para las lanzas, y además no eran lo bastante grandes, así que hicimos puntas falsas con cartulina.

Nos tiramos un montón de tiempo haciendo las armas, y hablamos de cómo iban a ser las batallas contra los enemigos. Trabajamos como un equipo-tribu de verdad. No nos peleamos, y era la primera vez que jugaba así con Andy. Nos reímos porque teníamos los pies supersucios y supernegros, y Andy dijo que eso era lo que demostraba que eras un indio de verdad. Teníamos picaduras de mosquito por todas partes, sobre todo yo, porque los mosquitos me adoran, pero no nos importaba.

Por fin, cuando acabamos de hacer las armas, llegó el momento de entrar en combate. Nos dividimos en dos equipos. Yo creía que íbamos a estar todos en la misma tribu, pero Andy dijo que había cambiado de idea, que no molaba tanto luchar contra un enemigo invisible y que era mejor hacer dos equipos para que fueran tribus enemigas. Yo quería ir con Andy, pero eligió primero a Aiden, no a mí, y no quería que hubiese dos niños de seis años en su equipo. De modo que íbamos a ser enemigos otra vez.

La tribu de Andy desapareció por el lado izquierdo de la casa de Liza, y vi a Andy, el jefe, corriendo por delante seguido de June y Aiden. James, Liza y yo nos metimos entre los arbustos para estar al acecho. Cogimos los arcos, las flechas y las lanzas, y salimos corriendo por detrás de los arbustos y de los árboles para que no nos vieran, y desde el patio de atrás de Liza dimos la vuelta a su casa, cruzamos la calle y pasamos desde nuestro patio a los jardines de otros vecinos.

—¿Los ves? —susurró Liza, y como puso voz de asustada, sentí miedo en el estómago. El corazón me latía muy deprisa. Era como si estuviésemos saliendo a la caza de un enemigo de verdad. Pero luego pensé que cuando Andy había desaparecido en la oscuridad no parecía asustado, parecía valiente. Decidí que yo iba a hacer lo mismo, ser valiente.

—Poneos a cubierto —dije, susurrando muy alto, y me agaché detrás de un árbol. James y Liza se agacharon a mi lado—. No hagáis ni un ruido.

Respiraba muy deprisa, así que traté de respirar más despacio. Entonces oí que alguien gritaba «JAZAJULIANAI» por algún lugar de enfrente, y, aunque no veía de dónde venía el grito, salté de detrás del árbol y chillé «¡ATAQUE!». Era como si fuese un indio de verdad, un indio valiente entrando en combate.

Oí otro «JAZAJULIANAI» muy fuerte que me sonó a la voz de Andy y también venía de enfrente. Vi que James estaba a mi lado y que lanzaba su lanza en la dirección de la que venía el grito de guerra de Andy. Preparé el arco y la flecha.

—¡JAZAJULIANAI! —oí de nuevo, y esa vez sonó más cerca. Lancé una flecha y desapareció en la oscuridad. Un segundo después oí un grito muy fuerte: «¡Aaaaaay!».

—¡Chicos, parad. Andy está herido! —oí que gritaba June.

Corrí en la dirección de la que venía la voz y, de repente, vi a

116

Andy. Estaba tirado en la calle, entre nuestro patio y la casa de Liza. Mi flecha le salía del pecho. No se movía y tenía los ojos cerrados, y a la luz de la farola vi la sangre. Había sangre en su camiseta, y a su alrededor, en el camino, un charco de sangre que se iba haciendo cada vez más grande, como si se le estuviese saliendo toda la sangre del cuerpo.

Me senté al lado de Andy en medio del camino y empecé a gritar:

—¡Andy! ¡Andy! ¡Despierta, Andy! ¡Despierta, despierta, despierta! ¡Andy! ¡Mamá! ¡Mamá! ¡Mamá!

No paraba de chillar, y alguien me tocó los hombros por detrás y empezó a zarandearme. Seguí chillando, y la persona siguió zarandeándome.

—¡Zach! ¡Zach! Despierta, Zach. ¡Tienes que despertarte! —Vi a papá en medio de la oscuridad. Era él el que me zarandeaba.

—Papá, papá, le he dado a Andy con mi flecha. Creo que he matado a Andy. ¡Creo que está muerto! Lo siento, lo siento. No quería hacerlo. ¡Estábamos jugando, era de mentirijillas!

—¿Qué? No, estabas soñando. Has vuelto a tener una pesadilla. Mira —dijo, y subió la mano y apartó algo a un lado. Dejó de estar tan oscuro, y vi que no estábamos en la calle de detrás de nuestro patio. Estábamos en mi guarida.

La luz que entraba en la guarida me hizo parpadear, y también las lágrimas, y no sabía qué hacía allí metido ni por qué estaba papá conmigo.

—Pero... pero... sí que ha pasado. Ha pasado de verdad. Le vi, estaba lleno de sangre. Ha sido mi flecha, le he matado yo.

—No, peque, eso no ha pasado. No has matado a Andy. Dios santo, mira que me has asustado. Ven aquí.

—Me sacó del armario y nos sentamos en la alfombra de Andy, yo encima de sus rodillas. Apoyé la cabeza en su pecho y oí cómo le latía con fuerza el corazón.

—Te oí gritar, pero no sabía dónde estabas. Te he estado buscando por todas partes, pero no había modo de saber de dónde venían los gritos. He tardado siglos en encontrarte. ¿Qué haces metido en el armario de Andy, peque?

Papá me acariciaba la espalda mientras me hablaba. Empecé a calmarme un poco, y los latidos que se oían bajo el pecho de papá también se calmaron.

—A lo mejor es que estaba dormido.

—Pero ¿por qué en el armario de Andy?

—Es que ahora es mi guarida —le expliqué.

—Ya entiendo.

—Estaba soñando con aquella vez que jugamos a los indios en la roca de Liza, cuando la barbacoa —le dije a papá, y todavía me parecía como si acabase de pasar.

—Qué bien lo pasasteis. Me acuerdo perfectamente.

—Fue como una aventura de verdad.

—Sí, desde luego.

—Pero no maté a Andy.

—No, no le mataste.

—Pero está muerto —dije, y sonó como una pregunta.

—Sí, peque, está muerto.

22

Adiós

Cuando te mueres, es en el funeral donde la gente te dice adiós. En el velatorio es como que todavía estás con tu familia y con tus amigos, y pueden verte en el ataúd si está la tapa abierta o, al menos, en las fotos que hay colgadas por todas partes. Pero en el funeral todo el mundo te dice adiós y es para siempre. Adioses definitivos, eso fue lo que dijo mamá cuando llegó el momento del funeral del tío Chip.

La gente empieza a olvidarse de ti cuando te mueres y te dejan de ver continuamente. Con Andy ya estaba pasando. Empecé a darme cuenta en su funeral, que fue al día siguiente del velatorio. Todo el mundo hablaba de Andy, pero hablaban de el como si sólo recordasen algunos aspectos, no todos.

—Ah, Andy era un tesoro, era una delicia tenerle en clase.

—Era graciosísimo, ¿a que sí? ¡Menudo personaje!

—Era brillante, increíblemente listo.

Era como si en realidad no estuviesen hablando de Andy, o como si estuvieran empezando a olvidarse de cómo era.

En el funeral estuve sentado entre mamá y papá en el banco de la primera fila. No era la iglesia que hay al lado de McKinley ni tampoco aquella a la que fuimos para el funeral del tío Chip, sino otra distinta a la que no habíamos ido nunca. La verdad es que por dentro no parecía una iglesia, era más como una habitación enorme con un montón de bancos. Hacía un frío que pelaba. También aquí había una mesa de altar al fondo, y enfrente de ella, el ataúd de Andy, cubierto de flores. No había un Jesús colgando de una cruz, solo una cruz sin un Jesús. Menos mal, porque no quería tener que estar allí sentado mirando a Jesús con los clavos en las manos y en los pies, como en la iglesia de al lado de McKinley.

La sala, enorme, estaba abarrotada, y mucha gente ni siquiera podía sentarse y estaba de pie al fondo. Me di la vuelta y vi a muchas personas del velatorio. No me había quedado hasta el final. Había tenido que irme a casa con la tía Mary por culpa de la caca. Al funeral vinieron nuestra familia y nuestros amigos, nuestros vecinos, padres y niños del cole, de *lacrosse* y del trabajo de papá, y también un montón de gente que no conocía. Cuando estaba a punto de ponerme a mirar otra vez al frente, vi a la señorita Russell en un banco de la parte de atrás de la iglesia. Seguía muy pálida y no se le había ido el negro de alrededor de los ojos. Al ver que la miraba, puso una sonrisita y subió el brazo. Al principio pensé que me estaba saludando, pero enseguida me di cuenta de que estaba sacudiendo la pulsera de los amuletos. Me acordé del amuleto que me había dado, y pensé que estaba en un rincón de mi guarida y que ojalá lo hubiera cogido. Sonreí a la señorita Russell y me di la vuelta.

No me gustaba estar sentado en primera fila. Notaba los ojos de la gente sobre mí. Mamá me había pasado el brazo por el hombro y me apretaba contra ella; de tanto agarrarme el brazo, los dedos se le habían quedado blancos. La tristeza que sentía que salía de ella me oprimía el pecho. Y era como si la gente que iba llegando a la iglesia trajese consigo más tristeza y la sala estuviese demasiado llena de gente y de su tristeza. El pecho cada vez me oprimía más, tanto que al final solo podía coger aire a poquitos y muy deprisa.

El ataúd de Andy estaba justo enfrente de donde estábamos sentados. Me pregunté si Andy, desde el cielo o donde fuera que estuviese su alma, sabría que en ese mismo momento se estaba celebrando su funeral y que la gente se estaba despidiendo de él para siempre antes de que metieran el ataúd con su cuerpo dentro de una tumba del cementerio. ¿Podría vernos sentados en el banco en aquella sala tan heladora? ¿Notaría la tristeza de la gente?

Primero, el hombre de la iglesia, que llevaba una especie de vestido negro y un collar con una cruz, soltó un discurso delante de un micrófono. Estuvo mucho rato y, además, no entendí todo lo que dijo, pero una parte era sobre Dios. Y habló de Andy, y me pregunté cómo sabría tantas cosas sobre él, si era la primera vez que le veíamos. También cantó canciones que yo no conocía en medio del discurso, y la gente de la sala las cantaba con él, menos mamá y papá, que estaban muy quietos y callados. Los tres estábamos muy juntitos; nuestras piernas y nuestros brazos se tocaban.

Cuando el hombre de la iglesia terminó el discurso y las canciones, papá se levantó. Se acercó muy despacio al micrófono, y aunque no lo sabía, adiviné que él también iba a soltar un discurso. No tenía ni idea de que tuviese pensado hacerlo. El lado izquierdo se me quedó frío al levantarse papá.

Todo el mundo estaba mirando a papá, menos mamá. Miraba un pañuelo de papel que tenía en las rodillas; lo apretaba con una mano y con la otra me apretaba el brazo. La sala estaba en completo silencio, y papá estuvo un buen rato sin decir nada. Empecé a pensar que simplemente se iba a quedar ahí de pie y que la gente se iba a aburrir, pero de repente hizo un ruidito con la garganta como si tuviese que hacer sitio para las palabras.

Sacó un cachito de papel del bolsillo de la chaqueta y empezó a leer lo que ponía.

—Quiero agradeceros a todos que hayáis venido hoy a ayudarnos a despedirnos de nuestro hijo Andy.

El papelito temblaba tanto que me pregunté cómo podía leerlo siquiera. La voz también le temblaba. Hizo una pausa muy larga y pensé que quizá solo había querido dar las gracias y ya está, pero, de repente, siguió hablando. Las palabras le salieron despacio y en voz baja:

—Hace una semana, la vida de mi hijo se vio interrumpida de la más espantosa de las maneras. —Pausa—. Lo último que se te

121

ocurre pensar es que algo así pueda pasarte a ti... a tu familia. ¡Tu propio hijo! Y, sin embargo, aquí estamos. Cuesta creer que esta sea ahora nuestra realidad y que, de un modo u otro, tengamos que seguir viviendo nuestras vidas...

Papá soltó el papel y volvió a hacer el ruidito aquel de la garganta varias veces.

—Lo... lo siento, voy a ser breve. En nuestras vidas hay ahora un enorme vacío donde hace una semana estaba nuestro niño, nuestro niño inteligente, gracioso y extrovertido, con su gran personalidad. Andy nos hacía reír y nos hacía sentir... orgullosos... todos los días. Era un hijo increíble y un hermano cariñoso, no podríamos haber deseado uno mejor. Ni siquiera puedo hacerme una idea de cómo vamos a seguir viviendo así, sin él, con este enorme vacío en nuestras vidas, un vacío en el que debería estar nuestro hijo. Nos ha sido arrebatado... y sin él no sé cómo cualquier cosa va a volver a tener sentido alguna vez.

Papá miró el papelito como si buscase el punto en el que había dejado de leer antes. Vi que le temblaba la barbilla. Sin dejar de mirarlo, dijo:

—Quiero pediros a todos que, por favor, guardéis en vuestros corazones a Andy y los recuerdos que tengáis de él, y que le llevéis siempre con vosotros.

A mi lado, mamá empezó a temblar. Me soltó, se cruzó los brazos por encima de la tripa y se echó hacia delante. La cabeza casi le tocaba las piernas, y los hombros le subían y le bajaban mientras lloraba. La gente lloraba a nuestro alrededor, y la tristeza era como una manta muy grande y pesada que nos envolvía y nos tapaba.

Pensé en el discurso de papá mientras veía llorar a mamá y a todos los demás. Nada parecía de verdad. Y es que papá había hecho lo mismo: no había hablado de cómo era Andy en realidad. Era como si todo el mundo llorase y estuviese triste pero no por el Andy de verdad, sino por una versión de él que no era la verdadera. Era como si nadie se estuviese despidiendo bien de él. Me dieron ganas de levantarme y gritarles a todos que dejasen de mentir sobre mi hermano.

La manta de tristeza no desapareció ni siquiera al salir de la iglesia, y se hizo más pesada cuando llegamos al cementerio. Nos colocamos en torno a la tumba de Andy, manchándonos de barro los zapatos y mojándonos con la lluvia. Intenté no mirar el hoyo, profundo y oscuro, al que estaban bajando el ataúd de Andy, y me esforcé por no apartar la vista del árbol grande que estaba al lado de la tumba. Estaba lleno de hojas amarillas y naranjas que brillaban con la lluvia. Parecía como si el árbol entero estuviese en llamas. Pensé que era el árbol más bonito que había visto en mi vida, y me alegré de que estuviese justo ahí, pegado a la tumba de Andy.

Cuando el ataúd de Andy llegó al fondo del hoyo, fue como si a mamá le pesase demasiado la manta de la tristeza y no pudiera seguir de pie. Papá y Mimi tuvieron que sostenerla por los lados y meterla en el coche. Durante el viaje de vuelta yo también notaba el peso de la manta sobre mis hombros, y al llegar a casa me costó subir las escaleras. Solo podía quedarme arriba un ratito, dijo Abu, porque iba a venir gente, y me dio rabia porque yo lo único que quería era irme a mi guarida.

Me senté al estilo indio sobre el saco de dormir de Andy y no me moví ni dije nada. Solo esperé. Esperé a que la manta de la tristeza se me cayera de los hombros y a que el pecho dejase de oprimirme tanto. Quería ver si a partir de entonces sentía otra cosa distinta, si después del funeral iba a notar más que antes que Andy se había ido.

Volví a preguntarme si Andy nos habría visto en su propio funeral desde algún sitio, y si se habría dado cuenta de que la gente hablaba de él como si fuese otra persona distinta... Ni siquiera papá había dicho la verdad verdadera sobre él. Seguro que a Andy le había hecho gracia que todas las cosas malas que había hecho ya no tuvieran importancia. Pero pensé que, si fuera yo, me daría miedo que la gente no me recordase bien, que no me recordase como era en realidad, porque eso sí que sería como si me hubiese ido de la tierra para siempre jamás.

—Andy —dije en voz baja—. Soy yo, Zach.

Me quedé esperando como si fuese a responderme, pero, por supuesto, eso no iba a pasar. Tenía la esperanza de que, si me oía, me enteraría de alguna manera.

—Estoy en tu armario. Ahora es mi guarida. Es un secreto, nadie sabe que estoy aquí. Bueno, ahora papá sí que lo sabe.

Le estaba diciendo cosas que, si me estaba viendo, ya sabría, pero de todos modos se las dije.

—Me apuesto a que estás enfadado porque estoy en tu cuarto y no puedes hacer nada para impedírmelo. Intentarías matarme si estuvieses aquí ahora mismo en vez de muerto.

Pensé que estaba muy feo decirle eso a una persona que estaba muerta, pero era la verdad. Decirle la verdad a Andy me hizo sentirme bien.

—De todos modos, conmigo siempre te portabas como un capullo.

Capullo. Otra palabrota. Pero Andy la decía mucho, así que ahora yo también la iba a decir. Oí que alguien me llamaba desde el piso de abajo y me levanté rápidamente. Antes de salir de mi guarida, me di la vuelta y dije:

—Y sigo enfadado contigo por eso.

23

Mirada asesina

—Dicen que hacía mucho tiempo que tenía problemas y que la familia no sabía qué hacer con él.

La señora Gray, nuestra vecina, y la señorita Carolyn (la hija de la señora Gray) estaban delante de la pila, fregando los cacharros. La señora Gray le pasó un plato mojado a la señorita Carolyn, que lo cogió para secarlo y lo guardó en el armarito de la cocina. Por detrás eran clavadas: el mismo cuerpo, la misma manera de moverse, el mismo pelo largo y rizado... Sabías que la señora Gray era la madre porque sus rizos son grises y los de la señorita Carolyn son castaños.

—Ya, no llegó a graduarse, así que en los últimos años se pasaba todo el santo día en el sótano de sus padres haciendo vete a saber qué con el ordenador. ¿Cómo no pudieron ver lo enfermo que estaba?

La señorita Carolyn cogió otro plato que le pasó la señora Gray, y las dos sacudieron los largos rizos castaños y grises a la vez.

—¿A que sí? —dijo la señora Gray—. Es rarísimo. A ver, ¡que estamos hablando de Charlie! ¡Y de Mary! ¡Con lo majos que son! A Charlie se le dan fenomenal los niños, pero su propio hijo... Es de lo peor que puede pasarle a un padre.

—Sí, mamá, pero no deberían haberle permitido tener armas, considerando su estado mental. ¿Es que no sabían que tenía semejante arsenal en casa?

Mientras veía a la señora Gray y a la señorita Carolyn fregar los cacharros, oí lo que decían de Charlie y de su hijo, el pistolero. No sabían que las estaba oyendo desde la butaca amarilla de la sala de estar. La butaca amarilla empezaba a ser algo así como mi butaca de espía. Nadie se daba cuenta nunca de que estaba allí sentado, y así oía todo lo que estaba pasando en la cocina y en el cuarto de estar.

Después del funeral vinieron muchas personas a casa, y se quedaban mucho tiempo. Se oían susurros y llantos por todas partes. Me senté en la butaca de espía porque no quería hablar con nadie y papá me había dicho que no podía volver a subir.

—También compró armas por Internet. ¿De dónde diablos sacó el dinero? Da que pensar, ¿no? —dijo la señora Gray—. No se me va de la cabeza el mensaje que puso en Facebook. Se me ponen los pelos de punta cada vez que me acuerdo.

—Por lo visto, Mary descubrió lo del mensaje y trató de ponerse en contacto con Charlie, pero ya era demasiado tarde. Evidentemente.

Pensé en cómo habría sido el momento en el que Charlie había dejado pasar a su hijo al colegio aquel día. Tiene una tele pequeñita al lado de la mesa; cuando alguien llama al timbre de la puerta principal, ve quién es porque fuera hay una cámara. Su hijo debió de llamar al timbre y Charlie pensaría: «Anda, viene a verme mi hijo», y le dejó pasar, así que fue como si él también hubiese tenido la culpa de lo que pasó después.

—Voy a ver si hay más platos para lavar —dijo la señorita Carolyn, y se dio la vuelta y vino al cuarto de estar.

No quería que me viera en la silla de espía, así que me levanté de golpe. Justo entonces oí el timbre. Fui a abrir y el estómago se me puso del revés al ver allí plantado, en medio del porche, a Charlie, y, a su lado, a su mujer. ¡Medio segundo antes la señora Gray y la señorita Carolyn habían estado hablando de ellos!

En tercero de infantil y en lo que llevaba de primero había visto a Charlie todos los días y siempre tenía el mismo aspecto. Las mismas gafas, la misma camisa de McKinley con la chapa que decía *Charlie Ranalez* y la misma cara con la enorme sonrisa. Charlie habla un poco alto y bromea, y cuando empiezas tercero de infantil, va y se aprende todos los nombres, y eso es mucho recordar. Cada vez que paso por delante de la mesa que tiene al lado de la puerta principal, me grita: «¡Hombre, Zach, mi supercolega! ¿Qué tal estás hoy?». A los demás les dice «colega» y «princesa», pero no «mi supercolega»; eso era solo para mí.

El Charlie que estaba plantado en la puerta de casa no era el Charlie guasón de siempre. Estaba completamente cambiado. Parecía viejísimo, se le veían todos los huesos de la cara y se le había ido la sonrisa. Su mujer estaba a su lado, sosteniendo el paraguas por encima de sus cabezas a pesar de que estaban debajo del techo del porche y no les caía la lluvia.

Estuve un buen rato mirando a Charlie y él también a mí. No sabía si debía decirle hola o algo, porque su hijo había matado a Andy y quizá también fuese culpa de Charlie por haberle dejado pasar al cole.

Al cabo de un rato, su mujer dijo:

—Cariño, ¿podemos ver a tus padres? —y justo entonces apareció Abu detrás de mí, me puso la mano en el hombro y me dio un empujoncito para que saliese al porche. Con la otra mano tiró de la puerta y la cerró casi del todo a nuestras espaldas.

—¿Se puede saber qué...? ¿Cómo os atrevéis...? —Abu, estrujándome el hombro, empezaba las frases y las dejaba en el aire. Parecía que Charlie y su mujer le tenían miedo. Dieron unos pasos hacia atrás, pero no se marcharon.

Entonces habló Charlie, pero la voz, muy bajita y muy suave, no parecía la suya:

—Señora, sentimos molestar...

—¿Que sienten molestar? —La voz de Abu subió de volumen, la de Charlie bajó.

—Sí, lo sentimos mucho. Hemos venido a darle el pésame a Melissa y...

—Ah, conque han venido a dar el pésame...

Estaba empezando a enfadarme con Abu. Lo único que hacía era repetir lo que decía Charlie, y eso es de mala educación. La mujer le estaba tirando a Charlie del brazo para sacarle de allí, y vi que tenía lágrimas en la cara.

La puerta volvió a abrirse detrás de nosotros, y esta vez salieron al porche mamá y papá. Abu se hizo a un lado para hacerles sitio. Por el rabillo del ojo vi que les estaba lanzando una mirada asesina a Charlie y a su mujer.

Una mirada asesina es cuando miras a alguien como si quisieras matarle. Como si tus ojos fueran armas, como láseres invisibles o algo así. Sé cómo es de tanto oírselo a mamá siempre que Andy la miraba así. Cuando a Andy le entraba el mal genio y terminaba de pelear y de gritar, pero seguía enfadado, a veces le lanzaba a mamá esa mirada. «Madre mía, si las miradas mataran...», decía entonces mamá, y trataba de tomárselo a risa.

Me había quedado en el porche entre mamá y papá por un lado y Charlie y su mujer por el otro, y notaba a mamá y a papá muy pegaditos a mí. Sentí en el estómago que iba a pasar algo malo. En la cara de Charlie había lágrimas, y las dejó caer. Estaba mirando a algo por encima de mi cabeza, puede que a mamá.

Mamá era la favorita de Charlie cuando iba a McKinley. Me contó que una vez, cuando iba a quinto, hubo una carrera de sacos de padres e hijas en la fiesta del cole y Charlie la hizo con ella. El padre de mamá murió cuando ella estaba en tercero, tuvo un accidente de coche, así que mamá no tenía a nadie con quien hacer la carrera. Pero Charlie fue y la hizo con ella, y se puso contentísima. Ahora, cada vez que mamá viene al cole por lo que sea, Charlie siempre me dice: «No se lo cuentes a nadie, pero tu madre siempre fue mi favorita cuando estudiaba aquí. Y tú eres como una miniversión de ella». Siempre lo dice, y le guiña un ojo a mamá.

Charlie alzó las manos y dio un paso, y de repente estaba muy cerca de mí y parecía como si estuviese intentando abrazar a mamá.

—¡Ay, Melissa!

Sonó como si tuviese que hacer fuerza para decir el nombre de mamá y como si detrás de su nombre hubiese un volcán de tristeza entrando en erupción, porque Charlie se puso a llorar y no solo con la cara, sino con todo su cuerpo. Jamás he visto a nadie llorar así. Parecía que le costaba mantenerse de pie, le temblaba todo el cuerpo y hacía mucho ruido. Sonaba como si le saliese de lo más profundo.

Dejó caer las manos y su mujer volvió a cogerle del brazo. Durante un buen rato nos quedamos todos mirando cómo lloraba el cuerpo entero de Charlie, y nadie hizo nada por ayudar. Sentía su cuerpo temblando delante de mí, y me dolía mucho la garganta. Quería dar un paso y abrazar el cuerpo de Charlie para que dejase de temblar.

A punto estaba de hacerlo cuando la mujer de Charlie se puso a hablar:

—Sentimos molestar de esta manera.

Eso era lo que había dicho Charlie antes. Oí que Abu soltaba una especie de bufido, pero esta vez no interrumpió ni copió las palabras.

—Queríamos... queríamos venir a veros en persona para... Lo sentimos muchísimo... —Y después pareció que se le olvidaba lo que quería decir y se quedó callada.

—¿Que lo sentís? —Era la voz de mamá. Hablaba muy bajito, y el modo de decirlo me puso la piel de la nuca de gallina. La mala sensación que venía notando en el estómago no estaba equivocada—. ¿Que lo sentís, dices? ¿Y que queríais venir aquí? ¿A nuestra casa? ¿A nuestro hogar? ¿A decirnos eso?

Mamá seguía hablando muy bajito, pero sus palabras parecían afiladas. Las lanzaba como si fueran carámbanos voladores, y Charlie y su mujer se encogieron como si les atacase con carámbanos de verdad.

—El loco de vuestro hijo ha matado a mi Andy. A mi bebé. ¿Y queríais venir aquí a decirnos que lo sentís?

Mamá había subido la voz, y de pronto se puso a gritar. Noté que se acercaba más gente a la entrada. Me di la vuelta para ver quiénes eran y para ver a mamá.

Papá agarró a mamá del brazo.

—Melissa, no nos pongamos...

—No, Jim, vamos a ponernos, claro que vamos a ponernos —dijo mamá, soltando el brazo.

Oí que Abu decía:

—Santo cielo.

Mamá se apartó de mí y se fue hacia Charlie y su mujer como con intención de pegarles. La mujer de Charlie dio otro paso atrás, y debió de olvidarse de que había unos escalones porque medio tropezó con el primero y por poco se cae del porche. Se quedó detrás de Charlie como queriendo esconderse.

—No me digáis que lo sentís. Es demasiado poco, demasiado tarde, ¿no os parece? No me digáis que no lo sabíais. Todo el mundo sabía que Charlie era un friki de narices, ¡no había más que verle! ¿Por qué no le parasteis los pies? ¿Por qué no se los parasteis, joder?

En aquel momento, mamá estaba gritando mucho, y era como si estuviese pegando a Charlie, solo que no con los puños, sino con palabras.

—Créeme, Melissa, si hubiese un modo de volver atrás y deshacer lo que ha pasado... No dudaría en dar la vida... —Charlie volvió a levantar las manos, pero mamá se apartó de él como si le diese asco.

—A mí no me vengas con que si Melissa esto y Melissa lo otro —dijo, pero ya no gritaba. Lanzó a Charlie una mirada muy antipática, una mirada asesina—. Aléjate de mi casa y de mi familia. O de lo que queda de ella.

Después me agarró la mano y me metió en casa. Yo no quería irme con ella, pero me apretaba la mano y tiraba con fuerza, así que no me quedó más remedio. Se abrió paso a empujones por el pasillo, y cuando volví la cabeza para mirar a Charlie, había demasiadas personas en medio y ya no pude verle.

Pero recordé la mirada que tenía Charlie mientras mamá le decía aquellas palabras tan feas. Sus ojos parecían enormes en aquella cara envejecida y huesuda. Era la cara más triste que había visto en mi vida.

Pensé que papá se había equivocado al decir que Charlie no estaba herido. Su hijo también había muerto, así que sus sentimientos estaban heridos, igual que los nuestros por la muerte de Andy. Solo que para Charlie era peor, porque su hijo había matado a sus ángeles, y eso era peor que estar muerto solamente.

24

El palo y la serpiente

Esta mañana, al despertarme, la toalla estaba mojada. Anoche, Mimi puso la toalla sobre el colchón porque a la hora de acostarme mis sábanas seguían en la bañera, mojadas de pis. Mamá se había olvidado de lavarlas.

Cogí la toalla mojada y me quité el pijama, me vestí, crucé el cuarto de Andy para echar un vistazo a la litera de arriba y después bajé a buscar a mamá. Estaba en la cocina, hablando con Mimi.

—Lo dice aquí, mamá. Tenía el síndrome de Asperger —dijo mamá, y le enseñó algo a Mimi en el iPad—. O sea, se lo diagnosticaron oficialmente cuando estaba en secundaria. Por lo visto, tuvo todo tipo de problemas en el colegio y dejó los estudios en tercero de secundaria. Ni un solo amigo. No trabajaba. En resumidas cuentas, desde entonces se pasaba la vida en el sótano. ¡Durante dos años!

—Bueno, pero no creo que el síndrome de Asperger vuelva violenta a la gente, ¿no? Supongo que esto explica por qué hemos visto tan poco a Charlie y a Mary en estos últimos años.

Mimi levantó la vista y me vio en la puerta. Tocó a mamá en el brazo, pero mamá no le hizo caso.

—Algunos vecinos pensaban que además tenía otros problemas que no estaban relacionados con el síndrome de Asperger, y hasta llegaron a preguntarles a Charlie y a Mary que qué le pasaba. Escucha esto: «Le vi varias veces por el barrio haciendo cosas raras, gesticulando y hablando solo por la calle. Y el año pasado le dio un susto de muerte a Louisa, la anciana que vive en la acera de enfrente, cuando empezó a gritarle que no se le ocurriese poner adornos navideños». Eso lo dice el vecino de al lado. Yo estaba segura de que le pasaba algo. Lo supe nada más verle en la fiesta de Charlie. Cuando era su canguro siempre me había parecido un niño monísimo, aunque, ahora que lo pienso, era un poco raro incluso de pequeño. Pero en la fiesta me pareció francamente siniestro. Estaba ahí plantado, mirando a los niños y...

—Melissa, cariño —Mimi interrumpió a mamá y me señaló con la cabeza.

Al verme, mamá dijo:

—De todos modos, acabará enterándose.

—Mami, lo siento pero he mojado la toalla y el colchón —dije. Me acerqué a mamá, me senté en sus rodillas y me abrazó, pero solo con un brazo porque en la mano del otro tenía el iPad.

—¿Mami?

—Tú tranquilo, tesoro —dijo Mimi—. Venga, vamos a dejártelo todo bien limpito.

Me cogió de la mano y me bajé de las rodillas de mamá. Mamá se puso a mirar el iPad otra vez. Tenía la frente llena de arrugas y le castañeteaban los dientes.

¿Sabes una cosa que no hay que hacer nunca? Darle a una serpiente con un palo. Nos lo dijo el tipo de las serpientes que vino a McKinley el día antes de que viniese el pistolero. Si estás paseando o haciendo senderismo y ves una serpiente... Bueno, en realidad donde vivimos nosotros no verías ninguna, porque aquí no hay, o al menos no son peligrosas..., pero si estás de vacaciones o en algún lugar en el que haya serpientes peligrosas y ves una, aunque te parezca que es minúscula o que está dormida, no la des con un palo ni la toques con el zapato. Que ni se te ocurra. El hombre incluso nos enseñó por qué con una de las serpientes que trajo, no la boa esmeralda, sino otra a rayas rojas y negras. Se me ha olvidado su nombre, pero el hombre dijo que algunas serpientes a rayas son

venenosas y otras no. Nos enseñó un poema para que nos acorde-
mos de cuáles son las peligrosas:

Negra y colorada,
es tu camarada.
Colorada y amarilla,
te mata si te pilla.

La que trajo el hombre de las serpientes era colorada y amarilla, así que era peligrosa. Al principio estaba allí tumbada sin moverse, parecía que estaba durmiendo. El hombre sacó un palo largo
y le dio unos toques. La serpiente se lanzó inmediatamente sobre el
palo, y después se quedó colgando de los dientes, negándose a soltarlo. Todo el mundo se asustó y algunos niños se pusieron a gritar... una tontería, porque estábamos sentados tan lejos de la
serpiente que ni siquiera era peligroso.

Este dato sobre las serpientes me vino ayer a la cabeza mientras
me comía un sándwich que me había preparado Mimi sentado en
un taburete de la cocina. Estaba mirando a mamá, que estaba en lo
alto de una escalera limpiando la parte de arriba de los armaritos, y
me recordó a la serpiente del palo. Cuando Charlie y su mujer vinieron a casa el día del funeral de Andy, y habían pasado ya tres
días, se lanzó sobre ellos como la serpiente sobre el palo. Ellos dos
se marcharon, pero lo que no se marchó fue el enfado de mamá.
Tan pronto estaba enfadada como se ponía triste, y se negaba a soltar el palo.

Mimi, con una cara de pena a la que parecía que le habían salido todavía más arrugas, también la estaba viendo limpiar la parte
de arriba de los armaritos:

—Cariño, ¿por qué no me dejas hacerlo a mí? ¿De veras es necesario limpiar eso ahora mismo?

—¿Qué? No, esto... ¡Sí, mamá, es necesario! —Mamá subió un
peldaño más y restregó con fuerza los armaritos—. ¡Están que dan
asco!

De repente, a mamá le parecía que en casa estaba todo que daba asco, y no paraba de limpiar, incluso allí donde yo no veía nada sucio y me parecía que estaba limpio.

Cuando mamá empezó con la limpieza, el día después de que vinieran Charlie y su mujer, intenté ser su ayudante. Mamá me decía cuándo tenía que darle otro trozo de papel del rollo y cuándo tenía que abrir la bolsa para que echase el papel sucio. Pero hubo varias veces en que no abrí la bolsa a tiempo y los trozos de papel acabaron en el suelo, y mamá se enfadó y dijo que mejor que me pusiese a hacer otra cosa. Y siguió limpiando sin mí.

Después de ayudar a Mimi a lavar el colchón con una esponja húmeda y de que echásemos la toalla y el pijama a la lavadora del sótano, volví a mi cuarto y eché un vistazo a los libros de mi estantería. Tengo un montonazo de libros, y en estos momentos mis favoritos son los libros de la serie de «La casa mágica del árbol». Los tengo todos puestos en fila, del número 1 al número 53; así es como me gusta que estén. Antes eran de Andy, se leyó la serie entera sin ayuda hace mucho tiempo. Cuando ya no los quiso, mamá los trajo a mi estantería.

Esta semana aún no había cole. Papá dijo que a la siguiente los demás niños iban a volver al cole, aunque, por ahora, a McKinley todavía no. Iban a dividir a los niños y a llevarlos a los otros colegios de Wake Gardens. Pero a mí no. Papá decía que no hacía falta que fuese al cole aún porque somos una de las familias afectadas. Que a lo mejor a la semana siguiente, que ya veríamos. Me alegré de no tener que volver y de que dijera que ya veríamos cuándo volvía y que a lo mejor tenía que pasar más tiempo. Cada vez que pensaba en el cole, me entraba una mala sensación en el estómago, como si no quisiera volver jamás.

Mientras miraba los libros y pensaba en el cole, me acordé de mi portalibros, que seguía en el cole, dentro de mi mochila. Pensé que ojalá lo tuviera, porque, el día antes de que viniera el pistolero, la señorita Russell me había dejado sacar libros nuevos y ni siquiera había podido leerlos aún. Me pregunté qué habría sido de nuestras mochilas, si seguirían en los armarios y si las íbamos a recuperar, y esperaba que sí porque también estaban allí mi álbum de pegatinas y mis cromos de la FIFA.

Los libros de «La casa mágica del árbol» son mis libros favoritos porque van de un niño y una niña que son hermanos y corren miles de aventuras en distintos lugares y épocas. Aunque sea en el pasado, pueden ir gracias a la casa del árbol. Son supervalientes, sobre todo la hermana, y eso que es la pequeña. No le tiene miedo a nada. Cuando lees sus aventuras, te da la impresión de que las vives con ellos y de que también tú eres valiente.

Por cierto, el hermano se llama Jack, y la hermana, Annie. Jack y Annie: suena casi como Zach y Andy. Nos fijamos una noche que estuvimos leyendo por turnos en la cama.

Esa es nuestra tradición, mía y de mamá: leemos los libros turnándonos. Al principio, cuando aún no leía muy bien, yo leía una frase y después mamá leía varias y luego me tocaba a mí otra vez. Pero ahora ya puedo leer mucho más que una frase. Puedo leer una página entera o incluso más, y luego le toca a ella.

Cuando nos fijamos en eso de Jack/Zach y Annie/Andy, mamá dijo:

—Oye, podríamos hacer como que son aventuras que os pasan a ti y a tu hermano.

Y yo dije:

—Sí, solo que nosotros no corremos aventuras juntos, así que lo único que se parece son los nombres, pero lo demás no.

Y mamá me miró con cara triste.

Decidí coger uno de los libros de «La casa mágica del árbol» y ver si mamá quería turnarse conmigo para leer. A lo mejor había terminado con el iPad y podía sacar un ratito para que leyésemos juntos. Bajé a buscarla, pero ya no estaba en la cocina. Pensé que lo mismo se había puesto a limpiar otra vez, pero la vi a través de la puerta de cristal del despacho de papá. A punto estaba de entrar cuando los oí hablar, y por cómo sonaban sus voces pensé que era mejor no abrir la puerta. Papá estaba delante de la ventana, sentado a la mesa en su gran silla marrón, y mamá estaba de pie a su lado, así que solo les veía las espaldas.

—¡No, no puedo esperar a ver cómo se desarrollan los acontecimientos! —oí que decía mamá—. Eres abogado, joder. Un loco ha segado la vida de nuestro hijo y tú, hala, te quedas ahí sentado. Estoy harta de verte ahí sentado. ¡Deberíamos estar haciendo algo!

Papá se echó hacia atrás como si quisiera apartarse de mamá.

—No estoy diciendo que no hagamos nada. No he dicho eso. Lo que digo...

Mamá le interrumpió.

—Sí que lo has dicho.

—¡NO lo he dicho! —La voz de papá subió de volumen—. Lo único que he dicho es que solo han pasado dos semanas, Melissa, nada más. Ni llega a dos.

—Exactamente. ¡Por eso es el momento de hacer algo! —Ahora era mamá la que estaba gritando, y noté que se me empezaba a formar un nudo en el pecho.

—¿Podrías, por favor...? —Papá bajó la voz y sacudió las manos como si estuviese empujando el aire hacia abajo.

Mamá subió aún más la voz.

—¡No me hagas callar! Es culpa suya, Jim. Es culpa suya. Mi hijo está muerto por su culpa, y no pienso quedarme ahí sentada de brazos cruzados y permitir que se vayan de rositas.

De repente, mamá se dio la vuelta y no me dio tiempo a apartarme de la puerta. Ahora mamá se iba a enfadar aún más porque había estado oyéndoles discutir.

Mamá abrió la puerta.

—¿Qué pasa, Zach?

Le enseñé el libro y dije:

—Quería saber si te apetece turnarte conmigo a leer.

Mamá se me quedó mirando unos segundos. Pensé que tal vez no me había oído, pero dijo:

—No puedo. Ahora mismo, no, ¿vale, Zach? Más tarde, ¿de acuerdo?

Entonces salió del despacho de papá, pasó por mi lado y entró en la cocina, y oí que la tele se encendía en el cuarto de estar. Papá se echó hacia delante, plantó los codos sobre la mesa y volvió a hundir la cara en las manos.

Me había equivocado al pensar que todo iba a mejorar cuando a mamá se le pasasen la tristeza y el estado de *shock*. Aunque Andy no estaba, seguía habiendo peleas. Volví al piso de arriba y me fui a mi guarida. Después de ponerme cómodo sobre el saco de dormir de Andy, encendí la linterna de Buzz, abrí el libro por el primer capítulo y me leí todo el libro de corrido, sin turnos.

25

Los secretos de la felicidad

—*Me siento como si estuviese viendo la primavera por primera vez —dijo Jack.*

—*Yo también —dijo Annie.*

—*No solo por primera vez este año —dijo Jack—, sino por primera vez en toda mi vida.*

—*Yo también —dijo Annie.*

Mientras Annie y él volvían a casa bajo la resplandeciente luz de la mañana, Jack se sentía feliz, muy pero que muy feliz.

Cerré el libro y lo dejé sobre el montón de libros del rincón de la guarida, todos los libros que me había leído en los últimos días. Me levanté para estirar las piernas porque me dolían de tanto estar sentado al estilo indio, y también me dolía el cuello de inclinarme sobre el libro. La garganta me picaba de leer en voz alta. Al principio, cuando empecé a leer los libros de «La casa mágica del árbol» yo solito, los leía en voz baja en mi cabeza, pero luego pasé a leerlos en voz alta. La señorita Russell dice que es bueno leer en voz alta. Puedes leerle a alguien o hacer como que le lees a alguien, y así el cerebro graba el sonido de las palabras y aprende más deprisa.

De modo que empecé a hacer como que le leía a alguien. Y ese alguien era Andy.

Ni siquiera sabía por qué había empezado a hacer eso. Lo único que sabía era que, después del funeral, la primera vez que le hablé a Andy en la guarida y le dije la verdad, que me trataba fatal, me sentí bien. Así que decidí que le iba a seguir diciendo cosas. Al principio se las susurraba; no sé por qué, si de todos modos nadie me iba a oír: papá se pasaba el día en su despacho con la puerta cerrada, y mamá no hacía más que leer en el iPad o limpiar porquerías invisibles. Y Mimi ya no se quedaba a dormir; «para que tengáis más espacio», dijo, a pesar de que los tres que estábamos en casa ya estábamos separados por un montón de espacio.

En cualquier caso, al principio solo susurraba: «Hola, estoy otra vez en tu armario», y era como si le oyese decir a Andy: «No me digas, no te había visto».

—No tenías por qué hablarme siempre de esa manera tan borde —le dije, y después le canté todas las verdades, todas las cosas tan feas que nos hacía a mamá y a mí. Y se me hizo raro porque era como si jamás hubiese hablado tanto con Andy en toda mi vida.

Pero luego empecé a sentirme culpable por decirle solo las cosas malas y no decirle nada bueno, porque estaba muerto y, quién sabe, puede que estuviese muy triste y que se sintiera solo allá donde estuviese, así que quise decirle otras cosas también. Y, como no se me ocurría nada, fue entonces cuando decidí empezar a leerle en voz alta. Susurrando no, porque cuando llevas un rato te acaba doliendo la boca.

Empecé con el número 30 de «La casa mágica del árbol» (el que había elegido para leer con mamá) y me lo leí enterito, y después seguí con el 31, el 32, el 33, el 34, el 35 y el 36. Tardaba más o menos un día en terminar un libro, así que llevaba ya un montón de días leyendo en voz alta. Hoy me había terminado el número 37, *El emperador Dragón*, que tiene 105 páginas y pocos dibujos.

Me gustaba leerle a Andy, aunque solo fuera de mentirijillas. Mientras leía, no me parecía que fuera de mentirijillas. Era como si estuviese allí mismo, escuchándome, y me iba a correr aventuras con Jack y con Annie y también venía Andy. Los cuatro juntos.

Cuando hube terminado de estirar las piernas, volví a sentarme y me quedé mirando la pared en la que estaban colgados los papeles de los sentimientos. Unos días antes había colgado otra cosa en la pared, una foto mía con Andy. La encontré encima de un montón de fotos que había en la mesa del comedor, las que sacaron para el velatorio, y me la llevé al piso de arriba sin que nadie se enterase.

Cuando descansaba de leer, pasaba mucho tiempo mirando la foto. Era de cuando fuimos a la casa que tiene Abu en la playa; este verano no, el anterior. El tío Chip todavía vivía, pero estaba superenfermo, y ese mismo año, en otoño, se murió. Abu quiso que nos vistiésemos todos a juego, camisas blancas y pantalones beis, y vino un fotógrafo y nos sacó un montonazo de fotos en la playa. Hubo pelea porque Andy se puso a correr por el mar y se mojó el pantalón, y eso en las fotos iba a quedar mal. Además, en casi todas las fotos ponía cara de bobo.

En esta foto estábamos sentados en la playa, en esas dunas tan grandes que hay enfrente de la casa de Abu, y Andy no estaba poniendo cara de bobo, estaba serio. Yo estaba a su lado, un poco separado de él, y dije «patata» a la cámara, pero Andy parecía como si tuviese la mirada clavada en algo que había al lado de la cámara. Se había enrollado los pantalones hasta las rodillas y se las estaba abrazando.

Al fijarme por primera vez en que Andy salía con una cara muy triste, empezó a dolerme mucho la garganta. Puse la foto sobre el papel de los sentimientos tristes, el gris, y parecía como si no fuera su sitio porque se veía un cielo azul y soleado. Pero sí que lo era, por la cara de Andy y por cómo me sentía cuando la miraba.

Cuando Andy vivía, nunca le había visto una cara triste, solo las caras de bobo que ponía y las caras de enfadado, siempre las de enfadado. Pero igual es que nunca me había quedado mucho rato mirándole a la cara como ahora.

Me gustó cómo acababa *El emperador Dragón* y cómo se sienten Jack y Annie al final. En este libro, Jack y Annie parten en busca de uno de los secretos de la felicidad, el primero (en total hay cuatro secretos), para ayudar al mago Merlín. Merlín no se encuentra bien y ni come ni duerme, y está siempre cansado. Los secretos de la felicidad van a conseguir que se encuentre mejor. Jack y Annie viajan en la casa mágica del árbol a un lugar llamado Japón y conocen a un famoso poeta llamado Matsuo Basho. Matsuo Basho inventó un tipo de poema corto que se llama haiku, y Jack y Annie aprenden también a escribir haikus.

Y aprenden cuál es el primer secreto de la felicidad: «Prestar atención a las pequeñas cosas que te rodean, por ejemplo, las de la naturaleza».

Lo repetí varias veces para acordarme: «Prestar atención a las pequeñas cosas que te rodean, por ejemplo, las de la naturaleza». No sabía que eso fuese algo que uno pudiese hacer para ser feliz, pero cuando Jack y Annie volvieron de su aventura estaban muy felices, así que debió de funcionar.

—Ojalá hubiésemos podido irnos a correr aventuras los dos juntos, como Jack y Annie —le dije al Andy de la foto—. Antes de que te murieras, claro. Ojalá hubiésemos hecho más cosas divertidas.

Busqué las pequeñas cosas que pudiese haber a nuestro alrededor en la foto de la playa. No vi ninguna, pero me acordé de algunas cosas que se ven en las playas: arena, piedras, conchas, que son cosas bonitas. Y la hierba que crece en las dunas, que como se pone muy alta y es puntiaguda tienes que tener cuidado cuando arrancas un trozo porque te puedes cortar, pero aun así es bonita.

Vi que justo al lado de donde estábamos había dibujos en la arena, quizá del viento o del mar. Molaban mucho. No los había visto cuando fuimos a la playa a sacar las fotos; si hubiésemos intentado fijarnos en las cosas que nos rodeaban, a lo mejor todos habríamos estado más felices y no nos habríamos peleado. Y puede que Andy no hubiese salido en la foto con la cara tan triste.

Quería ver si funcionaba el primer secreto de la felicidad con mamá y papá. Si se lo contaba y lo intentábamos los tres juntos, a lo mejor volvíamos a estar más felices.

—Vuelvo más tarde —dije antes de salir del armario.

Siempre que salgo del armario me duelen los ojos, porque como la única luz que hay dentro es la que da Buzz, está todo muy oscuro. Cuando sales, hay demasiada luz y tardas un rato en ver bien las cosas.

No se oía nada por ningún sitio. Nuestra casa era como la casa mágica del árbol cuando acaba de girar y aterriza en un lugar nuevo. En todos los libros pone lo mismo: «Y de repente, todo estaba en calma. En la calma más absoluta». Cuando bajé a buscar a mamá y a papá, me dije que después de que viniera el pistolero nuestra casa también había girado y había aterrizado en un lugar nuevo, solo que en nuestro caso no era para empezar una aventura divertida. Simplemente habíamos aterrizado en algún sitio y todo estaba en calma, en la calma más absoluta. Y todo el mundo estaba triste o enfadado. Y en vez de hacer cosas juntos, como Jack y Annie cuando llegan a un lugar nuevo, casi siempre hacíamos cosas distintas.

Pasé por delante del despacho de papá, pero no estaba allí. Oí la voz de mamá en la cocina:

—Creo que es buena idea empezar con esta entrevista... Sí, que la gente vea a mi familia y lo que este... lo que nos han hecho. Solo quiero empezar la conversación... plantear las preguntas, ¿sabe? Eso es... No puede ser que la gente se limite a decir «qué horror aquello que pasó» y que después de pasar una temporadita disgustada pase a otra cosa sin que cambie nada... Al menos quiero conseguir que se hable de ellos, de cómo pudieron permitir que esto sucediese. Poner las cosas en marcha para... Sí, eso es... —Después, mamá se calló y se quedó escuchando lo que le decían por el teléfono—. De acuerdo... Suena bien... Eso es —y a continuación—: Ah, ¿Zach?

Me acerqué a ella porque pensé que me lo decía a mí.

—¿Qué, mami? —dije.

Pero mamá siguió hablando por teléfono. Al oírme se levantó de golpe, se metió en el cuarto de estar y me dio la espalda como si no quisiera que la oyera; de todos modos, no estaba muy lejos, así que seguía oyéndola.

—No sé, no estoy segura. No sé si debemos meterle en esto...

Mamá se dio la vuelta otra vez y pareció que se enfadaba al ver que la estaba mirando.

—¿Mami?

—Tengo que... tengo que irme. Pero vale, podemos intentarlo, a ver qué pasa. Gracias, vale, nos vemos. —Y colgó el teléfono—. Zach, ¿qué pasa? ¿No has visto que estaba hablando? ¿Por qué me interrumpes?

—¿Dónde está papá?

—En el trabajo. Se ha... se ha ido a trabajar.

—Pero si no me ha dicho adiós. —Noté que se me llenaban los ojos de lágrimas.

—Lo siento, Zach. ¿Por qué le andas buscando?

—¿Te acuerdas de *El emperador Dragón*, del primer secreto de la felicidad?

Mamá frunció el ceño.

—¿Qué?

—El primer secreto de la felicidad que Jack y Annie aprenden del hombre aquel de Japón, y que sirve para que Merlín se sienta mejor. El secreto es que tienes que prestar atención a las pequeñas cosas de la naturaleza que te rodean.

—Vale, Zach, tesoro. Ahora mismo no sé de qué me estás hablando, tengo muchas cosas en la cabeza. ¿Qué tal si hablamos de esto más tarde? —dijo mamá. Pasó de largo y volvió a la cocina, y me dio la impresión de que iba a hacer otra llamada.

Sentí que me subía una oleada de calor desde la barriga hasta la cabeza, una oleada de furia.

—¡NO! —dije, y me salió fuerte, como un grito. Me sorprendió, y a mamá también porque inmediatamente se dio la vuelta y me miró—. Quiero que tú y yo y papá veamos si funciona el primer secreto. Tenemos que intentarlo para volver a sentirnos bien. Podríamos hacerlo en el patio trasero. Tenemos que prestar atención a todas las cosas pequeñas que hay allí, y después estaremos más contentos. Si lo hacemos más tarde, será de noche y ya no podremos ver nada. Quiero hacerlo AHORA. Tiene que ser AHORA.

No sabía por qué hablaba tan alto, pero la oleada de calor y furia salió volando de mi boca. No pude detenerla, y tampoco quería, porque me sentaba bien gritar.

Los ojos de mamá se volvieron pequeñitos. Se me quedó mirando y bajó mucho la voz:

—Zach, mamá necesita que dejes de gritar así ahora mismo. No sé qué mosca te ha picado, pero no puedes hablarle así a mamá.

El corazón me latía muy deprisa. Le sostuve la mirada y noté que se me saltaban las lágrimas, así que intenté no parpadear.

«¡Puerta principal!», dijo la voz de mujer robot desde el cajetín de la alarma, y los dos pegamos un bote. Un segundo después, Mimi entró en la cocina y dejó sobre el mostrador bolsas con compra y un montón supermegagrande de correo. Nos miró.

—¿Todo bien?

—En esta casa nos estamos volviendo todos locos —dijo mamá, y me miró otra vez con ojos pequeñitos. Después volvió a meterse en el cuarto de estar con el teléfono.

Salí al porche dando un portazo, y esto también me sentó bien. Bajé al patio de atrás. Intenté que se me pasara el enfado, porque no creo que puedas poner a prueba el secreto de la felicidad si estás de mal humor. También intenté prestar atención a todo lo que me rodeaba, pero las malditas lágrimas no dejaban de salir y me costaba ver. Y por culpa de la maldita lluvia me moría de frío y me estaba calando.

Me metí las manos en las mangas y miré alrededor. Vi que el suelo estaba lleno de hojas, hojas marrones, rojas y amarillas, y también, todavía, algunas verdes. Vi los restos de unas nueces que habían abierto las ardillas; se comían lo de dentro, pero dejaban las cáscaras. Me fijé en la corteza de un árbol muy grande que hay en medio del patio; tenía dibujos que se parecían un poco a los dibujos de la arena de la foto de la playa. Busqué todas las cosas pequeñas, pero el enfado no se me fue y no empecé a estar feliz.

—Cariño, si quieres estar aquí fuera, te tienes que poner el abrigo, ¿vale? Te estás calando —oí que decía Mimi, así que volví a meterme en casa y di otro portazo. El primer secreto de la felicidad no había funcionado.

26

Los de las noticias

Ayer me dijo papá que hoy venían los de las noticias. Ayer fue martes, y era el segundo día que papá me acercaba al cole en coche antes de irse a trabajar. No a McKinley, porque de momento McKinley iba a seguir cerrado, sino al cole al que iba a tener que ir durante una temporada, Escuela de Primaria Warden.

El primer día que papá me dijo que me llevaba en coche al cole, el lunes, me puse fatal porque no quería ir. Todos los demás habían vuelto al cole, todos menos yo. Seguro que no me quitaban los ojos de encima, no solo por volver más tarde, sino también por lo que le había pasado a Andy.

—No estás obligado —dijo papá, y me prometió que no estaba obligado a entrar hasta que me sintiese preparado—. Vamos a dar un paseo en coche hasta allí y ya se verá.

De modo que eso hicimos, y cuando nos paramos delante del colegio, vi que se parecía a McKinley, solo que era marrón, no beis verdoso como McKinley, y a la derecha había un patio que molaba. La puerta principal era igual que la de McKinley, con ventanitas, y pensé que si el pistolero había entrado porque Charlie le había abierto, quizá un pistolero (no el hijo de Charlie, que estaba muerto, sino otro distinto) podría entrar por esta puerta también.

Papá me preguntó si quería pasar, y le dije que no.

—Vale, a lo mejor mañana —dijo, y volvimos a casa, me dejó y se fue a trabajar.

147

Ayer, en el coche, me dijo que hoy no nos íbamos a acercar al cole porque venían a casa los de las noticias. Nos iban a hacer una entrevista. Una entrevista es cuando la señora de las noticias (esta se llamaba señorita Wanda) te hace preguntas y tú tienes que responderlas. Iba a ser sobre lo que le había pasado a Andy, y querían grabar un vídeo para sacarlo después en las noticias.

—Entonces, ¿nos va a ver todo el mundo ahí, en las noticias? —le pregunté a papá. No me hacía ninguna gracia salir en el vídeo y que todo el mundo me viese por la tele.

—Bueno, no todo el mundo. Mira, esto es muy importante para mamá, así que... En fin, ahora no vamos a agobiarnos por esto, ¿de acuerdo? Solo quería ponerte sobre aviso, que supieras lo que va a pasar mañana. Luego lo hablamos. ¡Ya verás lo emocionante que es ver cómo hacen las noticias!

Llegamos al colegio y papá aparcó enfrente, pero no apagó el motor.

—Vale, pero, oye, papá.

—¿Qué?

—¿Qué preguntas nos va a hacer la señora de las noticias en la entrevista? ¿Sobre Andy?

—Esto... Bueno, creo que nos va a pedir que hablemos de tu hermano y de cómo nos sentimos después de que le... después de su muerte. Creo que será mamá la que responda a la mayoría de las preguntas y la que más hable. Y puede que la señorita Wanda te haga un par de preguntas. Mejor esperamos a ver qué pasa, ¿te parece? —Papá se volvió y me miró—. ¿Hoy quieres entrar?

Dije que no con la cabeza.

—Ya me lo imaginaba —dijo papá, y empezó a alejarse del colegio.

—¿Se supone que tenemos que decir la verdad en la entrevista? —pregunté.

—¿La verdad? ¿Acerca de qué?

—De Andy.

Papá me echó una ojeada y después volvió a mirar a la carretera.

—¿A qué te refieres?

—Me refiero a que en el funeral tú dijiste que Andy nos hacía reír y que todos los días te hacía sentir orgulloso, pero no es verdad.

Papá se quedó mirando a la carretera y siguió un buen rato callado. Llegamos a casa.

—Venga, métete en casa, ¿vale?

Fue lo único que dijo, y sonó como si tuviese algo atascado en la garganta.

Hoy, después de desayunar, subí a ponerme una camisa bonita como me dijo mamá, y justo cuando iba a entrar en mi cuarto, oí a papá hablando con ella en su dormitorio. Me acerqué a la puerta porque estaba un poco abierta. Papá estaba de pie junto a la ventana, hablando por el móvil:

—Ya lo sé. A mí tampoco me parece bien. He intentado convencerla para que cambie de idea, pero ahora mismo no hay modo de razonar con ella... No... Sí, ya lo sé, mamá. Mira, ya te he dicho que estoy de acuerdo contigo, no deberíamos incluir a Zach en la entrevista. Veré qué puedo hacer. Oye, tengo que dejarte. Esta gente debe de estar al caer.

Vi que papá iba a colgar, así que me aparté de la puerta y volví a mi cuarto de puntillas. Me puse la camisa y me senté delante de la ventana para estar atento a la llegada de la furgoneta de las noticias. El cielo seguía gris y la lluvia seguía cayendo a cántaros, formando ríos en la cuneta. Desde que vino el pistolero, cada vez que miraba por la ventana o salía a la calle estaba lloviendo.

Estuve pendiente de la furgoneta mientras veía caer las gotas de lluvia, y me acordé de una historia que había oído sobre una vez que estuvo lloviendo mogollón de tiempo. El planeta entero se iba a inundar y se iban a ahogar todas las personas y todos los animales. Un hombre construyó un barco enorme en el que solo cabían dos animales de cada tipo, un chico y una chica; así, después del diluvio, podrían tener una vida nueva con una nueva familia y no se extinguirían. Vi los ríos que bajaban por nuestra calle y me pregunté cuánto más tendría que llover para que corriéramos peligro de ahogarnos. Tal vez podríamos construir un barco y empezar una nueva vida después del diluvio.

Se suponía que la furgoneta de las noticias iba a llegar justo después del desayuno, pero no lo hizo. Tuve que esperar mucho tiempo y empecé a tener esperanzas de que no viniera, pero al final vino. La vi subir por nuestra calle, y la reconocí inmediatamente por el enorme plato de sopa que llevaba en el techo. Se detuvo enfrente de casa; en uno de los lados ponía *canal 4* con grandes letras rojas. Detrás aparcaron varios coches más. Se abrieron de golpe dos puertas laterales y bajaron unas personas que se dirigieron a casa. Un segundo después, sonó el timbre.

Quería quedarme arriba y esconderme para no tener que salir en la entrevista, pero también quería ver cómo hacían las noticias. Papá dijo que podía ser emocionante. Sentía curiosidad (que es cuando quieres saber más cosas sobre algo), y me hizo gracia sentirla justo hoy porque acababa de leer sobre la curiosidad un par de días antes. En el número 38 de la serie de «La casa mágica del árbol», *Lunes con un genio loco,* al final Jack y Annie descubren que ser curioso es el segundo secreto de la felicidad para salvar a Merlín.

Papá había dicho antes por teléfono que lo mismo no me incluían en la entrevista, y mi curiosidad me dijo que bajase a ver qué iban a hacer los de las noticias en casa. Al bajar, papá me hizo darle un apretón de manos a una mujer que tenía el pelo corto y muy muy rojo. Se llamaba Tina, y llevaba unos auriculares al cuello como si fueran un collar enorme. Papá dijo que Tina era la productora; no entendí lo que significaba, pero se portaba como si fuese la jefa y les decía a todos dónde tenían que colocar las cosas. Me quedé en la puerta del salón, mirando.

—Tío, cómo pesa este trasto.

Un hombre vestido de negro, con pelo negro y largo recogido en una coleta y una barba larga y finita que le salía de la barbilla, estaba empujando la mesita hacia el fondo del salón. La verdad es que la mesita pesa mogollón, tiene encima una piedra rectangular muy grande. Yo no puedo moverla ni un poquito. Tina me señaló con la mano y dijo:

—Dexter, cuidado...

—Ay, perdona, tío, perdona. —El hombre me guiñó un ojo y siguió empujando—. ¡La madre que la parió! —le oí decir muy bajito, y me hizo sonreír.

Había más personas entrando y saliendo de casa. Iban a la furgoneta y volvían con grandes cajas negras que tenían ruedecitas en la parte de abajo y mesas que también tenían ruedas y un montón de cosas encima. Metieron todo en el salón; las ruedas iban dejando rayas mojadas en el suelo. Tuvieron que empujar todos los muebles a los lados; de eso se ocupó Dexter.

Cuando hubo terminado de mover la mesita, Dexter empezó a poner cámaras delante del sofá, que seguía en su sitio de siempre, y me hizo señas para que me acercase. Había dos cámaras, y Dexter estaba colocándolas en unos trípodes.

—Oye, chaval, ¿me ayudas a comprobar esto? Mira, pones la cámara así, de lado, y la mueves hasta que encaje. Inténtalo.

Quitó la cámara y me la dio. Era una cámara grande; la nuestra es mucho más pequeña, y solo me la dejan coger cuando me paso la correa por el cuello. Esta cámara tenía una cosa larga por delante y un montón de botones a un lado. Intenté subirla al trípode, pero pesaba demasiado. Se me empezó a escurrir, pero Dexter la cogió en un pispás.

—¡Venga, que ya te ayudo yo!

Dexter era muy majo. Me dijo que yo era su ayudante de organización y me explicó para qué servía cada cosa. Había trípodes altos con micrófonos, y los micrófonos parecían ardillas peludas por arriba. Montamos las luces (las había de tres tipos), y Dexter dijo que había que ponerlas en los lugares adecuados para que la iluminación de la entrevista quedase perfecta. Había mogollón de cables por todas partes. A mí me tocó pegarlos al suelo con cinta aislante para que nadie se tropezase con ellos. Dexter se sentó a mi lado y me fue dando cachitos de cinta negra que iba arrancando.

151

—Oye, siento mucho lo de tu hermano, tío —dijo. Siguió arrancando cachitos de cinta, y yo seguí pegándolos a los cables.

—Yo también.

—Menuda putada, ¿eh?

—Sí.

Cuando terminamos, nos pusimos de pie y echamos un vistazo al salón. Estaba completamente distinto.

—¿Qué te parece? —preguntó Dexter.

—Está chulo.

—Muy chulo, sí —dijo Dexter, y me dio una palmada en la espalda.

Después entraron Tina, mamá y la señora de las noticias, la señorita Wanda, y supe que era ella porque la había visto por la tele. Era la primera vez que veía en la vida real a una persona que había visto por la tele. Mamá llevaba uno de sus trajes elegantes y se había maquillado mucho. Se había pintado los labios, y eso que no suele hacerlo porque sabe que no me gusta que la gente lleve pintalabios, como Abu. Se sentó en el sofá.

Dexter cambió un poco las luces de sitio, y otras personas toquetearon las cámaras y los micrófonos que habíamos colocado entre los dos. La señorita Wanda se sentó en una silla enfrente del sofá, cerca de la cámara.

—Bueno, Melissa, listos para empezar. Recuerde, míreme a mí, por favor, no mire directamente a cámara. ¿De acuerdo?

Mamá, que tenía las manos sobre las rodillas, apretó los puños.

—Hágame un favor, váyase justo al centro del sofá. Para que Jim y Zach entren luego y se pongan uno a cada lado, ¿vale?

Quería decirle a mamá que no quería sentarme en el sofá, con las cámaras enfocándome y todas esas luces, y que no quería salir en la entrevista, y que papá había dicho que a lo mejor no era necesario.

—¿Mami?

Mamá levantó la vista, pero una de las luces le dio en los ojos y no me veía.

—¿Mami? —repetí.

Noté una mano en el hombro, y al darme la vuelta vi a Tina, que me estaba sonriendo.

—Oye, peque, ¿qué tal si te vienes conmigo y te quedas un ratito con tu padre en la cocina?

Papá y yo nos sentamos en la cocina cuando la señorita Wanda empezó a entrevistar a mamá. Oímos un vozarrón de hombre que dijo: «¡Imagen! ¡Silencio, por favor!», y toda la gente que había en casa dijo «Shhh» a la vez. Papá se sentó muy tieso en el taburete, como Abu, se puso serio de mentirijillas y se pasó la mano por los labios como si cerrase una cremallera.

27

Dar la noticia

Me gustaba estar en la cocina con papá. Era como si hubiésemos hecho algo malo los dos juntos y nos hubiesen mandado a pensar a la cocina. Tuvimos que quedarnos mucho tiempo sentaditos y calladitos, sin poder salir. Papá hizo varias veces como que se estaba quedando dormido del aburrimiento, y me hizo reír. Rápidamente escondí la cara en el codo para que no se me oyera.

Tina volvió a la cocina y nos chafó la fiesta.

—¡Venga, señores, allá vamos!

Papá siguió a Tina hasta el salón y esperé a que le dijese que yo no iba a salir en la entrevista, pero no dijo ni mu.

Al pasar al salón, vi que en la cara de mamá había puntitos rojos como de haber llorado, pero en ese momento no estaba llorando.

—Que se siente aquí Jim; y tú, Zach, ¿te puedes poner ahí, con tu madre? —Tina señaló la parte del sofá que estaba al lado de mamá.

Papá se sentó y luego me senté yo. Notaba que todo el mundo tenía los ojos puestos en mí, y las cámaras eran como unos ojos extragrandes que me miraban fijamente.

—Zach, cariño, ¿te importaría no mirar a las cámaras? Mírame a mí, por favor —me dijo la señorita Wanda. La miré y me fijé en que su pelo, negro y rizado, brillaba mucho bajo las luces, como si estuviese mojado. Los ojos se me volvieron a ir a las cámaras.

—¿Te importaría no...? ¿Podría decirle a su hijo que no mire a las cámaras? —le dijo a mamá con tono de malas pulgas. También tenía cara de malas pulgas.

—Zach, ¿te importa...? —La voz de mamá tampoco era simpática. Intenté que los ojos no se me fueran a las cámaras, pero no había manera—. ¡Zach, para ya! —Mamá me apretó la pierna. Fue como un pellizco fuerte, y se me llenaron los ojos de lágrimas.

—Melissa... —empezó a decir papá.

—¡Eh, tío! —De repente, apareció Dexter detrás de la señorita Wanda. Parecía muy bajito porque estaba de rodillas, y quedaba raro. Me guiñó un ojo y me sonrió—. ¿Puedes intentar mirarme a mí? Me quedo aquí si quieres. No me quites la vista de encima durante unos minutos, ¿vale?

Dije que sí con la cabeza, y se me fueron las lágrimas.

—Vale, genial. Ya estamos listos. Vamos allá —dijo la señorita Wanda, y el hombre que estaba al lado de la cámara volvió a hablar en voz alta.

—¡Imagen! ¡Silencio, por favor! —Y los demás le respondieron otra vez con un «Shhh». Después hubo un momentito de silencio antes de que la señorita Wanda empezase a hablar.

—Jim, usted se enteró de la muerte de Andy mientras esperaba en la iglesia de St. Paul a que le dieran noticias de su hijo. ¿Me lo puede contar?

Papá tardó un ratito en responder.

—Sí. Vale. Me... me quedé en la iglesia en la que se reunieron los niños y las familias después del tiroteo para que la policía les fuese dando información sobre los... sobre los niños desaparecidos. Melissa se fue con Zach al West-Medical para ver si se habían llevado allí a Andy. Esto... —papá tosió y se quedó callado.

—¿Podría describirnos cómo estaban las cosas en la iglesia? —preguntó la señorita Wanda.

—Sí. Se había vaciado bastante. Al principio, cuando no dejaban de llegar padres en busca de sus hijos, era un caos, pero al cabo de un rato la mayoría de las familias se fueron y solo quedamos unos pocos. Melissa aún no me había llamado desde el hospital, y la espera se me hizo... se me hizo difícil. Nos dijeron que había habido víctimas mortales, y el hecho de que no pudiéramos encontrar a Andy no era... no era buena señal. Estuvimos mucho tiempo esperando.

—¿Cómo supo que Andy era, en efecto, una de las víctimas mortales? —preguntó la señorita Wanda.

—Al final vinieron dos sacerdotes a la iglesia... Un cura y un rabino... Y vinieron con el señor Stanley, el jefe de estudios. Lo supe nada más verlos. Lo supe al instante.

Seguí mirando a Dexter sin moverme. Dexter tampoco me quitaba la vista de encima, y vi que la larga barba le temblaba en la barbilla.

—Y tuvo que darles la terrible noticia a su mujer y a su hijo —dijo la señorita Wanda. Papá volvió a toser.

—Sí. Cogí el coche y me fui al hospital. Estaban en la sala de espera. Al verme aparecer allí... En fin, Melissa supo lo que significaba.

Me acordé de la cara que tenía papá cuando llegó al hospital y de los alaridos de mamá, y de cómo pegaba a papá y vomitaba. Empezó a dolerme mucho la garganta.

—Zach, ¿te acuerdas del momento en el que tu padre fue al hospital a contaros lo de tu hermano?

De repente, la señorita Wanda estaba hablando conmigo, y como no sabía que ya me tocaba, me entró mucho calor por todo el cuerpo. Se me olvidó lo que me había preguntado.

—¿Zach? —repitió—. ¿Recuerdas lo que sentiste cuando tu padre te dijo lo de tu hermano? —Ahora me hablaba con una voz agradable, no como antes.

—Sí —dije muy bajito.

La garganta me seguía doliendo demasiado para hablar. Notaba que el zumo de tomate empezaba a subirme por el cuello hasta la cara, y me aceloré todavía más. Lo iban a ver todos los que estaban en el salón, y cuando la grabación saliese por la tele, lo iba a ver todo el mundo. Dexter me dijo algo con los labios, sin sonido, y me pareció que me decía «OK», pero no estaba seguro.

—¿Qué sentiste, Zach?

La señorita Wanda me repitió la pregunta. Me miré las rodillas porque tenía la cara roja y quería esconderla. Quería esperar a que el zumo de tomate volviese a bajar.

—No quiero decirlo —dije, y me salió como un susurro.

—¿Qué has dicho, cariño?

No levanté la vista. Empezaba a sentir furia en la tripa. Quería que dejase de hacerme la misma pregunta estúpida. No quería hablar.

Mamá me dio con el codo.

—¿Zach?

Y de repente no supe qué pasaba. El sentimiento de furia se hizo enorme. Como Hulk.

—¡No quiero decirlo! ¡No quiero decirlo! —grité mil veces.

—Vale, no hace falta si no quieres —oí que decía mamá a mi lado.

Intentó abrazarme, pero la aparté de un empujón. Demasiado tarde: cuando Hulk se enfada, no se le pasa así como así. Todos clavaron la vista en mí, incluido Dexter, y las malditas lágrimas me volvieron a los ojos.

—¡Dejad de mirarme! —chillé.

Me sentó bien chillar, pero vi que seguían mirándome. Entonces me fijé en las cámaras. Ahora iba a salir por la tele así, enfadado y chillando. Me acerqué a la cámara que estaba cerca de la señorita Wanda y le pegué una patada. Se volcó, y el hombre del vozarrón intentó cogerla; pero no llegó a tiempo y la cámara se estrelló ruidosamente contra el suelo. Se le cayeron varias piezas: estaba rota.

De repente noté que alguien me cogía y me abrazaba con fuerza. No podía moverme. Vi que era papá y grité:

—¡Suelta! ¡Que me sueltes!

Pero papá no me soltaba. Me sacó del salón y me subió en brazos por las escaleras mientras yo gritaba y trataba de darle patadas.

Me dejó sobre el colchón, pero seguía abrazándome fuerte. Dejé de chillar y de dar patadas y me eché a llorar, y las lágrimas sofocaron el sentimiento de furia.

28

Truco o trato

—¡Truco o trato, huéleme los pies, dame algo bueno de comer!

Me senté en las escaleras en medio de la oscuridad y oí risas y gritos en la calle. Halloween es mi fiesta favorita... Bueno, puede que la número uno sea la Navidad, pero Halloween es, sin lugar a dudas, la número dos. Me encanta ir a hacer truco o trato. Cada año estrenamos disfraz, y me paso el resto del año pensando en de qué iré al año siguiente; pero mamá no compra los disfraces hasta unos días antes porque cambio de opinión demasiadas veces.

Este año nos saltamos Halloween. Ni disfraz nuevo ni truco o trato. Papá dijo que podíamos salir un ratito, pero yo no quería volver a ir de Iron Man, serían dos años seguidos de lo mismo, y además el pantalón tenía un rasgón muy grande. Este año había pensado en ir de Luke Skywalker. Iba a ser mi decisión definitiva.

Ya habían venido varias tandas de niños a llamar a nuestra puerta, y eso que la luz del porche estaba apagada y deberían haber sabido que eso era señal de que no dábamos chuches. Y esta vez nuestra casa ni siquiera estaba decorada para Halloween, y esa es otra señal.

A mi lado, en el escalón, tenía un bol lleno de chuches de Halloween que me había traído Mimi hacía un rato. Al principio, cuando empezó el truco o trato, me senté en los escalones con papá, y cuando el timbre sonó por primera vez fuimos a abrir la puerta.

—¡Feliz Halloween!

Había varios niños pequeños plantados delante de mí gritando demasiado alto, y detrás de ellos, sonriendo de oreja a oreja, estaban sus madres. Volví a sentir la furia en la tripa, porque de «feliz Halloween» no tenía nada y no quería ver lo contentos que estaban todos.

—Tomad, coged solo una —les dije a los niños con voz medio borde, y les pasé de mala gana el bol de las chuches. A las mamás se les borraron las sonrisas, y cuando se marcharon, papá dijo:

—No estamos obligados a hacer esto, ¿sabes?

Conque decidimos apagar también todas las luces de dentro. Papá estuvo un ratito más sentado conmigo en las escaleras y luego volvió a su despacho.

—¡Truco o trato! —chilló alguien al otro lado de la puerta.

Me subí a mi guarida. Me senté sobre el saco de dormir y enfoqué el círculo de luz de Buzz sobre la foto en la que estábamos Andy y yo.

—Feliz maldito Halloween —le dije a Andy.

El año pasado, al acabar Halloween, hubo bronca. Papá no vino a hacer truco o trato porque tenía que trabajar hasta tarde, así que mamá se vino con Andy y conmigo antes de que se hiciera de noche. Mamá llevaba el mismo sombrero morado de bruja que lleva siempre en Halloween, y Andy fue de zombi con una máscara que daba mucho miedo.

Después de la segunda casa nos encontramos por casualidad con James y otros niños del colegio. Iban solos, sin mayores, y pensaban ir hasta Ericson Road a hacer truco o trato. Andy le suplicó a mamá que le dejase acompañarlos. También nos topamos con Ricky y su madre, y Ricky quiso irse con los niños, igual que Andy. Mamá dijo que no, que teníamos que ir todos en familia, pero entonces la madre de Ricky le dijo a Ricky que sí, y que seguramente ya eran demasiado mayores para ir con sus madres, así que mamá también le dejó ir. Después parecía muy enfadada.

Andy no volvió hasta que ya estaba todo oscurísimo. Mamá y yo estábamos a punto de salir a buscarle.

—¡Vais a ver todo lo que he traído!

Entró corriendo y no cayó en que mamá estaba enfadada y en

que se daba la vuelta y se metía en la cocina a preparar la cena sin decir ni mu.

Vaciamos las bolsas sobre la alfombra del salón para ver todo lo que habíamos conseguido.

—Tú deja tu montón a ese lado de la alfombra para que no se nos mezclen las provisiones —dijo Andy, y apartó sus chuches de las mías.

Su montón era enorme, como el doble del mío, porque había estado fuera mucho más tiempo que yo y también porque siempre coge más de un caramelo, y eso que se supone que no se puede.

—¡Qué guay, mira cuántos paquetes de M&M's de los grandes! Uno, dos, tres... ¡Unos diez y un montonazo de los pequeños! —dijo Andy.

Los M&M's son sus chuches favoritas. Yo no puedo comerlos porque podrían tener cacahuetes. Andy se puso a hacer montoncitos más pequeños con todos los tipos distintos de chuches que había conseguido y los colocó a su alrededor: M&M's, Tootsie Rolls, Skittles, Kit Kats... Se iba comiendo las chocolatinas pequeñas, esas en las que pone «tamaño divertido» y que son tan pequeñas que te las zampas de dos bocados. Se metió los envoltorios en los bolsillos para que mamá no se diese cuenta.

Yo también me puse a amontonar mis chuches.

—¿Me das esta?

Le enseñé una bola redonda con forma de ojo, pero no ponía qué tipo de caramelo había dentro. Andy se acercó y me la quitó.

—Esta no sé qué es. Así que no te la comas —dijo, y echó el ojo a su montón—. Esta está claro que no puedes. Y esa de ahí, y esta...

Andy empezó a coger chuches de mi montón.

—¡Oye, tú, para! —chillé—. Esas son mías. ¡No me quites todas las mías!

—¡ANDY! —gritó una voz a nuestras espaldas. Era papá, y nos asustó porque no le habíamos oído volver del trabajo—. ¡Suelta los malditos caramelos de tu hermano! —Se acercó, le agarró del brazo y le levantó a lo bestia. Andy soltó las chuches que tenía en la mano.

—¿Qué demonios estás haciendo? Mira cuántas tienes, un montón enorme, y mira las de tu hermano. ¿Por qué se las robas?

—No le estaba robando las... —empezó a defenderse Andy, pero papá se enfadó aún más porque Andy le estaba contestando. Le dijo que dejase de mentir y empezó a sacarle a rastras de la habitación.

Justo en ese momento, mamá entró al salón.

—Jim, suéltale. ¿Qué haces? —le dijo a papá, y agarró a Andy del otro brazo y se quedaron allí los dos, con Andy en medio y con pinta de ir a tirar cada uno hacia un lado.

—Me lo llevo a su cuarto. ¡Este niño está pidiendo a gritos que le dejen un rato castigado!

—No es así como se supone que tenemos que manejar este tipo de situaciones —dijo mamá, y papá y ella se miraron con cara de enfadados por encima de la cabeza de Andy.

—Vale, pues entonces dime tú cómo se me permite manejarlas, Melissa, en vista de lo bien que está funcionando tu método —dijo papá, soltando el brazo de Andy—. ¡Cuánto me alegro de haber vuelto corriendo a casa para disfrutar de Halloween con mi familia!

Y se fue al pasillo y salió a la calle dando un portazo. Un minuto después, oí que arrancaba el Audi.

—Mira lo que he conseguido por ayudarte, pedazo de chivato —dijo Andy, y me dio un empujón.

Mamá dijo:

—Venga, ya vale, Andy —y se lo subió al piso de arriba para que se quedase un rato pensando.

Me agaché a por las chuches que había soltado Andy. Todas eran Reese's y Butterfingers, chuches de las que llevan cacahuetes.

Pensé en la última fiesta de Halloween y en la bronca, y eché un vistazo a la cara triste del Andy de la foto. Quería decirle algo, que sentía que se hubiese metido en líos, porque era verdad que intentaba ayudarme con las chuches de cacahuetes. Pero no lo dije en voz alta: las palabras se quedaron solamente en mi cabeza.

29

Nieve y batidos

El día después de Halloween, por la mañana, se puso a nevar. Fue una sorpresa enorme ver nieve y no lluvia. El cielo estaba blanco, y el aire, con tantos copos de nieve revoloteando, también. Del gris de la lluvia ya no quedaba ni rastro. Los días y las semanas después de que viniera el pistolero había estado lloviendo sin parar, y ahora, de sopetón, la lluvia había parado y en su lugar había nieve, y eso que ni siquiera era invierno todavía. Era el primer día de noviembre.

Mamá no estaba en la cama. Ahora era como si estuviese demasiado enfadada para acostarse y dormir, y había pasado de dormir a todas horas a no dormir nada. Papá sí estaba, y traté de decirle lo de la nieve, pero se dio media vuelta.

—Déjame dormir un ratito más, peque —dijo con voz de sueño, así que bajé a buscar a mamá.

Estaba en el salón, colocando en línea recta los cojines de adorno del sofá.

—¡Mamá, está nevando!

Me fui a la ventana del salón a ver cómo caían los copos y aterrizaban sobre los montones de hojas que había por el suelo.

—Ya lo he visto. Por fin nos da un respiro la lluvia. Pero no te emociones demasiado. No va a cuajar.

—Vale, pero si cuaja un poco, ¿podemos sacar el trineo?

—No va a cuajar. No te ilusiones. Además, hoy voy a estar muy liada —dijo mamá, y salió del salón—. Oye, Zach —me llamó desde la cocina—. Desayuna, y después quiero que te vistas. Dentro de nada viene gente, y quiero dejarlo todo en orden antes de que lleguen.

—¿Qué gente?

—Unas personas con las que tengo que hablar.

Sonó el timbre justo cuando acababa de bajar de vestirme. Abrí la puerta y vi a la madre de Ricky, y, aunque esta vez llevaba un abrigo, todavía parecía que tenía frío y estaba muy pálida. Me fijé en que tenía un montón de pecas entre rojas y marrones en la nariz y en las mejillas, y le habían caído copos en el pelo, que también era medio rojo, medio marrón, aunque por arriba parecía que le salía de otro color distinto, como gris. La última vez que había venido a casa, papá le había dicho que no viniera más, pero había vuelto. Me pregunté si papá se iría a enfadar con ella.

Mamá apareció detrás de mí y salió al porche a darle un abrazo a la madre de Ricky. Fue un abrazo muy largo, y me fijé en el contraste entre el pelo marrón rojizo de la madre de Ricky y el marrón brillante de mamá. Miré hacia las escaleras. Antes de bajar yo, papá estaba en la ducha, así que con un poco de suerte no bajaría aún y no la vería.

—Nancy, pasa, por favor. Vamos al salón —dijo mamá, y se sentaron las dos en el sofá, muy pegaditas.

Me senté al otro lado del salón, y un par de segundos después oí la voz de papá en el pasillo:

—¿Qué, Zach, te vienes a...? —Entró al salón y de repente vio a la madre de Ricky sentada en el sofá con mamá. Se paró en seco y terminó la frase muy despacito—: ... la tienda conmigo?

No me miró. Tenía los ojos clavados en la madre de Ricky como si fuera un fantasma o qué sé yo. La madre de Ricky también se le quedó mirando, y vi que le temblaba mucho la barbilla.

—¿Se puede saber de qué va esto? —preguntó papá.

—Madre mía, Jim, da gusto, qué hombre tan educado. Te acuerdas de Nancy Brooks, ¿no? —dijo mamá, y en ese momento volvió a sonar el timbre de la calle—. Aquí llegan los demás.

Mamá se levantó y salió del salón para abrir la puerta.

Papá dio un par de pasos hacia la madre de Ricky y después se paró y me miró.

—¿Qué está pasando? —le preguntó en voz baja a la madre de Ricky.

—Melissa... Esto... Melissa me llamó —dijo ella. Sonaba como si le faltase el aliento, como si hubiese estado corriendo a toda velocidad—. Me pidió que viniera, y también a varios padres más de las... de las víctimas. A una reunión.

Se oía a gente hablando en el pasillo.

—¿Una reunión? —dijo papá—. Una reunión ¿para qué? ¿Y has dicho que sí? ¿Has aceptado venir?

Pensé que la madre de Ricky se iba a empezar a enfadar con él por hablarle de aquella manera. Respondió a papá, y ya no parecía que le faltase tanto el aliento.

—Sí, Jim, dije que sí. Quiere hablar de... de las opciones que tenemos. De si podemos hacer algo para que la familia de Charlie... en fin, para que rindan cuentas. Y creo que tiene razón. No tiene nada que ver con...

—Venga, pasad y sentaos, por favor. —Mamá volvió al salón, y papá dio varios pasos hacia atrás.

Tres mujeres y un hombre entraron detrás de mamá y se sentaron en el sofá y en las sillas.

—¿Os conocéis todos?

Algunos dijeron que sí y otros que no, así que mamá fue diciendo los nombres de cada uno:

—Nancy Brooks, la mamá de Ricky; Janice y Dave Eaton, padres de Juliette; Farrah Sánchez, la mamá de Nico, y Laura LaConte, la mamá de Jessica.

Juliette, Nico, Jessica: todos, chavales de la clase de Andy que también habían muerto por los disparos del pistolero. Había visto sus fotos en la tele.

—Y este es mi marido, Jim, y Zach, mi otro hijo. —Mamá nos señaló a papá y a mí. Papá no dijo nada, y no dio apretones de manos.

164

—¿Os apetece tomar algo? ¿Algo de beber? —preguntó mamá, y después se fue a la cocina porque varios dijeron que agua, por favor.

Al salir ella, se hizo un silencio muy grande. Vi que la madre de Ricky no apartaba la vista de papá. Tenía una cara muy triste. Mamá volvió con una bandeja con vasos de agua y la dejó sobre la mesita baja.

—Bueno, creo que ya podemos empezar. Jim, ¿podrías...? —y me señaló con la cabeza.

Papá se quedó mirando a mamá unos segundos y dijo:

—Venga, Zach, vámonos.

Quería quedarme a oír de qué iban a hablar mamá y los demás en la reunión, pero papá, con esa voz que pone cuando más te vale obedecer, dijo:

—Venga, Zach. Por favor.

Me levanté y seguí a papá.

—Deja que te coja un jersey de arriba. Hace frío fuera —dijo papá, y subió las escaleras—. Ve calzándote.

Me senté a ponerme los zapatos a la puerta del salón para poder oír lo que decían.

—Podríamos repasar toda la información que tenemos... y ver también qué información nos falta. Y, lo más importante —oí que decía mamá—, me gustaría confirmar que todos somos de un mismo parecer. Todos los presentes en esta habitación quieren seguir adelante... emprender medidas legales, ¿no?

Los otros dijeron: «Sí» y «Sí, creo que sí».

—Vale, perfecto. Pensé que estaría bien reunirnos a intercambiar ideas y decidir cómo vamos a demandar a los Ranalez. Creo que lo primero es darle voz al asunto, que hagamos más entrevistas como la que hice yo con Wanda Jackson. Y habría que empezar a estudiar qué medidas podemos tomar contra ellos, medidas legales...

—¡Zach, lo que digan ahí dentro a ti no te interesa! —De repente, papá apareció a mi lado. Me había pillado espiando.

Papá sacó el Audi a toda velocidad y salió a la calle acelerando ruidosamente. Después de doblar la esquina, empezó a conducir más despacio y me miró por el espejo retrovisor.

—Dos paradas: en la tintorería y en la tienda de licores que hay al lado —me dijo—. Ya es casi la hora de comer. ¿Qué te parece si nos vamos después a la cafetería?

Cuando llegamos al *parking* de la cafetería, todavía quedaban copos de nieve en el aire. Intenté atraparlos con la mano, pero se derretían nada más tocarme la piel. Nos sentamos en un reservado, que es donde más me gusta sentarme porque se ve la gasolinera de la acera de enfrente. Es una gasolinera en la que también arreglan coches, y se ve cómo los levantan para arreglarlos desde abajo.

Marcus, el jefe de la cafetería, se acercó a nuestra mesa. Nos conoce porque muchos fines de semana vamos allí a desayunar, aunque hacía ya mucho tiempo que no íbamos.

—¡Hola, Jim! —le dijo a papá (suena como si dijera «Jiiim», y me hace mucha gracia). A mí me dijo «Hola, Bob». Sabe que no me llamo así de verdad, pero siempre me gasta la misma broma y luego suelta una carcajada. Esta vez solo puso una sonrisita, una sonrisa triste.

—Jiiim, siento mucho lo de tu hijo. Lo siento, todos lo sentimos muchísimo —dijo, incluyendo con un gesto de la mano a toda la cafetería. Había mucha gente mirándonos—. Hoy invito yo, ¿vale, Jiiim? —y le dio una palmadita en la espalda.

—Vale... Eres muy... Gracias, es un detalle muy bonito —dijo papá. Parecía un poco incómodo, y yo también empecé a sentirme incómodo con tanta gente mirándonos.

Pedimos los dos lo mismo: hamburguesa con queso, patatas fritas y batido de chocolate. Mamá no nos deja cuando viene, pero papá dijo:

—Bueno, no está aquí, ¿no? El primer día de nieve es obligatorio pedirse un batido.

Mientras esperábamos a que nos sirvieran nos quedamos mirando a los trabajadores de la gasolinera y los copos que revoloteaban por todas partes. Me gustó eso de estar allí los dos de esa manera, casi sin hablar. Llegó la comida, y lo primero que hice fue coger una patata y mojarla en el batido. Papá sonrió.

—¿Papá?

—¿Sí?

—¿Por qué ha organizado mamá una reunión en casa? ¿Para hablar de Charlie?

Papá había cogido su hamburguesa y estaba a punto de darle un bocado, pero volvió a dejarla en el plato y se limpió las manos con la servilleta.

—Es que... Bueno, tu madre está muy triste por lo de Andy, ¿sabes? Todos lo estamos. Ella, yo, tú...

—Sí.

—Bueno, mamá está... Cree que si las cosas hubieran sido distintas para Charles, para el... para el pistolero, el hijo de Charlie... En fin, que entonces quizá no habría hecho lo que hizo.

—¿Distintas, cómo?

—Hmm... Es complicado, Zach.

Miré a papá y esperé a que me dijese algo más.

—A ver. El pistolero, Charles, estaba enfermo. Tenía... Bueno, tenía problemas de conducta. ¿Entiendes?

—¿Qué tipo de enfermedad tenía? ¿Cómo la de Andy?

—No, Dios mío, no. Una enfermedad que le dejaba muy deprimido... Siempre estaba triste. Y creo que no sabía lo que es la realidad, qué es real. Ni distinguir el bien del mal. No estoy seguro.

—¿Así que por eso mató a Andy y a todos los demás? ¿Porque no sabía que estaba mal?

—No lo sé, peque. Hay gente que piensa que su familia debería haber sabido que era... que era peligroso para otras personas, que podía hacerle daño a alguien. Y que deberían haberse encargado de que recibiese atención médica como es debido. Quizá así se habría evitado que pasara lo que pasó.

—¿Tú crees que Charlie lo sabía? ¿Que sabía que su hijo iba a

167

hacer lo que hizo? —Cogí el bote de kétchup y eché más en mi plato y en el de papá.

—Gracias —dijo papá, untando una patata—. No, no pienso que Charlie supiera que Charles iba a hacer lo que hizo. Pero sí pienso que su mujer y él no se ocuparon de él como había que hacerlo. Creo que seguramente estaban en fase de negación. ¿Sabes a lo que me refiero?

—No sé a qué te refieres con eso de la negación.

—Significa que... que probablemente sabían que a su hijo le pasaba algo muy gordo, pero no querían reconocerlo. O no sabían cómo lidiar con ello —explicó papá.

—O sea, que no estuvo bien que se portaran así.

—No, no estuvo bien.

—Así que mamá está enfadada con ellos, ¿no?

—Eso es.

—¿Y quiere buscarles problemas por lo que pasó? ¿La policía va a meter a Charlie en la cárcel?

—No, eso es... No creo, peque.

—Me alegro, porque yo creo que no sería justo.

—¿No?

—No. Por cierto, tengo la patata ganadora.

Le enseñé la patata más larga que había en mi plato. Es un juego al que siempre jugamos Andy y yo cuando salimos por ahí a comer y nos pedimos algo que lleva patatas fritas: gana el que tenga la más larga.

—¿Qué? ¡Ni hablar! Vale, admito que esa es muy larga —dijo papá, y se puso a rebuscar en su plato—. Pero esta gana a la tuya.

Cogió una, pero enseguida me di cuenta de que estaba haciendo trampa: había cogido dos a la vez para hacer una larguísima. Andy hacía el mismo truco. Nos reímos, pero de pronto levanté los ojos y vi que había mucha gente mirándonos, y se me pasaron las ganas de reír.

30

Hulk

A Hulk lo que le pasa es que odia enfadarse. Tengo un libro sobre Los Vengadores, y Hulk es uno de Los Vengadores. Me encantan Los Vengadores, son mis superhéroes favoritos. Pelean contra los malos y salvan a la gente. En realidad, Hulk, cuando es una persona humana de verdad, se llama Bruce Banner. Es un científico. Fabricó una bomba que explotó sin querer y le pilló, y por eso se convirtió en Hulk.

Conque es como si fueran dos personas opuestas en una sola, porque cuando es el científico humano es tranquilo y buena persona, pero cuando se pone furioso se convierte en el enorme y ruidoso Hulk... Él no quiere, pero no lo controla. Entonces, empieza a gritar: «¡Aplasta, Hulk!» y se pone como loco.

Lo mismo me pasa a mí ahora. Tan pronto soy el Zach Taylor de toda la vida y me estoy portando bien, como al momento siguiente pasa algo y me convierto en otra versión distinta de Zach Taylor, la versión furiosa y mala. Antes también me enfadaba, como cuando no me dejaban hacer cosas o cuando me enfadaba con Andy por meterse conmigo, pero ahora es un sentimiento de furia completamente distinto.

Me coge por sorpresa, como si me siguiera sin darme yo cuenta y saltase sobre mí, y no me entero hasta que ya me ha caído encima, y entonces ya es demasiado tarde porque me convierto en otra persona. Lo primero que me pasa es que me salen lágrimas de los ojos, pero no lágrimas normales: son lágrimas calientes. Calientes y furiosas. Y después el cuerpo entero se me calienta y se me pone como tirante, y la sensación de calor y tirantez me hace chillar y portarme mal.

Hoy, el Hulk Zach Taylor ha aparecido, por ahora, dos veces. La primera fue esta mañana, cuando bajé a buscar a papá para que nos acercásemos al colegio en coche como todos los días y mamá me dijo que había tenido que irse temprano y que me olvidase de ir hoy.

—¿Qué más te da, si de todos modos nunca entras? —dijo, y tenía razón, pero aun así me enfadé. Le grité, me tiré al suelo y me puse a dar patadas. Mamá se quedó ahí plantada mirándome. Parecía sorprendida, y después triste.

Estuve mucho rato portándome mal, como un loco, y me entró dolor de cabeza de tanto llorar y chillar. Mamá intentó hablar conmigo varias veces, pero con tanto grito no oía lo que me decía. Ni siquiera quería oírlo. Intentó levantarme, pero no le dejé. Entonces, se sentó en las escaleras y apoyó los brazos en las rodillas y la cabeza en los brazos. Pensé que estaba llorando por mi comportamiento, como había hecho tantísimas veces cuando a Andy le entraba el mal genio.

Esa fue la primera vez, y la segunda fue más tarde, cuando llegó Mimi y dijo: «Cariño, mira lo que te he traído» y me enseñó la mochila del cole.

—Tenías ganas de leer los libros que llevabas en la bolsa, ¿no? ¡Pues, hala, aquí los tienes! Y la señorita Russell me ha dado deberes para que los hagas en casa. ¿Te sientas y los empiezas a hacer conmigo?

Mimi me miró con una sonrisa de oreja a oreja, y me enfadé con ella. Ni siquiera quería leerme los libros del portalibros, solo los libros de «La casa mágica del árbol».

—¡No! —chillé—. ¡No quiero hacer los malditos deberes!

Lágrimas furiosas y calientes, la sensación tirante por todo el cuerpo y... ¡Zas! Ahí estaba otra vez Hulk Zach Taylor. Le di una patada a la mochila después de que Mimi la dejase en el pasillo, y una de mis zapatillas salió volando y le dio en la pierna. Mimi puso cara como de dolor, pero no le pedí perdón y me fui corriendo al piso de arriba.

Di un portazo aposta para hacer ruido, pero me salió mal y la puerta rebotó y encima volvió a abrirse. Esto me enfadó aún más, así que di otro portazo y esta vez se quedó cerrada. Pero, por culpa del portazo, el póster del día que me tocó ser presidente de clase que hay encima de mi cama se descolgó por un lado. De todos modos era una tontería de póster, así que lo arranqué del todo de la pared, lo estrujé y lo tiré a la otra punta de la habitación.

De repente me molestó muchísimo que mis camiones estuviesen todos por ahí manga por hombro, así que salté de la cama y me puse a darles patadas. Dar patadas me aliviaba la sensación de tirantez, así que se las seguí dando un buen rato.

—Zach, cariño, ¿puedo pasar? —dijo Mimi desde el otro lado de la puerta.

Me quedé en medio de mi cuarto mirando el revoltijo; había camiones por todas partes.

—¡No! —grité para que me oyera desde su lado.

—De acuerdo —le oí decir—. Solo una cosa, cielo. No rompas nada, ¿vale? Mimi no quiere que te hagas daño.

No respondí, y oí que se iba y bajaba las escaleras.

Pasé por el baño al cuarto de Andy y me metí en la guarida. Encendí a Buzz, pero ya casi no alumbraba. La próxima vez iba a tener que acordarme de traerle pilas nuevas, porque las viejas ya estaban casi gastadas. Al principio pensé que quería leer, pero, como las manos todavía me temblaban demasiado por culpa de la furia, proyecté el círculo de luz de Buzz sobre la pared en la que estaban los papeles de los sentimientos, y pensé que todos eran del mismo tamaño y que eso era un fallo porque no todos los sentimientos eran del mismo tamaño.

En aquel momento, el de furia era enorme. Mucho más grande que los otros. Lo suyo era que estuviese en un trozo de papel enorme, incluso cubriendo toda la pared, una pared entera de color verde. Y los demás sentimientos deberían estar en otra pared distinta.

Aunque el de la tristeza debería seguir en la misma pared que el de la furia.

—Me parece que ya entiendo por qué sales con la cara triste en la foto —le dije a Andy—. Creo que es porque cuando desaparece el sentimiento de furia aparece siempre uno de tristeza, ¿verdad? Es como un patrón que se repite: furia, tristeza, furia, tristeza.

Dejé a Buzz sobre el saco de dormir y el armario se quedó casi a oscuras. Quité los papeles de los sentimientos y los puse en la otra pared, menos los de la furia y la tristeza, verde y gris, que los puse el uno al lado del otro en medio de la pared debajo de mi foto con Andy. Después volví a coger a Buzz y me quedé mirando los dos sentimientos y la foto.

—Hoy he sido malo y le he dado un disgusto a mamá. Y a Mimi —le dije a Andy.

Me fijé en las tres palabras en las que estaba pensando: furioso, triste, malo. Enfoqué el círculo de luz sobre el papel verde y dije «Furioso». Después enfoqué el papel gris y dije «Triste». Dije «malo» y primero miré a Andy, pero después también me miré a mí. «Malo».

—No lo vi, no vi que estabas poniendo una cara triste en la playa. No me fijé.

Al decírselo y al pensar en su cara, se me puso un nudo en la garganta. Lo mismo cuando nos sacaron la foto se sentía como yo me estaba sintiendo en esos momentos, triste, y nadie lo sabía... Y ahora ya no estaba vivo, pero cuando lo estaba, la gente solo se fijaba en sus sentimientos de furia y no en los de tristeza.

La luz de Buzz empezó a encenderse y apagarse sola. Eso significaba que las pilas casi se habían gastado del todo, así que cogí a Buzz y salí de la guarida para bajar a por más pilas. Cuando llegué al pie de la escalera, oí hablar a mamá y a Mimi. Mamá parecía disgustada, así que me senté en las escaleras a escuchar.

—Si es que en estos momentos necesita mucha atención —dijo mamá—. Lo de mearse en la cama, el mal comportamiento de ahora... Se lleva unos sofocones tremendos y no se me ocurre cómo calmarlo. Es como si se repitiese lo de Andy.

Era de mí de quien hablaba, de lo mal que me estaba portando. Como Andy. Empezaba a ser como él. O como él y yo juntos.

—No puedo ocuparme de él. Simplemente, no puedo, mamá. Ojalá pudiera, pero ahora mismo no sé cómo. ¿Cómo voy a estar a su lado cuando ni siquiera soy capaz de superar esto? —Las palabras le salían mezcladas con llantos muy fuertes—. No sé cómo.

—Creo que lo único que está a tu alcance es hacerlo lo mejor posible. Si quieres que te diga la verdad, a mí esto me alivia un poco. Me alivia que por fin esté expresando lo que siente. Su actitud del principio... Que no llorase después de lo de... de lo de Andy... Aquello sí que me daba miedo.

—Pero es que es justo de eso de lo que estoy cansada: de hacerlo lo mejor posible. ¿Sabes? Lo que quiero es sacarlo todo fuera como Zach. Dar patadas y chillar. Enfadarme con el mundo. Pero no puedo derrumbarme. Como siempre, me cae todo a mí. Jim se marcha y tan contento. Desaparece sin más y aquí no ha pasado nada. No le interesa enfrentarse a los Ranalez. Y para una cosa que le pido que resuelva, una sola cosa, que es conseguir que Zach vuelva al colegio, ni siquiera eso... —A esas alturas mamá casi estaba gritando.

—Ya lo sé, cielo, a todos nos está costando muchísimo —dijo Mimi—. ¿Sabes qué? Creo que deberías barajar la posibilidad de hacer la terapia que dijo el señor Stanley. O llama al doctor Byrne. Es importante que Zach reciba ayuda y pueda recurrir a alguien, a alguien de fuera, por decirlo así. Todo esto es demasiado para ti sola. No puedes exigirte tanto todo el rato. Y, en serio, deberías pensar en buscar ayuda. No tiene nada de vergonzoso admitir...

Mamá interrumpió la frase de Mimi. Por la voz me pareció que estaba muy enfadada.

—No necesito ayuda. Lo que de verdad necesito es largarme de aquí, ¿vale? No puedo seguir aquí. Es como si no pudiese respirar en esta casa. Estoy intentando hacer justicia para nuestra familia, para mi HIJO, y la gente no hace más que decirme lo que puedo y lo que no puedo hacer. No deberías hacer esto, tendrías que hacer esto otro... Estoy hasta las narices. —Oí que arrastraba el taburete para colocarlo—. ¿Te quedas un rato aquí con él? Como no salga de casa, me voy a volver loca, no exagero.

—Vale. Pero ¿tú crees que es buena idea, estando como estás? ¿Te importa decirme al menos adónde vas, para que lo sepa?

—Aún no lo sé, mamá.

Mamá salió muy deprisa de la cocina, y se detuvo al verme sentado en las escaleras. Tenía la cara roja de tanto llorar.

—Voy a... Vuelvo dentro de un ratito, Zach, ¿vale? —me dijo, y a continuación cogió de la mesa las llaves del coche y se puso a caminar de espaldas, alejándose de mí.

Abrió la puerta interior que da al garaje y desapareció. Oí que se abría la puerta de fuera, que el coche de mamá arrancaba y que salía. La puerta se volvió a cerrar y mamá ya no estaba. No se oía nada, y era como si mamá se hubiese escapado de casa.

31

Compartiendo espacio

Cambié las pilas de Buzz y le di al botón. Volvió a salir un círculo de luz potente. Repasé el montón de los libros en busca del número 39 de «La casa mágica del árbol», *Día oscuro en alta mar*. En la parte de atrás decía que Jack y Annie salen a buscar el tercer secreto de la felicidad para salvar a Merlín, pero que la casa mágica del árbol va y aterriza en una isla minúscula en medio del océano. Quería saber qué les iba a pasar en la isla y cómo iban a salir de allí, y también cuál era el tercer secreto de la felicidad, así que me puse a leer.

Iba por la página treinta cuando la puerta de la guarida se abrió un poquito desde fuera y entró una pizca de luz. Pegué un bote porque no me lo esperaba.

—¿Zach?

Era papá; menuda sorpresa, no sabía que había vuelto. Ni siquiera me parecía que ya fuese la hora de cenar.

—¿Te importa que pase y me quede aquí un ratito contigo?

Moví el círculo de luz de Buzz por la guarida. Papá iba a verlo todo: los papeles de los sentimientos, la foto mía con Andy y todo lo demás. Quizá ya lo había visto el día que me encontró, cuando tuve aquella pesadilla en la que mataba a Andy con mi flecha, pero lo dudaba. Además, tampoco volvimos a hablar de la guarida después de que me encontrase allí metido, así que pensé que a lo mejor se le había olvidado.

Pensé que me iba a dar vergüenza enseñarle mi guarida. Pero a lo mejor también era bueno que dejase de ser un secreto.

—Vale —dije, y la puerta se abrió del todo y papá entró y la cerró. No podía pasar de pie porque era demasiado alto, así que vino gateando hasta el fondo.

—Madre mía, qué apretujados estamos aquí —dijo después de sentarse sobre el saco de dormir. Empezó a mirar alrededor, y al llegar a la foto sus ojos se detuvieron y soltó un montón de aire por la boca. Se inclinó hacia la foto, y la alumbré con Buzz para que la viera mejor. Estuvo un rato mirándola y después miró debajo y señaló los papeles de los sentimientos.

—¿Y eso qué es?

—Papeles de sentimientos —dije, y le miré la cara para ver si se echaba a reír, pero no. Tenía la cara seria, como si se hubiese quedado pensando.

—Papeles de sentimientos —repitió—. ¿Y qué son los papeles de sentimientos?

—Son para los sentimientos que tengo dentro. En los papeles puedo separarlos y así me es más fácil que no se me mezclen más.

—Ya. ¿Así que tienes todos los sentimientos mezclados?

—Sí. Era todo demasiado complicado.

—Sí, eso lo entiendo. ¿Cómo has sabido de qué color tenía que ser cada uno?

—No sé. Los sentía, nada más. Los colores vienen pegados a los sentimientos.

—¿Ah, sí? No lo sabía. Esos, por ejemplo, ¿qué representan? —Papá señaló el verde y el gris.

—Furia y tristeza.

Papá dijo que sí con la cabeza. Después señaló los papeles de la otra pared.

—¿Y todos esos también son sentimientos? ¿Qué representa el rojo?

—Vergüenza.

—¿Vergüenza? ¿Y eso por qué?

—Por lo de mearme —dije, y empecé a notar la cara caliente.

—¿El negro?

—Miedo.

—¿El amarillo? —Parecía que me estaba haciendo un examen.

—Felicidad —dije, y volví a mirar a papá por si le parecía mal que hiciera un papel para la felicidad a pesar de que hubiese muerto Andy. En realidad, pensé, ya ni siquiera quería que siguiese allí ese papel.

—¿Y el que tiene el agujero en medio?

—Para la soledad —expliqué—. El sentimiento de que estás solo es transparente, así que hice un agujero porque no existe el color transparente.

—¿Te sientes solo? ¿Porque falta Andy? —Papá hizo un ruidito con la garganta.

—Bueno, dentro de mi guarida no me siento solo.

—¿No? ¿Y eso por qué?

No sabía si contarle a papá que allí dentro hablaba con Andy y le leía libros. Seguro que le iba a parecer raro.

—Yo... Es que hago como que Andy me puede oír aquí dentro —dije, y apunté el círculo de luz a una esquina del armario porque no quería que nos viésemos.

—¿Hablas con él? —dijo papá muy bajito.

—Sí. Y le leo en voz alta.

Papá quería saberlo todo a la vez sobre mi guarida; no me lo esperaba.

—O sea, ya sé que no es verdad, porque Andy está muerto y las personas muertas no te pueden oír —dije—. Así que de todos modos es una tontería.

Papá me cogió la mano en la que tenía a Buzz y la puso entre los dos. Me costaba más hablar ahora que ya no estaba todo oscuro, porque así vería que me había puesto rojo.

—A mí no me parece ninguna tontería —dijo papá.

—Me siento bien diciéndole cosas, nada más. —Me encogí de hombros.

—¿Y entonces por qué has incluido la soledad en tus papeles de sentimientos?

—Es por el sentimiento que tengo cuando no estoy en la guarida.

—¿Fuera de la guarida te sientes solo?

Volví a subir y a bajar los hombros.

—A veces.

Estuvimos un ratito sin hablar de nada más. Simplemente nos quedamos allí sentados en silencio, los dos juntos, y me gustó.

—¿Papá? —dije al cabo de un rato.

—¿Sí, peque?

—Yo creo que deberíamos añadir uno para cuando sientes haber hecho algo y quieres pedir perdón.

—¿Un qué?

—Un papel de sentimientos.

—¿Para cuando quieres pedir perdón? Perdón ¿por qué?

—Porque me he portado mal y mamá se ha disgustado. Y es culpa mía que se escapase de casa. Siento haberlo hecho. Quiero que vuelva para poder pedirle perdón. —Se me llenaron los ojos de lágrimas.

Papá me miró, y luego me puso las manos sobre los brazos y me los apretó suavemente.

—Zach, escucha, cielo —dijo. Parecía como si se le hubiese atascado algo en la garganta—. Tú no tienes la culpa de que mamá esté disgustada. ¿Me oyes?

Empezaron a caerme lágrimas a mares.

—No se ha escapado de casa. Necesitaba... necesitaba salir un ratito. Volverá más tarde, ¿vale? —dijo papá, y después pegó su frente contra la mía y soltó un suspiro muy fuerte. Noté su aliento en la cara, pero no me molestó—. Nada de esto es culpa tuya.

—Vale, pero una cosa, papá.

—¿Qué?

—De todos modos, a veces siento que quiero pedir perdón, y es por Andy. Siento que quiero pedirle perdón a Andy.

—¿Por qué le quieres pedir perdón a Andy, cielo?

Papá separó la frente para mirarme. Cada vez me salían más lágrimas, y me las sequé con las manos, así que el círculo de luz de Buzz rebotó por toda la guarida.

—Cuando el pistolero estaba en el colegio, ni siquiera pensé en él. Cuando estábamos escondidos en el armario oyendo los disparos, y cuando vino la policía y salimos al pasillo y vi una parte del pasillo llena de sangre, y cuando nos fuimos a la iglesia... En todo ese tiempo ni siquiera pensé en él. —Mientras lloraba hacía ruidos muy fuertes con la garganta y me costaba hablar, pero quería contárselo a papá—. Solo me acordé de él cuando vino mamá y me preguntó dónde estaba.

—Dios mío, Zach —dijo papá. Me agarró por los sobacos y me sentó sobre sus rodillas—. No sientas que tienes que pedir perdón por eso. Tenías miedo. Eres un niño, ¡solo tienes seis años!

—Aún no he terminado de contarte por qué quiero pedirle perdón a Andy. Y lo que te voy a decir está muy muy mal.

—Cuéntame —dijo papá, pegándome los labios al pelo.

—Al principio, después de que el pistolero matase a Andy, a veces me sentía feliz. O sea, no es que estuviera superfeliz, pero me acordaba de todas las cosas malas que hacía y pensaba que en casa se iba a estar mejor sin él. Pensé que se acabarían las peleas y que Andy ya no podría meterse conmigo. Eso era lo que pensaba, y por eso estaba medio feliz de que ya no estuviese aquí.

Esperé a que papá dijese algo, pero se quedó callado. Sentía cómo le subía y le bajaba el pecho, y cuando soltaba la respiración me llegaba calorcito a la cabeza.

—Eso está mal, ¿verdad?

—No, no está mal —dijo papá muy bajito—. ¿Todavía te sientes feliz?

—No. Porque no pasó lo que pensaba. No se está mejor. Y... y no solo hacía cosas malas. Ahora también tengo recuerdos buenos. No quiero que Andy se vaya para siempre.

Al cabo de un rato papá empezó a moverse y dijo:

—Está empezando a hacer calor aquí, ¿no?

—Sí. Pero se está a gustito. Me mola estar aquí.

—A mí también. Sé que es tu lugar especial, tu lugar secreto. Pero ¿me dejas que venga a verte de vez en cuando?

—Vale.

32

Desmadre

Al irme a la cama, mamá aún no había vuelto, y me quedé tumbado sobre el colchón diciéndome a mí mismo: «Mañana no me voy a enfadar. Mañana me voy a portar bien». Lo dije muchas veces para que no se me olvidase mientras dormía, y así al día siguiente, al despertarme, todavía me acordaría.

Y sí, me acordé. Lo conseguí hasta la hora de cenar, pero después se me olvidó. Se me olvidó porque mamá me dijo que se iba a volver a ir al día siguiente, y eso que acababa de volver de escaparse. El sentimiento de furia se me echó encima de golpe. Mamá me dijo que se iba a Nueva York a hacer más entrevistas y que iban a empezar tempranísimo, y que por eso tenía que marcharse antes de que yo me despertase siquiera. Pensaba dormir en un hotel, porque iba a pasarse el día entero haciendo las entrevistas y también la mañana siguiente desde muy temprano.

Estábamos sentados en la barra de la cocina, como hacemos siempre ahora para cenar. Nada de cenar ya en la mesa, como antes de morir Andy, y nada de poner la mesa para la cena. Mamá deja los platos y los cubiertos sobre la barra y ya está. Estábamos comiendo el pastel de carne que había traído ayer la tía Mary, que estaba de rechupete, pero el único que comía era yo. Mamá ni lo tocaba; tenía el plato lleno.

—¡Malditas entrevistas! ¿Y por qué tienes que hacer más? —pregunté cuando mamá me dijo que se iba a Nueva York. Le di un empujón a mi plato; chocó con el vaso y cayó un poco de leche.

—Yo... Es importante que la gente escuche nuestra historia —mamá hablaba superlento y superbajito, como si le hablase a un tonto. El sentimiento de furia aumentó.

—¿Por qué? —dije muy alto, casi gritando.

—¿Por qué? Porque a tu hermano le ha pasado algo terrible. Y a nosotros. Y no fue culpa nuestra, fue... fue culpa de otras personas. Es importante que hablemos de eso. ¿Lo entiendes?

Noté que me caían lágrimas calientes, y no tenía ganas de responder.

—Fue culpa del hijo de Charlie —dije al cabo de un rato, y me puse hecho una furia con el hijo de Charlie.

—Sí, pero también él era un chaval. Es... es complicado, ¿vale? —Mamá miró el reloj del microondas, se levantó y se llevó su plato, que seguía lleno, a la pila.

—¿Y por qué les hizo eso a Andy y a los demás? ¿Por qué los mató? —pregunté.

—No era... no era normal. Le pasaba algo en la cabeza. Así que la culpa no fue solo suya. Era... No se ocuparon de él como es debido.

—O sea, que por eso cuando vinieron Charlie y su mujer te enfadaste y les hablaste mal.

—No les... —empezó a decir mamá, pero, en vez de seguir, se encogió de hombros, se dio media vuelta y se puso a fregar los cacharros.

—¡Pero yo quiero que te quedes aquí! —le dije a mamá, y me salieron más lágrimas calientes—. ¿Quién me va a cuidar cuando tú estés en la ciudad y papá se vaya a trabajar?

—Zach, solo voy a estar fuera dos noches, ¿vale? Y vendrá Mimi a quedarse contigo. Podéis hacer juntos los deberes que te trajo. Y podéis jugar y... y leer. Mimi puede leer contigo. Seguro que lo pasáis bien, ya verás.

—No, no quiero que no estés a la hora de irme a la cama. Quiero que me arropes, y tienes que cantarme nuestra canción. Ya ni siquiera cantas nuestra canción, y no me gusta irme a dormir así.

—Mimi te puede cantar la canción. Y si no, se me ocurre una idea. Podéis llamarme a la hora de acostarte y la cantamos por teléfono. ¿Qué te parece?

—¡Me parece mal! ¡Quiero que te quedes! —chillé. Me levanté de golpe y tiré el taburete, que cayó con un ruido muy fuerte.

De repente, mamá estaba a mi lado, y me sorprendió. Me agarró del brazo y tiró con fuerza hacia arriba. Me estaba hincando las uñas en la piel, y dolía mucho. Pegó su cara a la mía y me habló directamente al oído con los dientes apretados. Sonaba enfadadísima.

—Escucha, Zach, no estoy para gaitas. Ya te he explicado por qué es importante que vaya, y no hay más que hablar. ¿Lo entiendes? —Mientras hablaba siguió tirándome del brazo, y me entró calor en la tripa porque nunca me había hablado de esa manera.

—Sí —dije, y me salió una voz chillona.

—Me alegro —dijo mamá, y me soltó el brazo con fuerza—. Veamos. Tengo que irme a hacer el equipaje. Mañana me viene a recoger el coche muy temprano. —No lo dijo con los dientes apretados, pero su voz seguía sonando enfadada—. Venga, te pongo la tele. Y tu padre debe de estar a punto de llegar.

Seguí a mamá al cuarto de estar y encendió la tele. Me dio el mando a distancia y me miró como si fuese a decir algo más, pero se dio la vuelta y la oí subir al piso de arriba. Me senté en el sofá y me miré el brazo: tenía rayas rojas y moradas en la zona de la piel en la que mamá me había hincado las uñas. Cuatro rayas en la parte de atrás del brazo y una raya delante, desde el pulgar. Me seguía doliendo mucho. Volví a levantarme y me fui a la cocina a sacar mi cubitera de Iron Man del congelador. No dejaban de caerme lágrimas por la cara, y me las sequé con el brazo que no me dolía.

Me fijé en que el taburete seguía allí tirado, así que fui a recogerlo y lo arrimé a la barra. Después llevé mi plato a la pila; seguía lleno, pero no quería más. Limpié la leche que se me había derramado sobre la barra. Se me empezó a pasar la sensación de calor en la barriga. Y las lágrimas dejaron de salir, también. En el cuarto de estar, elegí *La patrulla canina*. Son dibujos para bebés, pero empezaban a gustarme otra vez.

Al cabo de un rato, cuando estaba a punto de acabar el primer episodio, entró papá.

—Qué hay, chaval —dijo, y me dio un beso en la coronilla—. ¿Y mamá?

—Arriba, haciendo la maleta.

—¿Qué te ha pasado ahí? —Papá me señaló el brazo.

No quería que papá se enterase de que había vuelto a disgustar a mamá, así que dije:

—Nada, un arañazo.

Papá arrugó la frente.

—¿Me dejas que vea otro episodio más? —pregunté.

—Sí, claro, por qué no. Voy arriba a ver a mamá, ¿vale?

—Vale. Pero, oye, papá.

Papá se detuvo en la entrada de la cocina.

—Dime, peque.

—¿Alguna vez piensas que ojalá me hubiera muerto yo? Quiero decir, en lugar de Andy. Que en vez de estar yo aquí, todavía estuviese Andy. —Los ojos se me empezaron a llenar de lágrimas otra vez.

Papá se me quedó mirando unos segundos y abrió la boca varias veces. Pero no le salían las palabras, era como si tuviese que hacer varios intentos para ponerse a hablar. Volvió despacito hacia mí, me cogió y me puso de pie en el sofá. Casi éramos igual de altos.

—No, Zach —dijo, y sonó como si algo se le hubiese atragantado en la garganta—. No —repitió—. ¿Cómo se te ha podido ocurrir semejante cosa? Por nada... por nada del mundo querría que te murieras.

—¿Y mamá, tú qué crees? —pregunté, y me eché a llorar a mares al recordar cómo me había hablado en la cocina.

—No, mamá tampoco lo querría, jamás —dijo papá. Me alzó la barbilla y me secó las lágrimas de la cara—. ¿Has oído bien lo que te he dicho?

Dije que sí con la cabeza.

—Bueno —dijo papá, y me dio un abrazo. Después volví a sentarme en el sofá, y papá se quedó un rato de pie detrás de mí. Me pasó la mano por el pelo varias veces y se fue al piso de arriba.

Puse «El nuevo cachorro». Este episodio de *La patrulla canina* mola porque Ryder les da una sorpresa a los cachorros con el vehículo de rescate para nieve, que es un camión de vigilancia superchulo. Además conocen a una nueva cachorra que se llama Everest y que se incorpora a la patrulla canina. Vi el episodio entero, pero cuando estaba a punto de empezar otro, vi en el reloj del cajetín de la tele que eran las ocho y media, o sea, tarde. Quería ver qué estaban haciendo mamá y papá y por qué no venían a buscarme para que me acostase ya.

Al subir las escaleras, oí sus voces, y supe inmediatamente que se estaban peleando otra vez. El dormitorio estaba cerrado, pero oía la pelea a través de la puerta. Me acerqué muy despacito para que no crujiera el suelo, me senté delante de la puerta y apoyé la espalda contra la pared.

—¡Yo lo único que digo es que es un asunto privado de nuestra familia y que no deberíamos estar exhibiéndolo a todas horas para que se entere el mundo entero! ¿No podemos dejar que pase un poco de tiempo? —oí que decía papá.

Mamá soltó una risita, pero era una risita como de mala.

—No, no podemos dejar que pase un poco de tiempo. De eso se trata: no quiero que sea privado. No deberíamos mantenerlo en privado. Y, francamente, me importa un bledo que tu madre esté de acuerdo o no.

—Esto no tiene nada que ver con ella. Lo único que pretendía mi madre era que yo fuera consciente de lo que dice la gente.

—La gente. ¿Qué gente? ¡Dentro de unas semanas esto no le va a importar a nadie, Jim! La vida seguirá y nosotros nos quedaremos aquí, con nuestras vidas destrozadas y sin que a nadie le importe. ¿No lo entiendes? ¡Y entonces será demasiado tarde para intentar hablar del tema! —Las palabras de mamá salían a borbotones—. Sé que te preocupa la impresión que pueda dar —dijo mamá, cambiando la voz cuando dijo «impresión», poniéndola como más grave—. Te preocupa que me ponga delante de las cámaras y me suelte la melena, ¿no? Pero, francamente, eso a mí me la suda, Jim. Te aseguro que me la suda.

—Venga, no digas chorradas. No tiene nada que ver con eso.

—¡Lo tiene todo que ver! ¡Estoy harta de fingir! Estoy hasta las narices. Y nada de esto tiene importancia ya. ¿No lo ves?

—Santo cielo, Melissa, estamos todos haciendo lo que podemos por mantenernos a flote. Tenemos que pensar en Zach. Ya viste cómo reaccionó en la entrevista. No tenía que haber estado allí; ya puestos, no teníamos que haberla hecho. Te lo dije —papá hablaba más suave ahora, pero mamá no.

—Menuda vergüenza te hizo pasar, ¿no? ¡Montarte semejante numerito delante de la gente! Andy 2.0. ¡Y ante las cámaras! Bueno, al final no pusieron esa parte, así que ¿por qué te preocupas?

—No seas injusta —dijo papá—. No es eso lo que me preocupa. Está alteradísimo. Nunca le había visto así. Y las pesadillas, y lo de mearse en la cama...

—¡Ha perdido a su hermano, por el amor de Dios! —gritó mamá—. ¡Pues claro que nunca le habías visto así! ¡Aquí todos estamos intentando lidiar con nuestros sentimientos lo mejor que podemos!

—Ya lo sé. Pero ¿sabes lo que acaba de preguntarme? Que si tú preferirías que hubiese muerto él en vez de Andy —dijo papá. Al oírle, los ojos se me volvieron a llenar de lágrimas.

Mamá estuvo un rato callada. Después dijo:

—He... Hemos tenido un mal momento esta tarde. Se enfada continuamente; me supera, yo sola no puedo ocuparme. Yo también estoy sufriendo. Por lo que se ve, a todo el mundo le da por olvidarse de eso.

—Sé que estás sufriendo, Melissa. Y ojalá buscaras ayudas. Pero ayer, cuando desapareciste sin más... Zach pensó que era culpa suya, que había hecho algo mal.

—¿Cuando-desaparecí-sin-más? —Mamá pronunció despacio, dejando un hueco entre una palabra y otra, y sonaba muy enfadada. Los pelos de la nuca se me pusieron de punta al oír el tono de su voz—. ¿Lo dices en serio? ¿Cuando desaparecí sin más? Genial. Sí, genial. Eres TÚ el que volvió corriendo al trabajo a la primera de cambio. Estás tan ausente como siempre. Yo no desaparezco. Estoy aquí. Siempre estoy aquí. Me enfrenté a todo, a todo lo duro. Con Andy... con Andy me caía todo a mí. ¡Conque ni se te ocurra decirme que desaparezco! —mamá dijo esto último a grito pelado.

—¡Fuiste tú quien quiso que las cosas fueran así! Y elegiste quedarte en casa —respondió papá, también gritando—. ¡No había sitio para mí!

—Sabes tan bien como yo que eso es una sandez. Querías que estuviese convenientemente medicado para que no tuviésemos que enfrentarnos a la situación.

—Jamás dije eso. Joder, jamás dije nada parecido. No fue idea mía. Fue cosa del médico, del médico al que TÚ te empeñaste tanto en mandarle. Tú querías que fuese a ese médico. Y él va y nos dice lo que hay que hacer, y luego vas tú y no quieres hacer lo que ha dicho. Fue cosa tuya. ¡Cogiste la sartén por el mango y no me diste la menor oportunidad de participar!

Mamá soltó un resoplido.

—Lo más triste es que te crees lo que estás diciendo. ¿Tú querías participar y yo no te dejaba? Supongo que también será culpa mía que estuvieras por ahí follando, ¿no? —papá empezó a decir algo, pero mamá le interrumpió—. Por favor, Jim, no soy boba. Sé que ha habido algo. Puedes dejar de mentir.

Después de que mamá dijese esto, estuvieron un rato callados. Luego, mamá se puso a hablar otra vez.

—No querías enfrentarte a... a esto. No querías enfrentarte a lo que le pasaba a Andy. No entraba en tus planes tener un hijo con este tipo de trastorno. Me dejaste completamente sola. ¿Cómo no iba a quedarme en casa? Y ahora... ahora sigo apechugando yo sola con todo... con Zach... Sé que lo está pasando mal. ¿Te crees que

187

no lo sé? Estoy intentando... —mamá dejó de hablar, y supe que se había echado a llorar porque se la oía.

—Melissa, ¿me dejas que...? —dijo papá con un tono muy suave.

—¡No! No. Déjalo. —Mamá consiguió colar las palabras entre los ruidos que hacía al llorar—. No sé cómo vivir así, ¿vale, Jim? ¿Cómo puedo vivir así? Necesito hacer esto, necesito justicia.

—¿Cómo podemos hacer justicia? —preguntó papá. Su voz sonó un poco como la vez que me calmó después de la pesadilla que tuve con Andy, cuando vino al armario y estuvo hablando conmigo y acariciándome la espalda.

Pero mamá no se calmó. Su voz volvió a sonar más fuerte, y también los ruidos que hacía al llorar.

—Es por Andy. No puedo quedarme de brazos cruzados, no puedo permitir que se escaqueen. Si no hago esto, no sé cómo voy a seguir viviendo.

—Por mucho que te ofusques buscando venganza, no vas a conseguir que vuelva —empezó a decir papá, pero mamá le interrumpió.

—¿Por mucho que me ofusque buscando venganza? ¡¿Qué coño dices?! —chilló.

Intenté taparme los oídos; me dolían con tanto grito y tanta palabrota. Me dolía toda la cabeza.

—Lo siento, no era eso lo que quería decir.

—¡Sí que lo era! ¡Mírate! Tú siempre tan sereno, ¿verdad? Nunca expresas tus emociones, o, mejor dicho, no las tienes, ¿verdad? ¿Cómo lo haces? No te veo llorar. ¿Cómo es posible? ¿Cómo puedes no llorar? ¡No es normal!

La tristeza de mamá se oía mucho, y la notaba como si viniese directamente hacia mí por debajo de la puerta. Pero también oía la tristeza de papá. No era ruidosa como la de mamá, era más callada. Solo que quizá mamá no la oía porque hablaba demasiado alto. Y mamá no había visto a papá en el coche cuando le vi yo, después de que la dejásemos en el hospital, cuando parecía que el cuerpo entero le dolía por la tristeza y lloraba en silencio.

—¿Sabes qué, Jim? —dijo mamá—. Quieres tener la oportunidad de participar, ¿no? Pues entonces, ¿qué tal si lo intentas por una vez? Yo no puedo... no puedo lidiar con Zach en estos momentos. No soy capaz. No sé cómo hacerlo. No puedo... no puedo dar más. Simplemente, no puedo. —Mamá había dejado de gritar. Tenía voz de cansada. Al cabo de un rato, dijo—: Tengo que terminar de hacer la maleta.

Oí que se acercaban pasos a la puerta, así que me puse en pie de un salto y volví corriendo al piso de abajo. No se me iba de la cabeza lo que había dicho mamá al final de la pelea: «No puedo lidiar con Zach en estos momentos». Cuando volví a la cocina, le di un patadón al taburete.

33

Una vida imposible de vivir

Por la mañana, el lado de la cama de mamá seguía hecho, y papá tampoco estaba en la cama. Me fui a mi cuarto y miré por la ventana. El Audi de papá no estaba en la entrada, de modo que ya se había ido al trabajo.

No volvió a nevar después del día en que papá y yo nos tomamos los batidos en el restaurante, pero tampoco a llover. Hacía mucho frío, nada más. El frío dejaba la hierba y los coches de color blanco por arriba. Toqué la ventana y el cristal helado hizo que un escalofrío me recorriera todo el cuerpo.

Al bajar, oí la tele en el cuarto de estar y vi a Mimi sentada en el sofá.

—¿Está saliendo mamá por la tele? —pregunté, y Mimi se dio la vuelta rápidamente porque la había sorprendido.

—Aún no, cariño. Buenos días —dijo, y cogió el mando a distancia y apagó la tele.

—¿Puedo verla contigo? —Me senté en el sofá al lado de Mimi.

—Ah, esto... Mejor que no, cariño. No sé si... —Mimi seguía mirando la tele apagada.

—Pero es que quiero ver a mamá —dije notando la furia en el estómago. Y entonces, chillé—: ¡Quiero ver a mamá por la tele!

—Zach, cariño, por favor, no te alteres. No sé... no sé si mamá querrá que lo veas...

Le interrumpí y le dije una mentira:

—Mamá me prometió que podía verlo, así que no puedes romper su promesa.

—¿Ah sí? No lo he hablado con ella, conque... Bueno, vale, creo que está a punto de... —Mimi cogió el mando y volvió a encender la tele.

En medio de un largo sofá rojo, sentado entre dos mujeres, había un hombre de pelo negro muy brillante.

—Acaba de cumplirse un mes desde el terrible tiroteo de McKinley —dijo el hombre de la tele—. Mientras la nación en su conjunto sigue esforzándose por asimilar una tragedia de esta magnitud, no nos olvidamos de las diecinueve familias que han de enfrentarse a estas pérdidas tan inconcebibles. —Las dos mujeres del sofá pusieron cara de pena—. En concreto, quince familias que intentan lidiar con la pérdida de los niños que les fueron arrebatados de manera tan violenta.

El hombre se puso de lado y habló con una de las mujeres del sofá.

—Jennifer, son pocas las familias que han estado dispuestas a hablar de su pérdida, pero tú has hablado con varias de ellas en las últimas semanas. Esta mañana has tenido la oportunidad de sentarte a hablar con una de las madres, Melissa Taylor, que perdió a su hijo de diez años, Andy, en el tiroteo de McKinley.

—Sí, Rupert —respondió la mujer llamada Jennifer—. Es desgarrador ver de cerca el sufrimiento de estas familias. Están buscando maneras de hacer frente a su pérdida, un día tras otro, y esperan hallar consuelo en los recuerdos que tienen de sus hijos. Sobre todo, ya sabes, ahora que las vacaciones están a la vuelta de la esquina... Intentan, simplemente, hacer lo mínimo por el bien de... de los demás niños de la familia, de los hermanos...

El hombre llamado Rupert y la otra mujer dijeron que sí con la cabeza.

—En efecto, Rupert, la familia Taylor es una de las afectadas. Aquel día tan trágico para Wake Gardens perdieron a su hijo Andy. Andy estaba en quinto, tenía diez años, y estaba en el auditorio en una asamblea cuando el pistolero entró en el colegio. Como ya sabrán, el auditorio del colegio fue el primer lugar en el que abrió fuego el pistolero y donde la mayoría de las víctimas perdieron la vida. La madre de Andy, Melissa Taylor, ha aceptado amablemente hablar conmigo esta mañana. Me ha dado la oportunidad, muy conmovedora y, como podrán suponer, emotiva, de comprender mejor la terrible experiencia por la que están pasando ella y su familia. Echen un vistazo conmigo.

Entonces desaparecieron de la tele el hombre y las mujeres del sofá y de repente salió mamá. Estaba distinta. Su pelo no tenía el aspecto de siempre, estaba más abultado por la parte de arriba de la cabeza, y llevaba un montón de maquillaje que le cambiaba la cara. Llevaba una chaqueta y una falda rojas que nunca había visto, y estaba sentada en una butaca marrón que la hacía parecer más pequeña. Me recordaba a la niña de *Los tres osos* cuando se sienta en las sillas que no son la suya, la de papá oso y la de mamá osa, porque le sobraba por todas partes. Se me hacía raro ver a mamá por la tele. Yo estaba ahí, en casa, en el sofá, mientras mamá estaba dentro de la tele como si no fuera una persona del mundo real.

La mujer llamada Jennifer también estaba sentada en una butaca marrón, un poco apartada de mamá, y entre ellas había una mesa con pañuelitos de papel y dos tazas.

—Señora Taylor, su hijo Andy fue uno de los quince niños cuyas vidas fueron segadas aquel terrible día en Wake Gardens. Muchas gracias por haber venido hoy aquí a compartir con nosotros la historia de su familia y sus recuerdos de Andy.

Mamá y Jennifer desaparecieron y sacaron una foto de Andy, la de la fiesta de fin de curso en la que sale con cara de bobo y parece que está a punto de saltar desde la pantalla. Pero se seguía oyendo la voz de mamá:

—Andy era una fuerza de la naturaleza. Era increíblemente inteligente, y rebosaba energía. Era, no sé, como una gran bola de energía. —Sonaba a que estaba llorando—. Cumplió diez años unas semanas antes de... de morir. Yo quería celebrar una fiesta en

192

casa, como siempre, pero él no quería fiestas. Dijo que se estaba haciendo demasiado mayor —la voz de mamá se volvió muy aguda, y la tele volvió a enfocarla y salió su cara ocupando toda la pantalla. Vi que le caían lágrimas y que se le había corrido el rímel negro por las mejillas.

Mamá se secó los ojos con un pañuelito y siguió hablando:

—Andy decía que se estaba haciendo demasiado mayor para las fiestas ahora que «tenía dos cifras»; le encantaba decir eso. Así que quiso invitar a unos cuantos amigos a hacer algo especial. Y eso hicimos, fuimos a un circuito de carreras de karts y se lo pasó en grande. Pero pienso que ojalá... que ojalá le hubiésemos hecho una gran fiesta por... por última vez.

Oí algo a mi lado. Era Mimi, que estaba llorando. Tenía la mirada clavada en la tele, y parecía como si las arrugas le hubiesen deformado toda la cara.

—¿Cómo está haciendo frente su familia, usted y su marido, a esta pérdida? Sé que tienen otro hijo, Zach, de seis años —dijo la mujer que se llamaba Jennifer. Al oír mi nombre, noté que se me calentaba la cara.

—Creo que lo único que se puede hacer es ir día a día —dijo mamá, sentándose al borde de la butaca y agarrando el pañuelito con las dos manos—. Porque... porque no hay más remedio, no queda otra.

Las lágrimas seguían cayendo, pero no usó el pañuelito para secárselas. Simplemente, dejó que cayeran.

—Me refiero a que cada mañana piensas: «No creo que pueda, no creo que pueda superar el resto del día», pero luego vas y, mal que bien, lo consigues, porque tienes otro hijo que te necesita. Y lo vuelves a hacer al día siguiente y al otro. Cada día es otro día más que pasa sin haber abrazado a mi hijo, sin haberle visto, sin haber visto su preciosa cara ni su sonrisa. La brecha entre la última vez que estuve con él y el presente se va haciendo cada vez más grande sin que pueda hacer nada por evitarlo. Me gustaría detener el tiempo, quedarme lo más cerca posible de él. Porque esto... esto

—mamá hizo una pausa y vi que le temblaban mucho las manos sobre las rodillas—... esto es lo más cerca que voy a volver a estar nunca de mi hijo. No soporto despertarme por la mañana y sentir que la brecha se ha agrandado todavía más. Que mi hijo se me va escapando cada vez más.

Mamá cogió el pañuelito y se sonó.

—Mi vida sin mi hijo es una vida imposible de vivir, pero tengo que vivirla y seguir viviéndola cada día.

Las últimas palabras le salieron como atragantadas, y la mujer que se llamaba Jennifer se inclinó desde la butaca marrón y le dio otro pañuelito, y después le acarició la mano.

Mimi dijo «Ay» y se tapó la cara con las manos.

La tele volvió a enfocar a mamá, pero desde más lejos, y ya no lloraba; fue raro, como si yo hubiese parpadeado y mamá hubiese parado de golpe.

La mujer que se llamaba Jennifer dijo:

—Señora Taylor, ustedes y varias familias de las otras víctimas se han unido y están empezando a dar voz a su enfado por este trágico incidente que, a su juicio, habría podido evitarse. ¿Podría decirme algo más al respecto?

—Sí, en efecto. Yo... nosotros... creemos que no podemos pasar página si... si las personas a las que consideramos responsables no rinden cuentas. —Mamá hablaba deprisa, y me fijé en que sus manos estaban espachurrando el pañuelito como si fuera una bola de plastilina.

—Cuando dice «las personas a las que consideramos responsables», se refiere a...

—A la familia del pistolero. A sus padres —dijo mamá.

Y se puso a contar lo de Charlie y su mujer, y encima por la tele. Todo el mundo lo iba a oír, y seguro que hasta Charlie lo estaría viendo por su tele en ese mismo instante.

—¿De modo que considera que los padres de Charles Ranalez deberían rendir cuentas por lo que hizo su hijo? ¿Piensa que en parte son culpables?

—Bueno, yo creo que más que en parte —dijo mamá, bajando mucho la voz de repente. Mimi cerró los ojos y soltó el aliento muy despacio. Me entraron ganas de cerrar los ojos yo también. No sabía por qué, pero no me gustaba cómo estaba hablando mamá, y en parte quería dejar de mirar.

—Su hijo llevaba muchos años enfermo. Y, por lo visto, había todo tipo de señales de aviso de que iba encaminado a... a hacer algo malo. Sin embargo, por lo que sabemos, en los últimos años no hubo supervisión ni intervención médica. Nadie estalla de esa manera de buenas a primeras. Se veía venir hacía mucho tiempo. Y mi hijo... mi hijo podría seguir aquí si... si las cosas se hubieran llevado de otra manera.

Mimi se levantó, apuntó el mando hacia la tele y bajó el volumen del todo.

—Bueno, Zach, creo que ya basta.

Me quedé mirando la pantalla y vi que mamá seguía hablando un rato y que la mujer que se llamaba Jennifer intervenía dos o tres veces más, y después volvieron a salir el hombre, Jennifer y la otra mujer en el sofá.

Se veía que estaban todos hablando porque se les movían los labios, y no paraban de decir que sí y que no con la cabeza.

—Vamos a desayunar algo, cariño, ¿vale? —dijo Mimi, y apagó la tele.

La seguí a la cocina y vi cómo me preparaba unos huevos. No se me iba de la tripa una sensación de dolor, una sensación mala, y de repente me di cuenta de que era vergüenza. Pero no era vergüenza por mí. Era vergüenza por mamá.

34

Compasión

La puerta se abrió y supe que iba a ser papá. Al mirar entre las camisas y las chaquetas elegantes, vi una mano que se asomaba por la rendija de la puerta balanceando una bolsa de galletas. La bolsa empezó a hablarme:

—Hola, vengo a ver si estaría usted interesado en comerme, jovencito. —En realidad era papá poniendo una voz aguda muy graciosa. Le respondí con otra voz graciosa.

—¡Sí, estaría muy interesado en comérmela, gracias! —Me incliné y le arranqué la bolsa de la mano.

La puerta del armario se abrió del todo y papá me sonrió y preguntó:

—¿Tienes ganas de compartir? Galletas y espacio, quiero decir —le dije que sí, así que entró a gatas.

—La próxima vez tráete tu propio saco de dormir o una manta o algo. Este es demasiado pequeño para dos —le dije a papá.

—Sí, señor —dijo él, llevándose la mano a la frente como un soldado. Se sentó al estilo indio como yo, rasgó la bolsa de galletas y la puso entre los dos. Cogimos una cada uno.

—¿Qué hacías?

—Leer.

—¿A Andy? —preguntó papá, y miró la foto de la pared.

—Sí.

—¿Puedo escuchar yo también? ¿Qué estás leyendo?

Le enseñé la portada de *Día oscuro en alta mar*.

—Ya voy por la página setenta y ocho, así que no te vas a enterar de qué va —le dije.

—¿Y si me cuentas lo que ha pasado hasta ahora?

—Vale. Resulta que Jack y Annie aterrizan con la casa mágica del árbol en una isla minúscula, y en eso que llega un barco que se llama HMS Challenger que lleva a bordo exploradores y científicos. Dan permiso a Jack y a Annie para que se suban al barco con ellos, y la tripulación les dice que van buscando a un monstruo marino que parece un nido de serpientes flotante.

—¡Qué yuyu!

—Sí. Y luego cae una tormenta enorme y las olas arrastran a Jack y a Annie y se caen por la borda, pero los rescata un pulpo gigante. El pulpo gigante es el monstruo marino que va buscando el barco, pero no es un monstruo, y los salva de ahogarse en el mar. Pero la tripulación no lo sabe, así que intentan cazar al pulpo y matarle. Y ahora Jack y Annie están intentando encontrar la manera de salvar al pulpo. Por ahí voy, y solo quedan dos capítulos.

—¡Cuánto suspense! ¡Sigue!

Papá cogió otra galleta, apoyó la espalda contra la pared y cerró los ojos. Yo también cogí otra galleta, y después seguí leyendo en voz alta.

Jack y Annie usan su varita mágica, con la que consiguen que hable el pulpo, y la tripulación comprende que el pulpo no es un monstruo y le sueltan. Al final, Jack y Annie descubren que el tercer secreto de la felicidad de Merlín es tener compasión por todos los seres vivos. Yo no sabía qué significaba la compasión, pero Jack se lo explica a Annie: «Significa sentir conmiseración y amor por ellos».

—¿Qué significa «conmiseración»? —le pregunté a papá. Era una palabra muy difícil de leer y de decir.

Papá abrió los ojos.

—Bueno, significa que te importa cómo se puedan sentir los demás. Y tratas de entender sus sentimientos y de compartirlos, ¿entiendes? Es difícil de explicar.

—Así que ¿es como si tuvieras que sentir lo que sienten los demás a la vez que ellos?

—Sí, eso parece que dice aquí, ¿no?

—Pero eso ¿cómo te puede dar la felicidad? Al principio se me ocurrió que a lo mejor podríamos probar los secretos de la felicidad que descubren Jack y Annie, pero este tiene que ver con los seres vivos, o sea, con la naturaleza y los animales y esas cosas, así que no creo que podamos usarlo para ser felices.

—Hmm... Si este es el tercer secreto de la felicidad, ¿cuáles eran los dos primeros? Y, por cierto, ¿para qué sirven? —quiso saber papá.

—Jack y Annie están intentando encontrar los cuatro secretos de la felicidad para ayudar a Merlín. Es un mago, y no se encuentra bien. Está muy triste y necesita los secretos para sentirse mejor. El primero era prestar atención a las pequeñas cosas de la naturaleza que te rodean, y sentir curiosidad era el segundo. Pero probé con ellos y no me funcionaron.

Papá se quedó un rato pensando antes de responderme:

—Bueno, las personas también son seres vivos. A mí me parece que lo que dicen tiene sentido. Te puedes sentir bien pensando no solo en ti mismo, sino también en otras personas, y preocupándote por ellas. Si intentas ser compasivo, tener compasión, puede que te sea más fácil entender por qué la gente se porta como se porta. Así no solo ves su comportamiento, sino que además entiendes de dónde viene. ¿Tú qué crees?

Pensé en lo que acababa de decir papá. Los dos cogimos otra galleta; solo quedaban dos o tres en la bolsa.

—Pienso que debería haber hecho eso con Andy.

—¿A qué te refieres?

—Solo me fijaba en que Andy se portaba mal siempre. Que era un borde conmigo. Muchas veces me caía mal por eso, y no intentaba sentir compasión por él. Quizá muchas veces Andy no se habría portado mal si hubiese podido darse cuenta de que sentíamos compasión por él. No lo sé —dije encogiéndome de hombros.

Papá soltó la galleta y me miró. Abrió la boca como si fuese a decir algo, pero no salió ninguna palabra.

—¿Por qué crees que lo hacía?

—Que hacía, ¿qué? —La voz de papá sonó distinta.

—Portarse así siempre. Mal.

Papá hizo un ruido con la garganta. Se miró las manos y empezó a arrancarse la pielecita de alrededor de las uñas.

—No estoy seguro, peque.

—Yo creo que a lo mejor era por Hulk.

—¿Hulk? —Papá dejó de mirarse las uñas para mirarme a mí. Arrugó la frente.

—Sí, Hulk se enfada muchísimo y luego se vuelve loco, a pesar de que por dentro no quiere. Pero no lo puede evitar, y luego, cuando vuelve a ser normal, cuando vuelve a ser Bruce Banner, se siente mal por lo que ha hecho. Creo que eso era lo que le pasaba a Andy, y ahora también me pasa a mí muchas veces.

—¿Por qué crees que es? —preguntó papá.

—No sé. Es como que el sentimiento de furia me agarra por sorpresa y ya no puedo hacer nada para evitarlo.

—Pero ¿cuándo te agarra por sorpresa? ¿Qué es lo que pasa antes?

Estuve un ratito pensando.

—La primera vez fue en la entrevista, cuando no quería hablar.

—Sí, ahí te llevaste un buen sofocón.

—Sí. Y ahora siempre quiero estar contigo y con mamá, pero no puedo, y entonces me viene el sentimiento de furia.

—Yo... Sí, tiene sentido —dijo papá. Y nos quedamos mucho tiempo callados.

—¿Papá?

—¿Sí, cielo?

—¿Mamá y tú sentíais compasión por Andy cuando estaba vivo? —pregunté, y miré la cara triste del Andy de la foto y pensé que sería tristísimo que nadie de la familia hubiese intentado sentir lo mismo que él, y que ahora estaba muerto.

—Bueno —papá soltó otra tosecita—, creo que sí. Creo que lo... que lo intentamos. Pero... no era fácil, y seguramente podríamos haberlo hecho mejor. O, mejor dicho, yo podría haberlo hecho mejor. Debería haberlo hecho mejor.

Se le puso una cara muy triste mientras hablaba, y sentí que se me empezaba a formar un nudo en la garganta.

—¿Tú crees que ya es muy tarde para pensar en ello porque Andy está muerto y ya no se va a enterar? ¿O crees que lo nota o algo parecido? Me refiero a ahora —pregunté.

—No creo que sea demasiado tarde. Creo que es... que es asombroso que estés pensando en ello, de hecho. Eres un chaval muy especial, Zach.

—Debería hacer un papel para la compasión, creo.

—Buena idea.

—¿Tú de qué color crees que debería ser?

—Vaya, una pregunta difícil. Es un sentimiento bueno, ¿no? Me viene a la cabeza un color claro... ¿qué tal el blanco? El blanco es...

—¿Algo así como limpio?

—Sí, limpio. Puro. Es un sentimiento puro.

—¿Qué significa «puro»? —pregunté.

—A ver... Limpio, honesto... No sé, lo contrario de egoísta, quizá.

—Vale, blanco. Es fácil, lo único que necesito es un trozo de papel. Voy a por él.

Salí de la guarida, cogí un papel de mi cuarto y volví. Encontré el celo y pegué el papel de la compasión. Papá y yo apoyamos la espalda contra la pared y nos quedamos mirando el papel nuevo que estaba en la pared con el resto.

—Son un montón de sentimientos —dije.

—Sí. Y tenías razón. Ayuda verlos por separado. Ha sido una idea muy buena —dijo papá, y sonreí porque me daba gustito oírselo decir. Pensé que el tercer secreto de la felicidad estaba funcionando, y me sentí un poco feliz.

35

Vuelta al cole

Mamá volvió de Nueva York, pero parecía una versión nueva de sí misma. La versión en la que había empezado a convertirse cuando se enfadó porque vinieron Charlie y su mujer y fue como si le diesen con un palo, igual que a la serpiente del cole. Pero ahora toda ella se había convertido en esa nueva versión, y de la mamá de antes no quedaba nada. Iba por casa con tacones, no se los quitaba nunca, y se pasaba el día hablando por teléfono. Seguía haciendo entrevistas por teléfono, y hablaba con otras personas a las que llamaba «supervivientes». Cada vez que colgaba, el teléfono se ponía a sonar de nuevo al cabo de unos segundos.

Al principio intenté espiarla y escucharla mientras hablaba. En realidad no era espiar, porque no intentaba hablar en secreto. Hablaba muy alto, en medio de la cocina o de donde fuera. Veía que la escuchaba y no me decía que me fuera, conque, en realidad, no se puede decir que estuviese espiándola, aunque me parecía que no estaba bien escuchar. Pero al final se me pasaron las ganas. De lo único que hablaba era de Charlie y de su mujer, y de que lo que había pasado era culpa suya. Repetía las mismas cosas una y otra vez. Acabé por aburrirme, y además empecé a notar el sentimiento de furia.

A la mañana siguiente, mientras esperaba en el pasillo a que bajase papá para hacer el recorrido en coche hasta el colegio, oí a mamá terminando una conversación telefónica en la cocina.

201

—Bueno, se acabó por esta mañana —y me sonrió, pero no le devolví la sonrisa.

—No se te está dando nada bien la compasión —le dije a mamá.

La sonrisa de mamá desapareció y me lanzó una mirada dura, con los ojos pequeñitos. Papá bajó las escaleras y se quedó detrás de mí.

—¿Se puede saber a qué diablos te refieres? —dijo mamá; su voz hacía juego con la dureza de su mirada.

—Significa que no estás intentando sentir compasión por Charlie y su mujer. No estás intentando sentir sus sentimientos con ellos —le expliqué.

—Desde luego que no.

—Venga, Melissa —dijo papá.

—De «venga», nada —dijo mamá, y nos miró con cara de enfadada—. Qué, por lo visto habéis formado un equipo de primera, vosotros dos, ¿no? ¿Qué sentimientos son los que no estoy sintiendo con ellos, Zach? —Lo preguntó como si se riese de mí.

Ni la miré ni le respondí. Fingí que tenía que atarme otra vez los cordones, aunque ya estaban bien atados.

—Bueno, en una cosa sí que tienes razón, Zach. Me importan un bledo sus sentimientos —dijo mamá, y volvió a meterse en la cocina. Me quedé mirándome los zapatos, pero los veía borrosos porque se me habían llenado los ojos de lágrimas al oír a mamá hablándome así. Como si ya ni siquiera me quisiese.

—Venga, vámonos —dijo papá. Y nos fuimos.

En el coche, de camino al cole, no hablamos. Pero cuando papá se quedó delante del cole con el motor en marcha, dije:

—No ha sido una buena idea decirle a mamá lo de la compasión. Quería ayudarla a que se sintiera mejor y a que volviese a estar contenta, pero ha pasado lo contrario: se ha enfadado. Ninguno de los malditos secretos está funcionando.

Miré por la ventanilla. Había niños entrando por la puerta principal, podía oír sus voces a través del cristal. Chillaban, se reían, se llamaban a gritos. Iban al cole a pasar un día como cualquier otro, no les costaba ningún esfuerzo.

—¿Entras? —dijo papá, por supuesto.

—Hoy no —dije, también por supuesto.

—Oído cocina —dijo papá, y siguió conduciendo. Estuvimos un rato callados, y después dijo—: ¿Sabes? Creo que para que puedan funcionar los secretos de la felicidad, la gente debe estar preparada. Tiene que ser en el momento adecuado.

—¿Y ahora mismo no es el momento adecuado para mamá?

—No, creo que no.

—¿Papá?

—Dime, peque.

—Echo de menos a mamá. A la versión normal de mamá.

—Yo también —dijo papá justo cuando estábamos llegando.

Papá entró conmigo, y mamá salió inmediatamente al pasillo. Parecía que seguía enfadada.

—¡Pero bueno! —dijo muy alto—. Ya basta, Zach. Tienes que ir al colegio. Has faltado casi seis semanas. Sube al coche. Esta vez te llevo yo.

Me agarré al brazo de papá.

—Papá dice que no hace falta que vaya si no estoy listo.

—Estás listo —dijo mamá—. Necesitamos separarnos un poco en esta casa. Sube al coche.

—Melissa, ¿podemos hablar en la cocina, por favor? —dijo papá. Por su tono de voz, noté que él también empezaba a enfadarse, pero a mamá no le importó.

—No, ya he terminado de hablar. Vamos, Zach —dijo mamá, y me cogió del brazo y empezó a tirar de mí con fuerza hacia la puerta del garaje. Me volví a mirar a papá, pero estaba quieto como una estatua y no hizo nada por ayudarme.

De vuelta al cole, mamá condujo muy deprisa, metiendo las marchas con fuerza. Empecé a marearme, y eso que con mamá nunca me había mareado. Me caían lágrimas de furia por la cara. Papá debería haberme ayudado. Me prometió que no hacía falta que fuera si no estaba listo, y ahora mamá iba y me llevaba de todos modos. Papá había roto su promesa.

Mamá aparcó enfrente del colegio, en el mismo sitio en el que había parado papá hacía un ratito. Salió y me abrió la puerta.

—Sal, Zach, venga.

—No quiero ir.

—Lo entiendo —dijo mamá. Sonó como si se esforzase por poner una voz más amable—. Pero ya es hora. Te acompaño.

—¡Estás intentando librarte de mí! —le chillé a mamá—. Lo único que quieres es hablar por tu maldito teléfono. Yo ni siquiera te importo ya.

Varias personas que pasaban por delante del colegio se pararon a mirarnos, y volví la cabeza para que no me vieran la cara. Mamá dijo muy bajito:

—Sal del coche, Zach, te lo digo por última vez —y comprendí que no se iba a rendir. Iba a obligarme a entrar fuera como fuese. Me bajé del coche, y seguía mareado del viaje. Vi que la gente seguía mirándome, así que agaché la cabeza y clavé la vista en los zapatos. Mamá echó a andar por delante de mí, y yo la seguí.

Cuando llegamos a la puerta principal, había una vigilante de seguridad esperando en la entrada. En su chapa de identificación ponía *Mariana Nelson*. Era bastante bajita, pero anchota. Parecía casi un cuadrado, y tenía la cara redonda como una pelota.

—Hola, ¿puedo ayudarles? —le preguntó a mamá.

—Sí, este es Zach Taylor. Es su primer día en este colegio. Su primer día después... esto... después de McKinley —le dijo mamá.

—Entiendo. Bienvenido, Zach. ¿A qué profe tienes, cariño?

No dije nada porque no lo sabía y no quería hablar.

—La señorita Russell, su profesora de McKinley —dijo mamá, y la miré porque no sabía que la señorita Russell iba a ser mi profe y esa, al menos, era una buena noticia.

—De acuerdo. Ahí dentro está mi colega Dave. Te llevará a secretaría para que te registres y después te acompañará a la clase de la señorita Russell —dijo la vigilante, y me sonrió.

Agarré a mamá del brazo.

—Dijiste que ibas a entrar conmigo.

—¿Me permite…? Es que sigue… sigue nervioso. ¿Podría entrar con él? —preguntó mamá.

—Me temo que no. Está prohibido que los padres entren al colegio para dejar y recoger a los niños. Una de las nuevas normas desde… ya sabe.

—¡Me lo prometiste! —le dije a mamá, agarrándola más fuerte del brazo.

—No te preocupes —dijo la vigilante—. Te vamos a cuidar muy bien. —Dio al timbre y la puerta se abrió con un zumbido—. ¿Dave? —gritó.

—¡Dime! —Vino un vigilante que era todo lo contrario de ella, muy alto y muy flaco.

—Dave, ¿podrías ayudar a este jovencito, Zach, a registrarse y a ir al aula de la señorita Russell? Hoy es su primer día.

—Por supuesto que sí. Venga, campeón —me dijo el vigilante Dave, pero no me moví.

—Venga, Zach, ve con él —dijo mamá—. Escucha. Te pido que seas valiente. Vendré a recogerte. ¿De acuerdo? ¿De acuerdo, cielo?

No respondí. Dije mil veces que no con la cabeza. Mamá me dio un abrazo, pero yo a ella no.

—A veces es mejor arrancar la tirita de golpe, por decirlo así —le dijo la vigilante a mamá—. A los dos segundos ya están tan contentos.

—Sí… —dijo mamá, y entonces la mujer guarda me dio un empujoncito y la puerta se cerró detrás de mí, y mamá y ella se quedaron fuera y yo me quedé dentro con Dave. Me dieron ganas de darme la vuelta, abrir la puerta de golpe y llamar a voces a mamá, pero de repente vi que había un montón de niños en el pasillo mirándome, así que no lo hice.

—Ven por aquí, campeón —dijo el vigilante Dave, y echó a andar pasillo abajo. Me fijé en que el pasillo era casi igual al de

McKinley y también en que olía igual. Dave se metió en secretaría, que estaba a la derecha y también era igual que la de McKinley.

—Claudia —le dijo a una señora mayor de pelo gris que levantó la vista y nos sonrió.

Dave me puso la mano en el hombro y dijo:

—Te presento a Zach... ¿Cómo te apellidas, campeón?

—Taylor —dije en voz muy baja.

—Zach Taylor. De la clase de la señorita Russell.

La mujer mayor se acercó a un armarito, sacó una carpeta roja y echó un vistazo a unos papeles que había dentro.

—Ah, sí. Zach Taylor, vale... Te estábamos esperando, Zach —y volvió a sonreírme.

—Pues hala, vamos a tu clase —dijo Dave, y volvió a salir, giró a la derecha y no paró de hablarme mientras íbamos por el pasillo, pero yo no le respondí. Sentía una especie de miedo, como si tuviese algo detrás, como si algo me siguiese por el pasillo, y la sensación se iba haciendo cada vez más grande.

Me daba miedo darme la vuelta a ver qué era, y de repente pensé que iba a haber gente muerta en el suelo detrás de mí y sangre por todas partes. Me puse a andar más deprisa y me entró calor por todo el cuerpo. Vi una puerta al fondo del pasillo y quise echar a correr hacia ella; el sentimiento de miedo fue creciendo cada vez más. Dave se paró y me choqué con él. Dijo:

—Uuuy... Frena, campeón. Ya hemos llegado. Esta es el aula de la señorita Russell.

36

Tormenta

—¡Zach! ¡Hola! No esperaba verte hoy —dijo la señorita Russell cuando Dave abrió la puerta.

Se acercó desde el fondo de la clase, parecía muy contenta de verme. Se agachó y me dio un abrazo. Todos mis amigos de mi antigua clase estaban allí; me dijeron «hola» y que se alegraban de que volviera y cosas así. No me gustó que todo el mundo me mirase, pero la señorita Russell me dijo cuál era mi sitio y resulta que volvía a compartir mesa con Nicholas. Era como si todavía estuviésemos en McKinley y nada hubiese cambiado.

—Bueno, chicos, vamos a seguir —dijo la señorita Russell.

Todos habían sacado los cuadernos de ejercicios; cogieron los lápices y se pusieron a trabajar en silencio.

—Zach, ¿qué tal si vienes a sentarte conmigo un ratito? —me dijo la señorita Russell, y me senté al lado de su mesa—. ¿Todavía tienes el amuleto que te di? —me preguntó en voz baja para que nadie más pudiese oírla.

—Sí. Está en mi... Lo puse en un lugar seguro y lo miro mucho.

La señorita Russell sonrió y dijo:

—Bien. A mí siempre me ha ayudado cuando... cuando he estado triste por algo. Me ayudó a imaginarme que mi abuela estaba cerca, velando por mí, ¿sabes?

Dije que sí con la cabeza.

—Y eso lo creo de corazón. Tu hermano también está. No se ha ido, también él está velando por ti. —La señorita Russell subió la mano y me tocó la mejilla, y empecé a notar un nudo muy gordo en la garganta.

—¿Has estado haciendo deberes? ¿Quieres que los repasemos juntos? —me preguntó, y dejó de tocarme la mejilla.

Sacó una carpeta de su mesa y me enseñó lo que habían hecho en clase durante el tiempo que no fui. Eran los deberes que me había traído Mimi, y había hecho algunos, pero no todos.

Me gustaba estar allí sentado con la señorita Russell. La clase estaba supersilenciosa, y cada uno estaba trabajando en sus cosas. Pero de repente alguien, creo que Evangeline, hizo algo; no vi qué era, pero la señorita Russell le dijo que parase. Cuando hablaba, su aliento caliente se me metía directamente en la boca. Olía a café. Y así, de sopetón, aquel miedo tan grande que había sentido antes en el pasillo volvió, y me acordé del aliento de la señorita Russell en el armario. El corazón empezó a latirme muy deprisa otra vez, y empecé a marearme como antes en el coche, cuando me había traído mamá.

Me puse a respirar hondo porque sabía que iba a vomitar, y odio vomitar.

—¿Estás bien, cariño? —me preguntó la señorita, y a pesar de que estaba pegadita a mí, me sonó como si su voz estuviera superlejos. Al preguntármelo, volví a oler el aliento a café y, ¡zas!, el vómito salió y cayó por toda la mesa y en la pechera de mi camiseta. Estaba empezando a levantarme cuando, ¡zas!, salió otro vómito gigante y me cayó en los zapatos.

—¡Puaaaaaj! ¡Qué ascooooo! —dijeron todos mis amigos.

—Tranquilo, cielo, tranquilo. No te preocupes, estas cosas pasan —me dijo la señorita Russell, pero también ella tenía cara de «qué asco».

Me salieron varios vómitos más que cayeron sobre todo en el suelo, y después se acabó.

—¿Te encuentras mejor? —La señorita Russell me acarició la espalda.

No podía hablar. Todavía me quedaba vómito en la garganta y me subía hasta la nariz. Quemaba, y me entraron ganas de llorar.

—Nicholas, acompaña a Zach a enfermería, por favor —dijo la señorita Russell—. Ahora limpio esto, Zach, no te preocupes.

Aunque Nicholas me miró como si le diese asco, me acompañó a ver a la enfermera. La enfermera me ayudó a limpiarme todo y llamó a mamá. No me alegraba nada de haber vomitado por todas partes y que todo el mundo me hubiese visto, pero sí de que mamá viniese a buscarme. Nicholas volvió a clase, y yo me senté en la cama de la enfermera y esperé a mamá. El olor a vómito de la ropa me estaba dando ganas de vomitar otra vez.

Un niño de quinto que conocía de McKinley entró y, al verme, se tapó la boca con el brazo.

—¡Dios, qué mal huele aquí! —dijo muy alto.

—Ya basta, Michael, baja esa voz —le dijo la enfermera—. ¿A qué has venido?

Pero el niño que se llamaba Michael no respondió. Seguía hablándome en voz muy alta:

—Puaj... ¿Eso de la camiseta es vómito?

Vinieron más niños a la enfermería para ver por qué daba Michael esas voces, y se quedaron todos mirándome y se taparon las narices con los brazos.

—Eh, ¿tú no eres el hermano de Andy? — me dijo otro niño de quinto.

No dije nada.

—A ver, chavales, si no habéis venido a ver a la enfermera, largo de aquí.

El guarda Dave apareció por detrás de los niños, y algunos empezaron a marcharse. Pero Michael y dos o tres más se quedaron.

—Oye, ¿la madre de Andy no es esa señora que sale a todas horas por la tele? —le dijo Michael al niño que estaba a su lado.

—Sí. Mi madre dice que no está bien que hable así de Charlie —dijo el otro niño, y noté que se me agarraba la furia al estómago. Quería decirles a Michael y al otro chico que dejasen de hablar de

209

mamá, pero era incapaz de abrir la boca para hablar. Me estaba portando como un bobo miedica otra vez.

—Querrá hacerse famosa o yo qué sé qué —dijo Michael, y después me miró y alzó los brazos—. Sin ánimo de ofender, chaval.

Fue entonces cuando el sentimiento de furia hizo que el cuerpo entero se me pusiera en tensión. Michael y el otro niño seguían hablándome de mamá, pero yo ya no oía lo que me decían porque el corazón me latía con fuerza en los oídos y no me dejaba oír nada más. Me caían lágrimas de furia mientras Michael me miraba con cara de «Uy, pero si está llorando». Y entonces me puse como loco.

Ni siquiera recuerdo qué fue exactamente lo que pasó, solo que me oí a mí mismo gritando: «¡Deja de hablar de mi mamá!», que de repente me vi encima de Michael y que luego alguien me apartó. Michael estaba tirado en el suelo agarrándose la boca, y vi que tenía sangre en los dedos.

Alguien me estaba sujetando con fuerza por detrás mientras yo seguía intentando darle patadas a Michael. Quería machacarle, y, aunque era mucho más grande que yo, el sentimiento de furia me daba mogollón de fuerza. Pero la persona que me estaba sujetando era más fuerte. Me volví y vi a un hombre que no conocía. Me estaba hablando, pero el corazón me seguía latiendo tan fuerte que no le oía.

Entonces vi que papá entraba en la enfermería y le decía algo al hombre que me estaba sujetando. El hombre me soltó y papá me cogió, se sentó en el suelo y me puso sobre sus rodillas.

—Venga, no pasa nada. Muy bien, cálmate. —Papá me estaba hablando al oído, y empecé a oír lo que me decía.

—¡Suéltame! —grité—. ¡Suéltame, que me sueltes!

—Vale, te suelto, pero tienes que dejar de pegar y de dar patadas, ¿estamos?

La enfermera estaba al lado de Michael. Le ayudó a levantarse y le hizo sentarse en la cama. Michael estaba llorando y agarrándose el labio, y le caía más sangre por las manos.

Papá se levantó para hablar con el hombre que me había estado sujetando.

—Le pido disculpas, señor... —dijo papá, y el hombre le tendió la mano y chocaron los cinco.

—Martínez. Lukas Martínez. Soy el jefe de estudios de Warden.

—Jim Taylor. Le pido disculpas por el comportamiento de mi hijo...

Me levanté del suelo, salí de la enfermería y me fui a la puerta principal. La abrí y salí.

—¡Zach! —oí gritar a papá—. ¡Espera, Zach!

Pero seguí andando. Vi que el coche estaba aparcado enfrente del colegio y me fui hacia él. Papá apareció por detrás, me abrió la puerta y me ayudó a subir. Tenía frío porque la ropa seguía mojada de vómito y de cuando la enfermera había intentado limpiármela con una toalla mojada. Me puse a tiritar a lo bestia. Papá se fue al asiento del conductor y se quedó un rato en silencio.

—Buff... Menudo fregado —dijo, y arrancó.

Cuando entramos en casa, mamá y Mimi me estaban esperando. Al verme, montaron un numerito, y mamá me llevó arriba a ducharme. Seguí tiritando debajo del agua caliente. Y seguía furioso. Furioso con Michael y con el otro niño, y furioso con mamá y papá. Me quedé mucho tiempo en la ducha, y al cabo de un rato se me pasó la tiritona y también la furia. Me imaginé que el agua de la ducha se la llevaba y que la veía desaparecer por el desagüe.

Por la tarde vino el señor Stanley para hablar con mamá y papá de cómo me había portado en el cole nuevo. Habló como si yo no estuviera, y eso que estaba en el mismo cuarto que ellos.

—Yo sugeriría que le demos más tiempo.

—Sí, desde luego —dijo papá.

—Se ha ido manteniendo al día bastante bien con el trabajo escolar. Y Acción de Gracias está a la vuelta de la esquina. No veo ningún motivo para que no lo prolonguemos hasta... hasta después de las vacaciones de Navidad, por ejemplo —dijo el señor Stanley.

—Eso es mucho faltar —dijo mamá—. No creo que le convenga...

Papá interrumpió la frase de mamá.

—Por el amor de Dios, está en primero. No se está preparando para entrar en la universidad. ¡No le va a pasar nada por no ir!

Mamá le miró con cara superenfadada. El señor Stanley miró a mamá y después a papá, y así varias veces, y parecía como si no supiera qué decir.

—Vale, bueno, quería decirles que desde nuestro punto de vista no hay ninguna prisa. Si sigue trabajando y no se queda atrás, no habrá ninguna necesidad de pensar en que repita curso ni nada por el estilo. Pero sí quisiera subrayar la importancia de la terapia en este tipo de situaciones. Es... es muy importante, de verdad. En fin, solo quería decir eso —dijo el señor Stanley poniéndose en pie.

—Gracias, señor Stanley. Lo hablaremos y nos pondremos en contacto con usted —dijo mamá, y le acompañó a la puerta.

Después volvió al salón, pero en vez de sentarse se acercó a mi silla y se quedó mirando por la ventana. Me pasó la mano por el pelo un montón de veces, y oí que respiraba hondo.

—Déjame que pida hora con el doctor Byrne para que vea a Zach, por favor —dijo papá con voz suave.

Mamá dijo que sí con la cabeza, muy despacio.

—Sí, creo que será lo mejor —dijo. Dejó de pasarme la mano por el pelo, pero la dejó sobre mi coronilla.

El doctor Byrne es el médico de Andy, el médico al que iba por lo de su trastorno, y como lo de mandar a Andy a pensar había sido idea suya, ahora querían que yo también fuese a verle porque me había portado mal en el cole.

—No quiero ir al doctor Byrne —dije, y me salió voz de quejica—. Perdón por haberme portado mal hoy en el cole. Lo siento, mamá. No lo voy a volver a hacer, lo prometo. —Noté que se me llenaban los ojos de lágrimas y que me acaloraba. Le cogí la mano para que dejase de mirar por la ventana y me mirase a mí—. Lo siento, mami, ¿vale?

212

—Venga, tesoro —dijo mamá, y me tocó la mejilla—. No te sulfures otra vez. Ahora mismo no vamos a decidir nada, tú tranquilo.

—No, Zach, peque, vamos a decidirlo ahora mismo. Esto no es un castigo. Es para ayudarte a estar mejor. ¿Lo entiendes? —dijo papá.

—Bueno, ya seguiremos hablando —dijo mamá, volviéndose hacia papá. Estuvieron un rato en silencio, mirándose con cara de enfado.

—Zach, hazme un favor, vete arriba —dijo papá.

No me miró. Seguía mirando a mamá, y supe por qué me decía que me fuera. Era como cuando sabes que va a haber un tormentón: justo antes, todo está supersilencioso, pero en el cielo ves nubes oscuras que se van acercando cada vez más y empiezas a oír truenos a lo lejos. Después esperas a que vengan los truenos y los relámpagos y se te pongan justo encima.

No esperé a que esta tormenta se pusiera encima de mí. Salí corriendo del salón, subí a mi guarida y cerré la puerta antes de que empezasen los truenos y los relámpagos.

37

Agradecido

Mamá y papá provocaron la tormenta más larga del mundo. Duró varios días. No es que hubiese tormenta a todas horas; estallaba cuando coincidían en casa. Solo paraba cuando papá se iba al trabajo. Papá empezó a pasar mucho tiempo en el trabajo otra vez, y todo volvió a ser como era antes, cuando se pasaba allí el día. De manera que ya no venía a la guarida.

Cuando mamá y papá estaban en la misma habitación, enseguida notaba cómo empezaban a crecer los nubarrones en el techo, como si se pusieran cada vez más oscuros y pesados. Sé que las tormentas estallan cuando el aire caliente sube, el aire frío baja y se chocan formando nubes grandes de las que salen la lluvia, los relámpagos y los truenos. Bueno, pues en nuestra casa era como si mamá fuese el aire frío y papá el caliente, y cuando se chocaban provocaban una tormenta de palabras, gritos y lloros.

Al final se me daba bastante bien detectar cuándo amenazaba tormenta, y trataba de largarme a tiempo. ¡Arriba, guarida, puerta cerrada! A veces la tormenta era tan gorda que hasta la oía desde la guarida, pero en general la puerta del armario le cerraba el paso.

Una tarde, en la semana anterior al día de Acción de Gracias, Mimi trajo la cena y mamá, ella y yo nos sentamos en la barra a cenar. Eran salchichas con pimientos, una de mis comidas favoritas. Papá aún no había vuelto del trabajo, así que no había tormenta.

—¿Habéis pensado ya en Acción de Gracias? —le preguntó Mimi a mamá—. Solo queda una semana, y si queréis hacer algo, más vale que empecemos a planearlo.

Mamá bajó la vista al plato y toqueteó la comida con el tenedor. Lo hincó en un trozo de salchicha y lo movió entre la salsa y el arroz como si fuese un coche en una pista de obstáculos.

—Ojalá... ojalá las vacaciones no fuesen ya mismo —dijo mamá en voz baja, como una niña pequeña.

—Ya lo sé, cariño, ya lo sé —dijo Mimi—. Y no estás obligada a hacer nada. Solo lo decía porque quizá para Zach...

—Ya lo sé —dijo mamá, y al mirarme vi que tenía lágrimas en los ojos.

Siempre celebramos Acción de Gracias en nuestra casa, una gran fiesta con la familia y con los amigos. Mamá se emociona mogollón y va pegando montones de listas en los armaritos de la cocina, como, por ejemplo, el menú, listas de la compra y cosas así, y prepara una mesa especial con salvamanteles y adornos especiales. Ponemos otra mesa al lado de la del comedor para que quede como una sola mesa larguísima, y necesitamos tres manteles para cubrirla y papá tiene que sacar todas las sillas extra del sótano para que haya suficientes para todos los invitados.

El año pasado me dejaron ayudar con los adornos, y mamá y yo hicimos juntos las tarjetitas con los nombres para indicar el sitio de cada uno. Nos fuimos a dar un paseo por el lago que hay cerca de casa y cogimos piñas, y tardamos mucho porque venían dieciocho personas a cenar y las piñas no podían ser ni demasiado grandes ni demasiado pequeñas. Volvimos del lago con una bolsa entera. Mamá hizo hojas de árbol con papel marrón, rojo y naranja, y yo me encargué de escribir en ellas todos los nombres. Mamá intentó que Andy también ayudase, pero Andy dijo que las manualidades eran cosa de niñas. Dijo que con mi mala letra nadie iba a saber dónde tenía que sentarse, y me pareció injusto porque había escrito con mi mejor letra y mamá había dicho que me habían quedado muy chulas.

Andy solo hizo una tarjeta, la suya, así que al menos él sí que iba a saber dónde sentarse, y luego fue y se puso a jugar otra vez con la Xbox. Así que hice las demás sin él. Atamos las hojas a las piñas, mamá me dio una lista en la que ponía dónde se sentaba cada uno y puse una piña con una tarjeta en cada plato.

El día de Acción de Gracias del año pasado, mamá se levantó temprano porque tenía que meterle el relleno al pavo, atarle las patas y ponerlo al horno, porque se tarda mucho en asar un pavo. Después estuvimos un ratito viendo por la tele la cabalgata de Macy's, y como papá y Andy seguían durmiendo, estábamos tan tranquilos los dos solos.

A la hora de comer nos sentamos todos a la mesa, que estaba preciosa con los adornos que habíamos hecho mamá y yo. Todos me dijeron que les encantaban las tarjetas, así que miré a Andy como diciéndole «para que te enteres», y él me miró con cara de «lo que tú digas».

Al principio estaba un poco triste porque era la primera cena de Acción de Gracias sin el tío Chip, y Abu y la tía Mary lloraron cuando fuimos uno por uno a la cabecera de la mesa a decir a qué dábamos gracias.

Eso es lo único que no mola de Acción de Gracias, porque no me gusta decir a qué le doy gracias ni que se me queden todos mirando. Por lo menos lo veo venir y puedo prepararme para que lo del zumo de tomate no sea tan grave.

—Doy gracias por mamá y papá —dije.

Todos estaban nombrando a las personas por las que estaban agradecidos, así que yo los elegí a ellos.

—¡Ah, vale, se agradece, so bobo! —gritó Andy desde la otra punta de la mesa, y papá se enfadó con él, y la verdad es que fue el peor momento de la cena. Pero como no me sentía agradecido a Andy, no dije su nombre.

—Yo doy las gracias por mi Xbox —fue lo que dijo Andy cuando llegó su turno. Menuda tontería, dar gracias por eso en Acción de Gracias.

Me acordé de aquel día y pensé que este año no iba a molar y que, de todos modos, no sabía por qué debía dar gracias esta vez. Por mi guarida, eso era lo único, y no iba a decir eso delante de todos porque era un secreto.

«¡Puerta de la calle!», dijo la voz de mujer robot. Papá entró en la cocina y mamá volvió a clavar la vista en el plato. Otro coche salchicha empezó a recorrer la pista de obstáculos.

—Hola —dijo papá, y me miró con una sonrisa pequeñita.

Mamá no dijo nada, y Mimi dijo: «Hola, Jim» con una voz distinta a la de cuando estaba hablando con mamá. Sonaba fría, para nada como su voz de siempre.

—¿Roberta? —Papá dijo el nombre de Mimi como si fuera una pregunta.

Mimi se levantó y le preparó un plato, y papá lo cogió y se fue al comedor. Me dio pena que estuviese allí solo, así que me bajé del taburete y me fui con mi plato a sentarme a su lado. Me di cuenta de que mamá apartaba la vista del plato y me seguía con la mirada. Los ojos se le pusieron muy pequeñitos.

Entonces mamá volvió a dirigirse a Mimi y dijo:

—Estaba pensando que podría invitar a algunos de los supervivientes. Yo... En fin, creo que es el único modo de que Acción de Gracias tenga sentido para mí este año... si es que es necesario que hagamos algo, claro.

—Ah... Sí, puede que sea buena idea —dijo Mimi.

—¿Invitarles a qué? —preguntó papá, y Mimi y mamá le miraron como si estuviese interrumpiendo una conversación privada.

—A Acción de Gracias —dijo mamá.

Papá estaba a punto de meterse el tenedor en la boca, pero su mano se detuvo y se quedó en el aire, delante de la boca.

—¿Quieres invitar a... a desconocidos? ¿A Acción de Gracias? —Papá volvió a dejar en el plato el tenedor con la comida.

—No son desconocidos —dijo mamá, y de nuevo empezaron a formarse nubarrones cerca del techo—. Son personas que... que están pasando por lo mismo que nosotros. Estamos en la misma situación. Todos necesitamos apoyo para superar esta fiesta —dijo mamá.

—¿Y qué me dices de la familia? —preguntó papá—. Mi madre, Mary... ¿No crees que lo que necesitamos es el apoyo de nuestra propia familia?

Parecía como si a mamá se le hubiese congelado la cara, y le miraba con una sonrisita que no parecía una sonrisa. Era como si estuviese apretando los dientes y tirando hacia arriba de los lados de la boca.

—No voy a organizar nada especial este año.

—Yo entiendo que ayude rodearse de otras personas que están en una situación parecida... —dijo Mimi.

—Gracias, Roberta —dijo papá, sin dejar de mirar a mamá—. Preferiría resolver esto con mi mujer, si no te importa.

Mamá cogió aire y miró a Mimi.

—Yo alucino —dijo. Se levantó, y Mimi también y salieron las dos de la cocina.

Sus platos seguían sobre la barra de la cocina y no entendí por qué se habían levantado y se habían marchado así, en medio de la cena. Hubo unos minutos de silencio, y después papá y yo nos pusimos a comer otra vez. De repente, la voz de mujer robot volvió a decir «puerta de la calle».

Mamá volvió a la cocina. Se la veía tan enfadada que me vino al estómago la sensación mala de calor.

—Como le vuelvas a hablar así a mi madre, Jim, te juro por Dios que... —dijo muy bajito.

Papá cerró los ojos unos segundos y vi que respiraba despacito. Los nubarrones estaban a punto de estallar y el corazón me latía muy deprisa. No quería estar en medio de la tormenta, pero me pareció que era demasiado tarde para pirarme.

—No vamos a celebrar Acción de Gracias como tú has dicho —dijo papá, también muy bajito. Abrió los ojos, se quedó mirando a mamá y... ¡Bum! Truenos y relámpagos.

—¿A celebrar? ¡Yo no voy a celebrar nada! —chilló mamá.

Me pegué la barbilla al pecho y me cubrí las orejas con las manos.

—No voy a celebrar nada. No voy a hacer nada especial. Voy a invitar a unas personas que me ayudarán a llegar al final del día, y quizá yo también pueda ayudarlas a ellas. ¡Porque solo se trata de eso! Pero tú celébralo, Jim. ¡Hala, vete con tu familia y celebradlo todos juntitos!

Papá le contestó con gritos que sonaban como truenos.

—No se trata solo de ti, ¿sabes? Ni de cómo superes tú el día. ¿Qué tal si nos ayudas a nosotros a superarlo, para variar? —Nos señaló a mí y a él varias veces con el dedo estirado.

Mamá le miró fijamente y después se dio media vuelta y volvió a salir de la cocina.

—Lo siento, peque —dijo papá, y se agachó y me apartó las manos de las orejas—. Lo siento... Es... Venga, vamos a acabar de cenar, ¿vale? —Pero nos quedamos allí sentados sin probar bocado.

Pensé que ojalá hubiese dicho el nombre de Andy el año anterior. Había sido su último día de Acción de Gracias, y ahora ya no iba a poder decírselo nunca.

38

Algo más sencillo

Llegó el día de Acción de Gracias, y no había ni adornos ni mesa ni sillas extra.

—Este año vamos a hacer algo más sencillo, ¿vale, Zach? —dijo mamá, y ni siquiera tuvo que meter el pavo en el horno hasta después de la cabalgata porque era tan pequeño que no iba a tardar en asarse.

Vinieron Mimi, Abu y la tía Mary, y ya está. Papá se puso a ver el fútbol en el cuarto de estar, y, aunque me parece un rollo, me quedé a verlo un ratito porque quería estar con él.

El teléfono sonó en la cocina y oí que mamá decía: «¿Hola?». Poco después, gritó: «¡Aaaaay!».

Papá y yo nos miramos, y papá alzó mucho las cejas. Me levanté y me fui a la cocina a ver qué pasaba. Mamá estaba apoyada contra el mostrador. Se estaba tapando la boca con una mano, y con la otra se sujetaba el teléfono a la oreja.

—Se lo agradezco —dijo mamá, y después bajó muy despacito la mano en la que tenía el teléfono, pero se dejó la otra sobre la boca.

Mimi, Abu y la tía Mary parecían congeladas. Las tres miraban a mamá sin soltar lo que tenían en las manos: un trapo, una patata, el cepillo de limpiar patatas.

—Nancy Brooks ha muerto —dijo mamá a través de los dedos. Se le saltaron las lágrimas, y se dejó la mano sobre la boca como para impedir que se le saliese el llanto.

Papá entró en la cocina y miró a mamá.

—¿Qué ha pasado, de qué va esto?

—Nancy ha muerto —repitió mamá.

Papá la miró como si no la entendiera.

—Se suicidó anoche —dijo mamá.

Papá dio unos pasos hacia atrás como si fuese a caerse, y luego se agarró al canto de la barra y no lo soltó.

—¿Se ha muerto la mamá de Ricky? —pregunté.

Nadie me respondió.

—¿Cómo te has...? —preguntó papá con voz chillona.

—Me acaba de llamar la señora Gray. Esta mañana salió a dar un paseo y al pasar por delante de la casa de Nancy notó un... un olor que salía de su garaje, y llamó a la policía. Venía de su coche. Dejó el motor encendido... dentro del garaje.

—Santo cielo —dijo Mimi, y se acercó a mamá y la abrazó.

Papá se quedó mirando a mamá y a Mimi y no dijo nada. Vi que tenía los dedos blancos de tanto apretar la barra. Tragó saliva un montón de veces, como si tuviera tanta que no le cupiera en la boca. Después se dio la vuelta muy despacio y se apartó con cuidado del mostrador, como si temiese caerse al suelo. Se fue andando muy despacito hacia el pasillo.

Cuando llegó a la puerta de la cocina, mamá dijo:

—Ha sido porque no quería pasar sola el día de hoy —se puso a sollozar—. No tenía a nadie. Después de morir Ricky... se quedó sola. Deberíamos haberla invitado hoy a casa...

—Venga, cariño, no es culpa tuya —dijo Mimi, acariciándole la espalda.

—Ya lo sé —dijo mamá, y dejó de abrazar a Mimi, se apartó a un lado y miró a papá. Papá estaba de pie junto a la puerta, pero no se volvió. Mamá le señaló—. La culpa es de Jim.

Abu y la tía Mary se miraron, y Abu alzó las cejas todo lo que pudo como había hecho antes papá cuando mamá soltó aquel «Aaaaay» tan fuerte. Papá empezó a darse la vuelta. Estaba super-pálido y le temblaba el labio inferior.

—Debería haberla invitado. No debería haberte hecho caso —dijo mamá. Hablaba como si no se hubiese fijado en la cara de papá o como si no le importase—. Tenía que enfrentarse al día de hoy completamente sola, pero fue demasiado para ella —dijo mamá, y aunque estaba llorando, sonaba enfadada—. Y como tú no querías invitar a... a desconocidos...

Papá, con su cara blanca y su labio tembloroso, se quedó un buen rato mirándola. Mamá le miró a los ojos como si estuvieran en un concurso de miradas, pero de repente apartó la vista y perdió. Papá se dio media vuelta, se fue al pasillo y salió a la calle. No dijo ni mu. Nos quedamos todos mirando el lugar en el que acababa de estar. Era como si el aire pesara mucho, como si se me hubiese sentado encima de los hombros, de la cabeza, del cuerpo entero.

—Perdonad —dijo mamá muy bajito, sin mirar a nadie. También ella salió de la cocina, y se fue al piso de arriba.

Durante un rato nadie habló, hasta que la tía Mary dijo:

—Monito, ¿me ayudas a hacer las coles de Bruselas? —Me ayudó a arrimar una silla a la pila y me tocó arrancar las hojas de fuera de cada col. Había muchas, y me alegré de que tuviésemos algo que hacer.

Mimi, Abu, la tía Mary y yo preparamos la cena y pusimos la mesa del comedor. Mimi y Abu no decían nada, así que la encargada de hablar fue la tía Mary. Y habló mucho, seguramente porque cuando no lo hacía había demasiado silencio y el aire volvía a pesar mucho.

—Zach, necesitamos uno... dos... tres... cuatro... cinco tenedores grandes y uno pequeño para ti. Cinco cuchillos. ¿Qué servilletas usamos? Sí, estas son muy bonitas. Vamos a doblarlas así...

La tía Mary me iba diciendo las cosas que había que hacer con una voz que quería parecer alegre. Creo que intentaba animarme porque, como mamá y papá se habían vuelto a pelear y papá se había marchado a pesar de que era Acción de Gracias, la cena ya no iba a ser nada agradable.

—Voy a llamarle —dijo Abu al cabo de un rato, y cogió el

teléfono de la cocina y llamó a papá. Estuvo mucho tiempo esperando, hasta que al final le dio al botón de colgar—. No responde.

—Bueno, el pavo hace mucho que se ha hecho. A estas alturas, se habrá quedado seco —dijo Mimi—. Voy a por Melissa. Deberíamos ir cenando.

Al cabo de un rato, Mimi volvió con mamá y nos sentamos todos a la mesa.

No salimos a decir a qué dábamos gracias. Empezamos a comer, y prácticamente lo único que se oía era el tintín de los tenedores y los cuchillos al tocar los platos. «El pavo no está tan seco como pensaba». Tintín. «Las coles te han quedado muy sabrosas, Mary». «Es por el beicon. Es mi arma secreta». Tintín.

Al ver la silla vacía de papá se me llenaron los ojos de lágrimas. Sonó el timbre de la calle y por un segundo pensé que papá había vuelto, pero tenía llave, así que ¿por qué iba a llamar al timbre? Mamá se levantó a abrir y yo la seguí.

Había un policía en la puerta.

—¿Señora Taylor?

—Sí, ¿qué quiere? —dijo mamá.

—¿Me permite pasar un momento?

Mamá abrió del todo y el policía entró.

—Hola, campeón —dijo. Subió la mano y chocamos los cinco.

Mimi, Abu y la tía Mary salieron del comedor. Abu hizo un ruido como si tragase un montonazo de aire.

—¿Tiene que ver con mi hijo? ¿Jim Taylor? ¿Le ha pasado algo? —preguntó Abu. El estómago empezó a dolerme mucho.

—Bueno, en realidad yo lo que quería era hablar con el señor Taylor. ¿No está? —preguntó el policía.

—No..., no está —dijo mamá.

—¿Por qué piensa que puede haberle pasado algo? —preguntó el policía.

—No, es que... es que se ha marchado hace un rato, y, al verle a usted, ha sido lo primero que he pensado —dijo Abu.

—Que yo sepa, no le ha pasado nada —dijo el policía—.

Tenía que hacerle unas preguntas acerca de... —Me miró y se calló—. ¿Hay algún sitio en el que podamos hablar en privado? —le preguntó a mamá, y ella dijo que claro, que en el salón.

Se fueron los dos, y también Abu y la tía Mary. A mí no me dejaron ir a escuchar. Mimi me llevó otra vez al comedor.

El policía no estuvo mucho tiempo. Oí que le decía a mamá en el pasillo:

—Por favor, cuando vuelva su marido, dígale que me llame. Siento haber interrumpido su cena. Que pasen un buen día. Feliz día de Acción de Gracias.

—Igualmente —dijo mamá muy bajito, y volvió al comedor. Se sentó en su silla como a cámara lenta. Tenía la cara superpálida, como la de papá un rato antes.

—¿Papá está bien, mami? —pregunté, y noté que el dolor de tripa me iba a más.

Mamá no me respondió, sino que miró a Mimi y le dijo:

—Le dejó una nota. Era ella, mamá. Era Nancy, era ella la mujer que... —y se detuvo en mitad de la frase y se echó a reír.

Menuda sorpresa. Al principio se rio un poquito, y después se empezó a reír cada vez más fuerte y no entendí qué le hacía tanta gracia. De repente, sin dejar de reírse, dijo:

—¡Mira que soy boba!

39

Sorpresa especial

La noche de Acción de Gracias me fui a dormir a casa de la tía Mary. Cuando nos fuimos, papá aún no había vuelto a casa. Al morir el tío Chip, la tía Mary se había mudado de su casa de Nueva Jersey a un apartamento. Estaba cerca de nuestra casa, y yo ya había ido varias veces. El apartamento era pequeño. Nada más entrar había una cocinita con una barra con tres taburetes como los nuestros a modo de mesa. El resto se reducía a un comedor, el dormitorio de la tía y otro dormitorio más, pero este estaba lleno de cajas y no tenía cama. Olía raro.

—¡Puaj, aquí huele que apesta! —había dicho Andy una vez que fuimos de visita.

La tía Mary le dijo en tono de broma:

—Me da que no eres un entendido en curri, ¿eh, Andy? A los de abajo les encanta. Curry para desayunar, curri para comer, curri para cenar. Bueno, ya te acostumbrarás.

Esta vez también olí el curri nada más entrar, pero no me pareció tan desagradable.

—¿Qué te parece si vemos una peli y hacemos palomitas? Ay, espera, no sé si tengo palomitas —dijo la tía Mary, y se puso a rebuscar en los armaritos de la cocina—. Vaya, lo siento, campeón, no hay palomitas. Pero tengo galletitas saladas. Te gustan, ¿no?

No dije nada porque tenía un nudo enorme en la garganta y

pensé que, si hablaba, seguro que empezaba a llorar. Echaba de menos a mamá y a papá.

Me puse a dar vueltas por el apartamento. La tía Mary tenía un montón de cosas por todas partes, cosas que el tío Chip y ella traían de los viajes que hacían por todo el mundo: máscaras extrañas, cuadros, tazas, jarrones y cosas así. En su casa de antes, el tío Chip siempre me las enseñaba y me contaba historias de los lugares de donde venían y me explicaba por qué eran especiales.

En la mesa de al lado del sofá había un montón de fotos enmarcadas de los viajes de la tía Mary y el tío Chip, y también de nuestra familia y de la de la tía. En un marco decorado con dibujitos de gafas de sol estaba la misma foto que me había enseñado la tía Mary cuando Abu y ella estuvieron sacando fotos de los álbumes, aquella en la que salíamos todos en el crucero con los sombreros mexicanos. Al fondo, detrás de otras fotos enmarcadas, vi una de mamá y papá. Alargué el brazo para cogerla, con cuidado para no tirar las que había delante.

Había visto esa foto muchas veces. Nosotros también la tenemos enmarcada, en el dormitorio de mamá y papá. Es de su boda, y están los dos en una piscina... ¡con los trajes de la boda! Mamá está guapísima. Su vestido blanco está flotando en el agua, rodeándola, y papá tiene la cabeza de perfil, cerca de la cara de mamá, como si estuviese a punto de darle un beso.

De repente, la tía Mary me puso la mano en el hombro, y pegué un bote porque no la había oído acercarse.

—Me encanta esta foto de tus padres —dijo, y me la cogió de las manos, la miró de cerca y se rio—. ¡Mira que tirarse al agua... todavía me cuesta creerlo! ¡Con aquel vestido tan bonito!

—Se tiraron al agua por lo del abuelo, ¿no?

—Bueno, la verdad es que fue un día larguísimo para ellos y para todos porque... ya sabes, el abuelo se puso malo ese mismo día.

—Sí, le dio el ataque al corazón.

—Eso es. No sé, todo el mundo estaba muy sensible, y hacía un calorazo tremendo, y habíamos pasado casi todo el día en el hospital... Cuando supimos que el abuelo se iba a recuperar y tus padres decidieron celebrar la boda de todos modos... ¡Madre mía, anda que no tuvimos que ponernos las pilas para prepararnos! —dijo la tía Mary—. Yo estaba toda sofocada, iba hecha un desastre, te lo aseguro. Pero tu madre estaba impresionante; no sé cómo se las apañó.

—¿Tú también te lanzaste a la piscina?

—¡Sí! Casi todos los invitados. Fue un final increíble para una boda increíble. A día de hoy sigue siendo la boda más bonita de todas las bodas a las que he ido. Quizá por el dramatismo de todo lo que había pasado antes. ¡Pero es que además tus padres hacían una pareja tan bonita, estaban tan enamorados! —dijo la tía Mary sonriéndome, y dejó el marco en su sitio—. ¿Y has visto esa de ahí?

Cogió una foto del fondo y también era de mamá y papá, echados en una cama de hospital con un bebé entre los dos. Estaban besando a la vez la cabeza del bebé.

—¿Soy yo o es Andy?

—Eres tú. ¿No lo adivinas por el pelo? —se rio la tía Mary—. Por eso te llamo monito, porque al nacer eras peludo como un monito.

—¿Dónde estaba Andy?

—Con nosotros. Con tu tío y conmigo. Se quedó aquí unos días para que tus padres pudiesen estar contigo a solas.

—¿Se alegraron de tenerme?

—¡Que si se alegraron, dices! Estaban como locos. Fuiste su sorpresita especial —dijo la tía Mary.

—Claro, porque pensaban que solo iban a tener a Andy.

Mamá me había contado la historia un montón de veces: que Andy había sido su primer bebé, y que después el médico les había dicho que seguramente sería su único bebé porque a mamá le había pasado algo en el cuerpo. Pero luego me tuvieron a mí y fue una sorpresa enorme.

—Completaste la familia —dijo la tía Mary, y me dio un beso en la cabeza.

Vimos *Noche en el museo 3,* una de mis pelis favoritas. La tía Mary aún no la había visto, y se partía de risa. Era supergracioso verla reír, y me ayudó a que se me fuese el nudo de la garganta. La tía cogía un puñado de galletitas saladas y se las metía en la boca, y cuando salía algo gracioso, como cuando al malo se le empieza a derretir la nariz y se le queda colgando de la cara y ni siquiera se da cuenta, se reía y le salían volando trocitos de galletas de la boca, y los pendientes, que eran muy largos, se le movían mucho.

Después de la peli, la tía Mary se puso a quitar los cojines del sofá para prepararme la cama.

—¿Tía?

—Dime, cielo.

—Creo que voy a pasar miedo aquí en el sofá yo solito.

La tía Mary dejó de quitar cojines y me miró.

—Ah... Sí, claro.

—Creo que quiero irme a casa ya.

La tía Mary se acercó a mí, se puso de rodillas y me dio un abrazo. Olía bien, como a galletas o algo parecido.

—Ya lo sé, monito. Pero... esta noche, no, ¿de acuerdo? Es mejor que esta noche te quedes conmigo, ¿vale? ¿Qué podemos hacer para que no pases miedo?

—¿Qué tal si duermo en tu cama?

—Bueno, ¿por qué no? La verdad es que ya llevo demasiado tiempo durmiendo sola —dijo, y me sacó una almohada y una manta para mí solo y las puso en su cama pegadas a las suyas. La cama no era grande como la de mamá y papá, era pequeña, pero parecía supercómoda.

—¿Tía?

—Dime.

—A veces... a veces yo... tengo pesadillas en medio de la noche. Sobre el pistolero y todo eso. Y... y a veces, sin querer, me... —Noté que la cara se me ponía caliente.

—Ah. Bueno, eso le pasa al más pintado, ¿no? Se me ocurre

una idea. Tú no te preocupes. —Sacó una toalla grande del armario y la metió debajo de la sábana—. Ya está. Mira qué fácil.

Me puse el pijama, y al quitarme el pantalón se me cayó del bolsillo el amuleto de la señorita Russell. Antes, mientras me preparaba para irme a dormir a casa de la tía después de que se marchase el policía y de que mamá estuviese un buen rato riéndose, me había ido corriendo a mi guarida y había cogido a Clancy y el amuleto porque me los quería llevar a casa de la tía. Recogí el amuleto y lo dejé en la mesilla de noche.

—¿Qué tienes ahí?

—Es un amuleto que me dio la señorita Russell, mi profe.

—¿Puedo verlo? —preguntó la tía Mary, así que se lo di para que lo viera.

—Es precioso.

—Significa «amor y protección» —le expliqué—. Se lo dio su abuela, y le ayudaba cuando se ponía triste, porque se acordaba de que su abuela seguía cuidándola a pesar de que está muerta.

—¿Y te lo dio después de morir Andy? —preguntó la tía Mary, y respondí que sí con la cabeza—. Menudo detalle. Me encanta —dijo devolviéndome el amuleto.

La tía Mary se acostó al mismo tiempo que yo y al principio se me hacía raro estar tan juntitos en aquella cama tan pequeña, pero luego me gustó. Como entraba luz de la calle, no estaba demasiado oscuro, y la tía me contó historias graciosas sobre el tío Chip y nos reímos un montón.

—Tu tío estaba como una chota.

—¿Le echas mucho de menos?

—Ah, Zach, no sabes hasta qué punto echo de menos a ese chalado. Todos los días. Pero sé que está ahí arriba bromeando y poniéndolo todo patas arriba.

Sonaba triste, pero también como si estuviese sonriendo.

—Y cuidando a Andy.

—Sí, y cuidando a Andy.

—¿Te sabes nuestra canción de buenas noches?

—¿La que se inventó Mimi?

—Sí.

—Claro. ¡Me encanta esa canción! A ver, refréscame la memoria; ¿cómo la canta tu madre?

Se lo dije y la cantamos juntos varias veces poniendo mi nombre y el suyo.

40

Papá se va

Cuando ya llevaba dos noches durmiendo en casa de la tía Mary, vino papá. Se sentó en el sofá de la tía, y parecía otra persona distinta. Tenía pinta de estar cansadísimo. Su ropa estaba hecha un desastre, iba despeinado y no había vuelto a afeitarse.

Estaba tan distinto que me sentía cortado. Me quedé junto a la mesita mirando al suelo, porque no quería ver a esa persona nueva en la que se había convertido papá.

—Ven a sentarte a mi lado —me dijo con voz rasposa. Dio una palmadita al sofá. Fui y me senté, y noté que papá olía un poco mal. Dejé un hueco entre los dos. Papá miró el hueco y luego me miró a la cara.

—¿Te lo estás pasando bien en casa de la tía?

Me volví hacia la tía Mary, que me miró con una sonrisita desde la minicocina.

—Sí.

—Voy a dejaros un ratito a solas —dijo la tía, y se fue al dormitorio. Yo no quería que se marchase.

—Campeón, tengo... tengo que hablarte de una cosa —dijo papá meneando sin parar la rodilla derecha.

Adiviné que lo que quería decirme no era algo bueno. Era malo, seguro. Empezó a dolerme la tripa.

—Es... Bueno, que cuando vuelvas a casa, cuando dejes de quedarte con la tía, a lo mejor mañana..., yo no estaré —hablaba deprisa y se le trababa la lengua.

—¿Dónde vas a estar? ¿En el trabajo? —pregunté. No sabía por qué había venido a decirme eso, si iba todos los días.

—No, o sea, sí, durante el día estaré trabajando, pero al salir tampoco volveré a casa. No voy a estar en... en casa durante una temporada.

La rodilla de papá se meneaba superdeprisa. Me mareaba verla y me molestaba, y quise decirle que dejase de mover así la pierna.

—¿Por qué no?

—Tu madre... Mamá y yo hemos decidido que será mejor que... que por ahora no viva con vosotros —dijo papá. Me hablaba sin mirarme, y no apartaba la vista de la rodilla temblona. Me dije que quizá él tampoco quería que se le moviera pero no sabía cómo hacerla parar.

—¿Ya no vas a vivir con nosotros?

La tripa empezó a dolerme tanto que se me llenaron los ojos de lágrimas.

—No. Al menos, por ahora.

—Aaay. —Me agarré la tripa con las dos manos para espachurrar el dolor.

—Lo siento muchísimo, peque. Me imagino que te cuesta entenderlo —dijo papá. Al ver que me estaba agarrando la tripa, se arrimó y me pasó el brazo por el hombro.

—¡No! —dije, medio gritando. El sentimiento de furia se me echó encima de golpe y me levanté de un salto—. ¿Por qué ya no vas a vivir en casa conmigo y con mamá? ¿Por qué iba a ser mejor así? ¡No es mejor!

Papá intentó cogerme la mano, pero no le dejé. El cuerpo entero me temblaba de furia, y notaba el calor y la tirantez de siempre.

—Sé que estás disgustado... —empezó a decir papá.

—¡Es por las tormentas, ¿no?! —chillé.

—¿Las tormentas? No te... ¿A qué te refieres?

—A las peleas entre tú y mamá, a todas esas tormentas que hacéis.

Papá se me quedó mirando y dijo en voz baja:

—Sí. Sí, es por eso.

—¿Y por qué tenéis que pelearos siempre? ¿Por qué no paráis y ya está? —grité. Me caían lágrimas calientes y rabiosas.

—No es... tan sencillo.

—Es porque a mamá le han dado con un palo, como a la serpiente. Y ahora se pasa la vida haciendo entrevistas estúpidas, y ya ni siquiera es buena. ¡La odio! ¡La odio a ella y te odio a ti!

Dije que odiaba a mamá y a papá un montón de veces. Lo dije a gritos, y me sentí un poquitín mejor. Papá tenía una cara muy triste, y eso también me hizo sentir mejor.

Jamás le había dicho a nadie «te odio». Andy solía decírselo a mamá, y a veces a papá, y me daba cuenta de que les hacía mucho daño, sobre todo a mamá. Me enfadaba con Andy por decirlo, pero ahora lo estaba haciendo yo y entendía por qué lo hacía él. Te sientes bien.

Papá intentó nuevamente cogerme la mano y acercarme a él. Seguía en el sofá y yo estaba de pie, así que éramos casi igual de altos. Usó las dos manos para secarme las lágrimas. Me salieron más y también me las secó. Otra vez más lágrimas, y vuelta a secarlas. Estuvimos así un ratito.

—No es solo por las entrevistas y todo eso —dijo papá—. Es que... mamá y yo tenemos que resolver algunas cosas, y viviendo juntos no podemos. No me voy lejos. Seguirás viéndome mucho, te lo prometo.

El sentimiento de furia se me empezó a pasar un poco, y luego, claro, llegó el sentimiento de tristeza, como siempre.

—Quiero irme contigo. No quiero quedarme en casa solo con mamá. ¡Quiero estar contigo!

Papá cogió aire. Al soltarlo me dio en la cara, y no olía bien. Olía a viejo. Di un paso atrás y ladeé la cabeza para coger aire fresco.

—Eso no puede ser, peque.

—¿Por qué no?

—Tengo que seguir yendo a trabajar, y... Mamá ha... Hemos pensado que en estos momentos es lo mejor para todos. —Otra vez se le trabó la lengua.

—No quieres que yo esté contigo. Compartí mi guarida contigo, te dejé entrar y ahora vas y te largas. ¡Ni siquiera quieres quedarte conmigo! —grité.

—Eso no es verdad —dijo papá—. Te quiero muchísimo. No sabes... No sabes cuánto lo siento. —Papá quiso abrazarme y me raspó con la barba.

Intenté escaparme del abrazo, pero papá me tenía bien agarrado. Me hacía daño en la espalda.

—¡Que me sueltes! —dije en voz muy alta.

—¡Por el amor de Dios, te he dicho que lo siento! —gritó papá, apartándome de un empujón. Me caí de culo sobre la mesita. Papá se levantó y ahora era yo el que estaba sentado y él el que estaba de pie, y ya no teníamos la misma altura.

La tía Mary salió del dormitorio y miró a papá con cara de enfado.

—Me parece a mí que ya basta, ¿no? —dijo.

Era la primera vez que oía a la tía Mary decir algo con voz enfadada. Papá y ella se miraron, y después papá dio un paso atrás y volvió a sentarse en el sofá.

—Tengo que irme, Zach —dijo. Ya no hablaba fuerte; le salió una voz cansada y lenta—. ¿Me miras un momento? —Pero no le miré—. Siento muchísimo que estés tan... tan disgustado. Nos vamos a ver dentro de poco, ¿vale?

No le respondí, y durante un ratito nadie dijo nada.

—Hala, me voy ya... —Papá se levantó y se acercó a la puerta. Mis ojos querían seguirle, pero no les di permiso. Oí que se abría la puerta—. Adiós, Zach —dijo papá, y tampoco entonces hablé ni le miré, aunque me costó muchísimo.

Oí el clic de la puerta. Me quedé quieto un rato más, pero de repente sentí que no quería que papá se fuese. Me levanté de un salto, salí corriendo a la puerta y chillé:

—¡Espera, papá, espera!

Pero el pasillo estaba vacío y papá se había marchado.

41

Maldita sopa

La tía Mary me llevó a casa en su coche, y cuando aparcó me sentí como si no quisiera volver. No quería estar en casa a solas con mamá, y papá no iba a venir después del trabajo.

—Quiero quedarme en tu casa y dormir más noches contigo —le dije a la tía cuando empezaba a bajarse del coche.

La tía Mary dejó su puerta abierta, pero se dio la vuelta y me miró.

—Ya lo sé, monito, y pronto podrás volver. Pero hoy no, ¿vale? Tu madre está en casa esperándote, así que vamos a entrar, ¿te parece?

Yo seguía sin querer entrar, pero la tía Mary se bajó del coche y dio la vuelta para abrirme la puerta. Me tendió la mano y se la cogí. No me soltó hasta que llegamos a la puerta de casa.

Ni siquiera habíamos llamado al timbre cuando se abrió y salió mamá. Parecía muy cansada, igual que papá cuando había venido ayer al apartamento de la tía. Me miró con una sonrisa triste y abrió los brazos, así que di un paso hacia ella y me abrazó. Pero seguí agarrado a la mano de la tía Mary. No quería soltársela.

—Gracias, Mary —dijo mamá, y la tía me soltó.

—Tranquila. De nada —dijo la tía Mary. Bajó los escalones del porche y se metió por el caminito para volver al coche, pero de repente se dio la vuelta—. Oye, Zach, llámame cuando quieras, ¿vale? Llama si... Cuando te apetezca, ¿de acuerdo?

Después se subió al coche y se fue. La garganta me empezó a doler y se me llenaron los ojos de lágrimas.

—Bueno, tesoro mío, me alegro de tenerte en casa. Me sentía sola sin ti —dijo mamá—. Te he preparado la cena. Sopa de fideos con pavo, de las sobras. El año pasado te gustó, ¿te acuerdas? —no dije nada porque me dolía la garganta—. Venga, vamos dentro. Hace un frío que pela.

Nos sentamos en la cocina con nuestros boles, y aunque la sopa olía de rechupete, no me la tomé. Mamá me acarició la espalda.

—Venga, Zach, tómate la sopa. Está muy rica.

Cogí la cuchara y removí los cachitos de pavo, pero seguí sin probarla.

—Ya sé que te cuesta entender todo esto, peque. Es todo muy complicado, ¿no? —preguntó mamá, sin dejar de acariciarme la espalda. Me daba gustito, y se me volvieron a llenar los ojos de lágrimas—. Ah, por cierto, quería hablar contigo de una cosa. ¿Te acuerdas de cuando hablamos del doctor Byrne y dijimos que quizá no estaría mal que fueras a verle?

Me puse muy tieso.

—Pero dijiste que no había que decidirlo ahora mismo. Pedí perdón —dije con voz chillona, seguramente por lo mucho que me dolía la garganta.

—Cariño, por favor, intenta no agobiarte tanto con esto. Has tenido... Lo has pasado muy mal. Creo que... que el doctor Byrne podría ayudarte mucho hablando contigo de cómo te sientes... Eso es bueno.

—¡No! —dije, y la voz me salió más fuerte y menos chillona—. No quiero ir. Quiero... ¿Cuándo va a volver papá?

—No va... Por ahora no va a volver. Te lo ha explicado, ¿no? —preguntó mamá sonriéndome, pero la sonrisa me pareció un poco falsa. Su voz también era distinta de su voz habitual, como si fuera amable de mentirijillas.

—Sí.

—Bien. Vale. Le vas a seguir viendo. Vendrá... vendrá a recogerte el viernes y saldréis a hacer algo divertido o lo que sea, ¿de acuerdo?

Pero no estaba de acuerdo. No quería esperar al viernes a ver a papá, todavía faltaban cinco días. No quería estar cinco días en casa a solas con mamá.

—Quiero quedarme con papá —le dije, y la sonrisa falsa se le fue—. Quiero quedarme con papá y que luego vengas el viernes y me recojas.

Mamá me miró y los ojos se le pusieron pequeñitos.

—Zach, sé que ahora mismo estás disgustado. Yo también, y esto no es... Yo tampoco quiero que las cosas sean así. Pero estoy intentando ayudarte, estoy intentando... Te voy a llevar a ver al doctor Byrne, y es para que te ayude, nada más. ¿Vale? ¿Te tomas la sopa, por favor? Está muy rica, y a mamá le ha costado mucho hacértela. Conque ¿te importaría tomártela, por favor?

—¡No quiero tomarme tu maldita sopa!

Mamá se levantó de golpe, cogió mi bol y el suyo y los dejó de mala manera en la pila. Por el ruido que hicieron pareció que se rompían. Se dio media vuelta, se apoyó contra la pila y cerró los ojos. La miré. No sabía por qué estaba ahí de pie con los ojos cerrados de esa manera, pero de repente los abrió y me miró.

—Bien. Perfecto. Nada de sopa —dijo en voz baja—. Escucha, Zach, siento que estés tan disgustado, lo siento de veras. Pero tenemos que intentar que todo vaya bien, tú y yo. No puede ser que te enfades tanto conmigo, ¿lo entiendes? Te he pedido hora con el doctor Byrne para mañana. Es muy majo, ya lo verás. Te va a caer bien, ¿vale?

—¿Puedo irme arriba? —pregunté. Mamá no dijo nada. Se limitó a encogerse de hombros con cara de cansancio. Así que subí y me fui directamente a mi guarida, y encendí a Buzz. Luego me acordé de que me había dejado el amuleto de la señorita Russell y a Clancy abajo, en la bolsa que me había llevado a casa de la tía Mary, pero no quería bajar a por ellos y ver otra vez a mamá. De manera que me puse a morder la esquina del saco de dormir de Andy en vez de la oreja de Clancy. Mordía muy fuerte y oía el clic clac de los dientes. Si mordía tan fuerte era porque no quería echarme a llorar otra vez.

42

Al fin solo

Hay cuatro en la cama
y el pequeño exclama:
«¡Moveos! ¡Moveos!».
Todos se mueven y uno se cae.
Hay tres en la cama
y el pequeño exclama:
«¡Moveos, moveos!».
Todos se mueven y uno se cae.
Hay dos en la cama
y el pequeño exclama:
«¡Muévete, muévete!».
Todos se mueven y uno se cae.
Hay uno en la cama
y el pequeño exclama:
«¡Al fin solo!».

Diez en la cama es una canción que aprendí con la seño C. en infantil, y a la mañana siguiente, en la cocina, me vino de repente a la cabeza. Estaba mirando otra vez el calendario cuando empezó a sonar sin parar en mi cabeza, y se me hizo insoportable. El calendario seguía colgado de la pared, y pensé que antes éramos una familia de cuatro: cuatro personas en el calendario. Seguía igual, con las cuatro filas; nadie lo había cambiado.

Después nos quedamos con uno menos porque Andy se había muerto, y con otro menos cuando papá me dejó solo con mamá. Saqué el rotulador del cajón y taché la fila de Andy y la fila de papá. Ahora solo quedaba la fila de mamá y la mía. Iba a guardar otra vez el rotulador en el cajón, pero volví al calendario y taché también la fila de mamá. Porque mamá también era como uno menos. Era una menos porque se estaba portando muy mal, y era como si también ella hubiese desaparecido de la familia.

Mi amigo Nicholas tiene un perro. Se llama Terminator, pero le llaman Nate para abreviar. El nombre es gracioso, porque te piensas que va a ser un perro gigante y peligrosísimo y luego lo ves y es minúsculo y tiene un ladrido chillón que en vez de dar miedo da risa. El caso es que en su patio tienen una valla invisible, y Terminator lleva un collar especial. Cada vez que se acerca demasiado a la valla, le da una descarga eléctrica para que no se escape. Nicholas me dijo que la mayoría de los perros solo reciben un par de descargas y luego aprenden a no acercarse demasiado a la valla, pero que a lo mejor Terminator no era tan listo porque no paraba de recibir descargas. A veces nos quedábamos allí a mirarle, y reconozco que está mal, pero es que hacía gracia ver cómo le daban las descargas y salía por patas soltando sus ladriditos.

Pensé en Terminator y en la valla invisible, porque tenía la sensación de que ahora había una valla como aquella entre mamá y yo. Cada vez que me acercaba a mamá era como si recibiera descargas de su malhumor, y, aunque volví a intentarlo varias veces, al final fui más listo que Terminator y dejé de acercarme. Además, en realidad, ya no quería estar en el mismo lado de la valla que mamá.

Así que era por esto por lo que también mamá era una menos, y en consecuencia yo era el único que quedaba de los cuatro. Mi fila era la única del calendario que no estaba tachada, pero no la necesitaba porque no había nada que tuviese que recordar cada día de la semana. No hacía nada de nada, solo quedarme en casa, aunque ahora los lunes tenía que ir al doctor Byrne. Mamá me había llevado por primera vez esa misma mañana. No entró conmigo a ver al doctor. Se quedó fuera, sentada en una silla de la sala de espera. Me pareció raro. En la sala de espera había una máquina que hacía un ruido muy fuerte, como de lluvia.

Al principio no quería entrar yo solo a ver al doctor Byrne, pero la verdad es que era muy majo. Además, su consultorio no parecía un consultorio de médico. Parecía un cuarto de juegos. Tenía un montón de juguetes por todas partes y cojines grandotes de diferentes colores para sentarse en el suelo. Se sentó en un cojín naranja y me preguntó si quería jugar con los Lego. Eran de los grandes, de esos para bebés, no como los míos. Pero aun así me puse a construirlos con él, y lo único que hicimos fue armar torres de Lego y ver cuál se derrumbaba antes. Después, el doctor Byrne (dijo que no hacía falta que le llamase así, que podía llamarle Paul) dijo que era hora de irse y que si quería volver a la semana siguiente, y le dije que vale.

De manera que me pareció bien ir a ver a Paul los lunes si lo único que quería era que jugase con los Lego. No entendía cómo iba a ayudarme eso con mis sentimientos. Me dije que no iba a necesitar el calendario para acordarme de ir, así que cogí el rotulador y lo llené todo de rayajos.

Ese era yo, el pequeño de la canción, porque yo era el más pequeño de la familia y era el único que quedaba en la cama. Solo que, en la canción, el pequeño quería que eso pasara, quería estar solo. Por eso el final de la canción dice «¡Al fin solo!». Yo no quería que esto me pasase a mí, pero de todos modos me pasó. Así que ahora estaba como en una especie de cama gigante, demasiado grande y demasiado vacía, y a mi alrededor había un montón de espacio sin nada dentro.

La siguiente cosa mala que me pasó fue que la guarida dejó de servirme de ayuda. Después de llenar de rayajos el calendario, me fui a la guarida. Pensé que seguramente me gustaba estar allí porque era un espacio pequeño y, entre mis papeles de sentimientos, mi foto con Andy, mis libros, el amuleto de la señorita Russell, Clancy, Buzz y yo, lo ocupábamos del todo. Y Andy. Porque Andy estaba allí conmigo de mentirijillas, y cuando me metía en la guarida era como si todavía hubiese dos en la cama.

Entré y cerré la puerta, como siempre. Encendí a Buzz y me senté sobre el saco de dormir de Andy, como siempre. Hice todo lo que hacía siempre, y todo tenía el mismo aspecto de siempre. Pero, a diferencia de las otras veces, no empecé a sentirme mejor. El miedo y la soledad de fuera de la guarida entraron conmigo, y no se iban. Cerré los ojos y traté de pensar en la caja fuerte de la cabeza, y me dije que lo que tenía que hacer era meter dentro los sentimientos malos. No sirvió de nada. Abrí otra vez los ojos y de repente supe qué había cambiado.

Andy ya no estaba allí. Se había ido. Ya no podía sentirle.

—¿Andy? —dije, sabiendo que no estaba. Empecé a llorar y a gimotear muy fuerte—. Por favor, Andy, vuelve. Porfa, porfa, porfa. —Cogí el amuleto del ala de ángel y me puse a frotarlo. Esperé y le pedí mil veces a Andy que volviese, pero todo siguió igual.

Me metí el amuleto en el bolsillo del pantalón, quité de la pared mi foto con Andy y me la apreté contra el pecho. Después me levanté, salí del armario y cerré la puerta.

43

Globos para recordar

Era el 6 de diciembre, lo cual significaba que solo faltaban tres semanas, ni eso, para Navidad, y también que habían pasado exactamente dos meses desde que el pistolero vino y mató a Andy. En McKinley se iba a celebrar una ceremonia especial de recuerdo. Mamá, papá y yo íbamos a ir juntos; iba a ser la primera vez que estábamos juntos desde que papá se marchó.

Papá se pasó a buscarnos por la mañana, y cuando entró en casa fue como si viniera de visita. Mamá le dijo que llegaba tarde, y después, de camino a McKinley, nadie habló en el coche. Papá tuvo que aparcar lejos del cole porque había coches aparcados por todas partes.

—Hace media hora que deberíamos haber llegado —dijo mamá, y echó a andar hacia el colegio con pasos rápidos y largos.

Se iba sujetando el sombrero con una mano, y su aliento iba dejando el aire de color blanco. Papá y yo íbamos detrás, y tuve que ponerme a trotar porque mamá iba muy deprisa. Doblamos la esquina donde están ese depósito de agua tan grande y la cancha de baloncesto y, ¡zas!, apareció McKinley. Estaba como siempre, pero tenía un aire distinto. Como de un lugar en el que no hubiese estado nunca.

Al ver McKinley dejé de trotar y me puse a andar muy despacito. Mamá no se dio cuenta. Siguió andando deprisa y el hueco entre ella y yo se fue haciendo cada vez más grande, pero papá volvió la cabeza.

242

—¿Vienes, Zach?

Me detuve y me quedé mirando el edificio, y de repente todas las ventanas parecían ojos o yo qué sé qué. Daba la impresión de que todas me miraban. Se me pusieron los pelos de punta.

—No quiero entrar —dije.

—Chicos, venga, aligerad. Bastante tarde es ya —nos dijo mamá.

Papá levantó una mano como diciendo «para un segundo», pero mamá puso cara de enfado, se dio la vuelta y siguió andando.

Papá volvió hasta mí y me pasó un brazo por el hombro.

—Casi mejor que no entremos —dijo—. La ceremonia va a ser al aire libre, y falta poco para que empiece, ¿vale? —Seguimos a mamá, y me esforcé por no mirar aquel edificio lleno de horripilantes ojos ventana.

Había gente por todas partes delante del colegio. Algunas personas estaban en el césped y en el camino circular, y otras muchas en la cancha de al lado del patio de infantil. Vi que había gente con enormes bolsas de plástico flotantes que estaban llenas de mogollón de globos blancos. Parecían enormes nubes blancas. En la acera de enfrente había un montón de furgonetas de prensa y periodistas con micrófonos. Algunos estaban entrevistando a la gente. Distinguí a la señorita Wanda. Estaba apoyada contra una furgoneta que llevaba escrito *canal 4* en el lateral, pero no estaba entrevistando a nadie, estaba leyendo algo. Me alegré de que no levantase los ojos y me viera, por lo que había pasado en casa. Intenté localizar a Dexter, pero no se le veía por ningún sitio.

Mamá estaba ahora en la cancha, abrazando a gente y hablando. Vi a Abu y a la tía Mary a un lado de la cancha. La tía Mary sonrió y me saludó con la mano. Papá y yo nos acercamos y la tía me dio un abrazo.

—Qué tal, monito —me susurró a la oreja.

Después nos quedamos allí mirando a mamá, y nadie dijo ni mu. Miré alrededor por si veía a la señorita Russell, pero no la encontré.

—Eh, Zach, cariño —oí que decía una voz a mi lado. Al darme la vuelta vi a la señora Stella, la señora de secretaría, y me sonrió. Era una sonrisa triste—. ¿Qué tal estás? Este es tu papá, ¿no?

—Sí —dijo papá.

—Le acompaño en el sentimiento, señor Taylor —dijo la señora Stella, y se dieron un apretón de manos.

Yo no sabía por qué la gente nos seguía diciendo eso. Hacía dos meses que Andy había muerto, pero la gente nos seguía diciendo «Lo siento» y «Le acompaño en el sentimiento». Era como Año Nuevo. A veces, cuando no ves a una persona el día de Año Nuevo y luego vas y la ves un poco después, o incluso mucho tiempo después, te suelta «¡Feliz año nuevo!»; lo sigue diciendo a pesar de que hace mucho que empezó el año.

—Gracias —dijo papá—. Le presento a mi madre. Y a mi cuñada.

Abu y la tía Mary también le dieron un apretón de manos a la señora Stella.

—¿Han cogido ya el pin de la esperanza y el apoyo? Aquí tienen —dijo la señora Stella, y nos dio a cada uno un pin blanco y brillante que tenía forma de lazo pero era de metal. Papá me ayudó a ponerme el mío en la chaqueta. Toqué el lazo; estaba frío y era muy lisito.

—No olviden coger un globo al final de la ceremonia. Vamos a soltarlos todos a la vez para recordar... a tu hermano y a los demás. Ya verás qué bonito —me dijo la señora Stella.

La tía Mary me miró como diciendo «¿A que sí?» y me hizo sonreír, así que rápidamente bajé la vista a mis pies.

Busqué a mamá con la mirada. La vi al otro lado de la cancha hablando con la mamá de Juliette, del grupo de los supervivientes. Detrás de ellas estaba la valla del patio, tapada por fotos enormes. Me fijé en que eran fotos de todas las personas a las que había matado el pistolero. Delante de las fotos había flores blancas, y en medio había un atril con un micrófono. Intenté encontrar la foto de Andy entre todas las demás, pero debía de haber alguien tapándomela porque no la vi. La que sí que vi fue la foto de Ricky. Estaba justo al lado del micrófono. Y al lado de la de Ricky había una foto más pequeña de su madre, porque ahora también ella estaba muerta.

El señor Stanley se puso detrás del micrófono.

—Buenos días a todos —dijo, y el micrófono soltó un pitido muy alto que me hizo daño a los oídos. Tocó unos interruptores redondos de un altavoz que había al lado del micrófono—. ¿Mejor así? —preguntó, y sí, sonaba mejor—. Estamos listos para empezar. ¿Les importaría acercarse aquí delante y sumarse a nosotros?

Hizo una seña a las personas que seguían en el césped y en el caminito circular. Empezaron a venir, y los periodistas también se acercaron. La gente se fue apelotonando por delante y había demasiada. Y además ya no veía al señor Stanley ni a mamá porque los adultos que tenía delante eran superaltos.

—Como saben, en el día de hoy se cumplen dos meses de la terrible tragedia de McKinley que cercenó diecinueve vidas, las vidas de miembros de nuestras familias, amigos y colegas —oí que decía el señor Stanley por el micrófono—. Quisiera comenzar nuestra ceremonia de homenaje con un minuto de silencio para recordar a todos y cada uno de ellos.

A continuación se hizo un gran silencio y vi que a mi alrededor todo el mundo tenía la cabeza bajada y los ojos cerrados. No sabía qué hacían. Miré a papá y me guiñó un ojo.

Después, el señor Stanley soltó un discurso en el que habló de todos a los que había matado el pistolero, y fue diciendo sus nombres. Cuando llegó a Andy, papá me apretó la mano por dentro del guante. Empezaba a notar los pies fríos. Al acabar de decir los nombres, el señor Stanley dijo que le cedía el micrófono al alcalde, el señor Rudy Murray, que también iba a pronunciar unas palabras. Habló otra voz distinta, una voz muy grave. El alcalde es el jefe de la ciudad; quise ver qué aspecto tenía.

—¿Me subes, papá? —Papá me cogió por los sobacos y me aupó. El alcalde llevaba un traje negro y una corbata roja, y casi no tenía pelo en la cabeza, solo por la parte de atrás. Era muy alto, más alto incluso que el señor Stanley, así que tenía que encorvarse para llegar bien al micrófono. Se veía que le brillaba la cabeza por arriba, y parecía una persona normal, no el jefe de una ciudad entera.

Miré hacia donde estaba mamá y vi que Mimi se había puesto a su lado. Mamá no se estaba fijando en el alcalde, sino que miraba en dirección contraria, a un punto detrás de nosotros. Al volverme para ver qué miraba, vi a la mujer de Charlie en medio del césped, un poco apartada del resto de la gente. Justo entonces papá volvió a dejarme en el suelo.

Le tiré de la manga para que bajase la cabeza y le susurré al oído:

—También ha venido la mujer de Charlie.

Papá volvió a erguirse, miró hacia atrás y acto seguido miró hacia donde estaba mamá. Cerró los ojos y dijo:

—¡Mierda!

El alcalde siguió soltando su discurso delante del micrófono, pero, de repente, vi que mucha gente empezaba a girar la cabeza y a susurrar y que varias personas se apartaban a un lado, apretujándonos todavía más.

Entonces oí la voz de mamá.

—¡Mary! —dijo muy alto.

La gente seguía cambiándose de sitio, y cuando volví a oír la voz de mamá, ya no venía de la parte de delante, donde estaba antes, sino que se iba desplazando hacia la parte de atrás, hacia el sitio donde estaba la mujer de Charlie.

—¡Mary! —gritó de nuevo mamá—. ¡Cómo te atreves a presentarte aquí!

—Santo cielo —oí decir a Abu detrás de mí.

El alcalde seguía hablando, pero fue bajando la voz hasta que se calló. Ahora todo el mundo se había dado la vuelta y estaba mirando hacia detrás de nosotros. Seguía sin poder ver nada, así que intenté abrirme paso entre la gente para irme atrás, al sitio donde había oído la voz de mamá.

Mamá y la mujer de Charlie estaban en la explanada, un poco

separadas y mirándose a los ojos, y era como si fuesen a pelearse allí mismo, en medio del césped, donde todo el mundo iba a verlas.

Algunos periodistas también se estaban dando la vuelta, y fue entonces cuando vi a Dexter. Estaba a un lado de la explanada y tenía una cámara apuntando a mamá y a la mujer de Charlie. Noté que se me echaba encima el sentimiento de furia. La señorita Wanda estaba a su lado poniendo cara de emoción. De emoción contenta.

—¡Cómo os atrevéis a venir hoy aquí! —le gritó mamá a la mujer de Charlie, y dio la impresión de que estaba a punto de abalanzarse sobre ella.

—¡Para! —dijo la mujer de Charlie. No gritó como mamá, pero lo dijo bien alto para que todo el mundo la oyera—. Tienes que parar —dijo. Dio un paso hacia mamá con las manos tendidas—. Por favor, ¿por qué nos haces esto?

—¿Que por qué os hago yo esto *a vosotros*? —mamá soltó una risotada. No me gustó cómo sonó. Sonó un poco como a risa de bruja. Se dio la vuelta y miró a todos los que estábamos en la cancha—. ¡Quiere que *yo* pare de hacerles algo *a ellos*!

—Dios mío —dijo papá en voz baja por detrás de mí.

Me volví y vi a Mimi al lado de papá. Se estaba tapando la boca con las manos y le caían lágrimas a borbotones. Alguien a mi lado dijo: «Qué horror».

No quería que mamá hablase de aquella manera ni que se riese como una bruja. Todas las cámaras apuntaban hacia ella, para que también la gente que estaba viendo la tele se enterase de cómo se estaba portando.

—Te estoy pidiendo que, por favor, nos dejes en paz. Estamos... Nuestra familia también está sufriendo. Déjanos vivir, por favor —dijo la mujer de Charlie agarrándose las manos delante del pecho, como si estuviera rezando.

—¡Vaya por Dios! ¡Qué cosas! —chilló mamá—. Ellos también están sufriendo. ¿Lo habéis oído todos? También están sufriendo. Y todo por lo que les estoy haciendo yo.

Mamá soltó su risa de bruja otra vez, y su voz ni siquiera parecía la suya.

—¿Ves esto? —le dijo a la mujer de Charlie, señalando a toda la gente con un gesto de la mano—. Todo esto es por vuestra culpa. ¡Por lo que *vosotros* nos habéis hecho a *nosotros*! ¡Por... por el monstruo que criasteis y porque no se lo impedisteis!

A nuestro alrededor, mucha gente dijo «Ay» y «Ay, Dios mío», y fue entonces cuando la mujer de Charlie se desplomó. Cayó de rodillas y se tapó la cara con las manos.

—¡Tenéis que marcharos! —le gritó mamá.

Papá me apretó el hombro y echó a andar hacia mamá. Llevaba la cabeza gacha, como si esperase que de esta manera nadie fuese a verle. Llegó hasta mamá y le habló en voz baja y quiso tocarle los brazos.

—¡NO! —dijo mamá a grito pelado, apartándole de un empujón—. ¡Tú a mí no me dices que me tranquilice!

Papá intentó agarrarla del brazo y la miró con cara de enfado, pero mamá se zafó bruscamente. Los ojos se le salían de las órbitas y le temblaba todo el cuerpo.

Una mujer se acercó a la mujer de Charlie, la ayudó a levantarse y se fueron las dos hacia los coches. Papá se acercó más a mamá y le habló otra vez, y mamá se dio la vuelta y se alejó de él. Papá me hizo una seña para que fuera y eso hice, y mientras cruzaba el césped era como si la cara, el cuello y el cuerpo entero me ardieran por el zumo de tomate derramado. Notaba que todos los ojos estaban puestos en mí.

Miré a Dexter. Su cámara seguía apuntándonos, a papá y a mí, mientras seguíamos a mamá al coche.

Estuvimos mucho rato sentados en silencio en el coche, y no entendía por qué no arrancábamos. Me puse a mirar por la ventanilla y, de repente, vi una gran nube blanca subiendo al cielo por detrás del depósito de agua. Eran los globos para recordar. Vi que subían muy muy alto, y parecía como si fueran a llegar hasta el cielo.

44

Medio segundo de fama

El día después de la ceremonia de recuerdo, por la mañana, llegaron unas furgonetas nuevas y aparcaron enfrente de casa, como cuando la furgoneta del canal 4 vino y aparcó enfrente para la entrevista. Estuve un rato mirándolas desde mi ventana, pero no pasaba nada y no se bajaba nadie. Simplemente, se quedaron allí aparcadas. Me alegré, porque si algo tenía claro era que no pensaba volver a hacer una entrevista. Pero me preguntaba qué estarían haciendo allí, y al cabo de un rato se me hizo aburrido.

Bajé a buscar a mamá para preguntarle qué hacían allí las furgonetas. Estaba en el cuarto de estar, viendo la tele. Me senté a su lado en el sofá. Era como si mamá se hubiese vuelto famosa o algo así, porque se estaba viendo a sí misma. Eran las noticias, y eran sobre la ceremonia de recuerdo y la pelea entre mamá y la mujer de Charlie en el césped. No me gustó volver a verlo todo: ver a mamá gritando: «¿Lo habéis oído todos? Ellos también están sufriendo» y riéndose con la risa de bruja. Y después dijo aquello de que la mujer de Charlie había criado a un monstruo, y la mujer de Charlie se cayó en el césped.

Y entonces salí yo. Estaba ahí, en la tele, andando por el césped detrás de papá. La tele hizo una especie de zum y sacó mi cara, que estaba roja como un tomate. Era de cuando Dexter me había apuntado con la cámara directamente, y había hecho algo para que mi cara saliera muy de cerca. La cara me ardió al ver lo roja que salía en las noticias. Se me llenaron los ojos de lágrimas. Odiaba a Dexter por haberme hecho eso.

Las noticias pasaron de mi cara a la señorita Wanda. Llevaba un micrófono y estaba hablando con una mujer, y vi que era la mujer que se había acercado a la mujer de Charlie y la había ayudado a levantarse.

—No sé, yo creo que está llevando las cosas demasiado lejos —le dijo la mujer a la señorita Wanda.

Nada más decirlo, los globos para recordar empezaron a subir al cielo por detrás de ellas, así que las imágenes eran de cuando estábamos metidos en el coche después de marcharnos de la ceremonia. La tele sacó a la mujer y a la señorita Wanda volviéndose para ver los globos. Sonrieron con cara de pena, y después la mujer siguió hablando:

—Es decir, no hay palabras para describir lo que están sufriendo ella y su familia después de haber perdido así a su niñito. Pero es que no creo que esto pueda ayudar a nadie, la verdad. No le va a devolver a su hijo. Y la otra familia también merece nuestra compasión, ¿sabe? Yo lo único que digo es que entiendo a las dos partes.

La señorita Wanda, poniendo cara seria, dijo que sí con la cabeza.

Mimi entró al cuarto de estar. Ni siquiera sabía que estuviera en casa.

—Cariño, ¿por qué sigues viendo esto? Van a estar repitiendo lo mismo hasta el infinito.

Mamá, sin apartar los ojos de la tele, dijo:

—¿Tú te crees? ¡Joder con Michelle, sería capaz de cualquier cosa por medio segundo de fama!

Mimi me miró, seguramente por la palabrota que había dicho mamá. Suspiró despacito.

—¿No crees que te vendría bien tomar un poco de distancia, dejar que pase el tiempo? Estás exhausta, cielo.

Mamá bajó la mirada y estuvo un rato en silencio, y vi que le caían lágrimas de los ojos a las rodillas.

—Pero ¿qué puedo hacer para dejar que pase el tiempo? —dijo mamá. Se secó las lágrimas, pero seguían cayéndole—. Sí, estoy exhausta, no puedo más. Pero ¿qué se supone que debo hacer? ¿Pasar página? ¿Aceptar que su hijo nos ha hecho esto?

Le salieron unos ruiditos ahogados, como si estuviese intentando contener el llanto, pero aun así le salió. La cara se le había llenado de puntitos rojos.

—No sé, tesoro —dijo Mimi. Le temblaba la voz—. Pero no soporto ver cómo te consumes. Bastante duro es todo.

—Casi parece... casi parece que los estén retratando como si fueran ellos las víctimas —dijo mamá señalando la tele—. Mira, lo del otro día lo cuentan en plan sensacionalista. Como si Mary fuese la víctima. ¡Pero si lo hizo su hijo! Sé que esto que estoy haciendo no nos va a devolver a Andy. ¡Lo sé! No sé qué hacer... —dijo mamá, y se levantó y se fue corriendo a la cocina. Mimi me miró con cara de pena y me pasó la mano por el pelo. Después siguió a mamá a la cocina.

Me quedé en el sofá sin quitar ojo a la tele. Estaban los anuncios, pero después volvieron las noticias. Ya no hablaban de mamá y de la mujer de Charlie. Salía un cementerio de noche; estaba oscuro y costaba verlo, pero parecía el cementerio al que habíamos ido para el funeral de Andy. Reconocí el camino en el que habían aparcado todos los que vinieron al funeral y en el que papá y Mimi habían tenido que sostener a mamá por los lados y meterla en nuestro coche porque la pesada manta de tristeza no la dejaba mantenerse en pie.

Ahora solo había un coche aparcado, y un hombre se estaba acercando a él. La tele le enfocó y vi que el hombre era Charlie. Se sacó las llaves del bolsillo y trató de abrir la puerta, pero de repente se le cayeron al suelo.

—Charlie, ¿podemos hablar contigo un momento? ¿Charlie? —oí que decía una voz, o puede que fueran dos porque el segundo «Charlie» sonó distinto.

Mientras Charlie se agachaba a coger las llaves, se le acercó un hombre. Llevaba un micrófono, así que era de las noticias. Le alumbraba un foco y la luz iluminaba también la oscuridad que le rodeaba. Cuando Charlie se volvió a erguir, el hombre de las noticias le plantó delante el micrófono. Charlie parpadeó porque la luz le daba directamente en la cara. Parecía incluso más viejo que cuando vino a casa y mamá le habló de aquella forma tan borde. Se le notaban todos los huesos de la cara, y la piel de alrededor de los ojos estaba oscura.

—Charlie, ¿quiere hacer algún comentario sobre las acusaciones contra usted y su esposa por parte de varias familias de las víctimas? —preguntó el hombre de las noticias.

Charlie no dijo nada. Se limitó a apartar la cabeza del foco despacito y miró al hombre como intentando adivinar quién le hablaba. Después se volvió y abrió la puerta del coche, y esta vez no se le cayeron las llaves. Subió y cerró. El coche empezó a alejarse lentamente, y el hombre de las noticias le dijo al micrófono:

—Todos los días, al atardecer, Charlie Ranalez, el padre de Charles Ranalez júnior, el pistolero de McKinley, viene a visitar la tumba de su hijo. No ha pasado ni un solo día que no haya...

—¿Zach? —dijo Mimi desde la cocina.

No respondí. Quería oír qué decía el hombre de las noticias sobre Charlie. Pero entonces vino Mimi, cogió el mando de donde lo había dejado mamá en el sofá y apagó la tele justo a la mitad de lo que me interesaba.

—Ha venido tu padre a llevarte a desayunar. Vamos a prepararnos, ¿vale? —dijo Mimi.

Se me había olvidado que hoy tocaba desayunar en el restaurante con papá. Los domingos me recoge y vamos a desayunar allí. Era una especie de tradición nueva y a la vez antigua: antes íbamos todos, Andy, mamá, papá y yo, pero ahora papá y yo nada más.

«¡Puerta principal!», dijo la voz de mujer robot en la cocina, y a continuación se oyó un fuerte portazo.

—Dios mío —dijo Mimi, y nos fuimos a la cocina.

Entró papá desde el pasillo. Venía con cara de enfadado.

—¿A ti también te han acosado al llegar? —le preguntó Mimi.

—Todo esto es ridículo, maldita sea —dijo papá—. Se están sacando las cosas de quicio. —Y después, bajando la voz, preguntó—: ¿Zach ha salido?

—No.

—Madre mía. Bien —y después se acercó a mí y dijo—: ¿Sabes qué, Zach? Va a ser mejor que hoy nos saltemos lo de salir a desayunar, ¿vale?

No sabía por qué, de repente, papá no quería salir a desayunar. Menos el ratito de la ceremonia, no le había visto en toda la semana. ¿Por qué venía a casa si no quería que saliésemos? Sentí la furia en la tripa, y los ojos se me llenaron de lágrimas.

—Mira, ven a que te enseñe una cosa —dijo papá.

Se fue a la ventana que daba a la calle y descorrió un poquito la cortina. Vi las furgonetas de las noticias que seguían aparcadas enfrente de casa, y ahora también había gente: un hombre con una cámara y otro con un micrófono. Estaban al lado de una de las furgonetas mirando la casa. Reconocí al del micrófono, era el mismo que había visto en las noticias, el que le había hablado a Charlie en el cementerio.

Papá soltó la cortina y se volvió.

—¿Ves a esos tipos de ahí? Quieren conseguir que hablemos con ellos y se están poniendo un poco pesados. Por eso creo que es mejor que hoy te quedes aquí. ¿Lo entiendes?

—Vale —dije, y pensé en Charlie parpadeando en el cementerio a la luz del foco y en el aspecto que tenía su cara: vieja, triste, asustada.

45

Haz algo

Después de que papá se marchase, me fui al piso de arriba, y cuando iba por el pasillo oí unos ruiditos que venían del cuarto de Andy. Eran ruiditos como de alguien llorando, pero sonaban como si estuvieran superlejos o debajo del agua. Me paré a escuchar, pero no pude identificarlos. Era un «uhuu, uhuhuhu» como de fantasma. Se me puso la carne de gallina.

Al rato, pararon. Me acerqué más a la puerta de Andy y me asomé. No había nadie. Pensé que a lo mejor me lo había imaginado todo, pero, justo cuando lo estaba pensando, volvieron a empezar. Miré hacia el lugar de donde venían. Era la litera de arriba.

Vi la parte de atrás de la cabeza de mamá. Tenía el pelo desparramado por la almohada de Andy. Entré de puntillas y me acerqué a la cama para ver qué hacía mamá ahí arriba, pero no la veía bien, estaba demasiado alta, así que subí muy despacito los dos primeros peldaños de la escalerilla.

Estaba echada debajo de la manta de Andy, y temblaba como un flan. Tenía la almohada de Andy agarrada con las dos manos, apretada contra la cara. Gemía y lloraba con la cara hundida en la almohada; por eso me había sonado a que los ruidos venían de lejos. Al verla llorar allí tumbada, se me puso un nudo muy gordo en la garganta.

Subí el resto de los peldaños y me tumbé en la cama de Andy, al lado de mamá. Mamá soltó la almohada y me miró. Tenía la cara roja y mojada, y sus ojos también estaban rojos por dentro. Alargué la mano y le toqué la cara. Estaba muy caliente y sudorosa. Tenía el pelo mojado y pegado a la cara por el sudor, o puede que fuera por las lágrimas, no sé.

—¿Estás bien, mami? —dije, y las palabras me salieron como un susurro.

A mamá se le llenó la cara de arrugas. Levantó la manta de Andy y me tumbé debajo, a su lado. Mamá me abrazó y me arrimó a ella, y juntamos las frentes.

Me estaba asando debajo de la manta porque me llegaba todo el calor que salía del cuerpo de mamá. Tenía los ojos cerrados y respiraba muy deprisa. Su aliento me daba justo en la cara, pero no me aparté. Estaba llorando a mares, y dejaba que las lágrimas le resbalasen por la nariz y cayesen sobre la almohada de Andy.

—¿Mamá? —susurré.

—¿Sí? —dijo ella, pero no abrió los ojos.

—¿Estás llorando por las noticias? ¿Por lo que decían de ti la señorita Wanda y la otra señora?

Mamá abrió los ojos y me miró con una sonrisita triste.

—No, cariño, eso no importa. Es que... echo tanto de menos a tu hermano, ¿sabes? ¡Le echo tanto de menos!

Me abrazó más fuerte y nos quedamos callados. La oí llorar en silencio y volví a pensar en lo que había visto de Charlie en las noticias.

—¿Vas a seguir enfadada por lo de Charlie?

Mamá soltó mucho aire por la nariz, despacito.

—Buff, Zach —dijo, y no era una voz enfadada, solo cansadísima—. No quiero estarlo..., pero es culpa suya que Andy ya no esté aquí con nosotros.

—Pero es que yo creo que Charlie se siente fatal por eso.

—Puede ser.

—Sí. Yo lo sé. Y él también está triste, igual que nosotros.

—¿Ah, sí? —dijo mamá. Apartó un poquito la cabeza y nuestras frentes dejaron de tocarse—. ¿Cómo lo sabes?

—Es amigo mío. Yo soy su supercolega. Y tú también eres amiga suya, ¿no? Hizo la carrera de sacos contigo.

—Eso fue hace mucho mucho tiempo.

—Somos sus favoritos del cole.

—Venga, Zach, eso se lo dice a todo el mundo —dijo mamá, y volvió a cerrar los ojos. Pensé que no era verdad; no se lo decía a todo el mundo, solo a nosotros.

La respiración de mamá salía y entraba lentamente, y me di cuenta de que se estaba quedando dormida. Seguí tumbado a su lado, muy quietecito. Me gustaba estar allí con ella; hacía mucho tiempo que no estábamos así, desde que la dieron con el palo.

Al cabo de un rato empezó a hacer demasiado calor debajo de la manta. Me levanté despacio para no despertar a mamá y bajé por la escalerilla. Volví al piso de abajo. Mimi estaba preparando la cena en la cocina. Había espaguetis con salsa roja, y Mimi me dejó ayudarla a preparar la ensalada: di vueltas a la lechuga con el escurridor y corté los pepinos. Cuando ya casi habíamos terminado de hacer la cena, mamá bajó también. Tenía el pelo revuelto por un lado y los ojos rojos e hinchados por fuera. Se sentó en un taburete, apoyó la barbilla en las manos y las manos sobre la barra, y nos miró con una sonrisa triste mientras hacíamos la cena.

Nos sentamos a la mesa del comedor y empezamos a cenar, pero nadie hablaba. Mamá tampoco probó bocado esta vez, lo único que hacía era toquetear los espaguetis con el tenedor. Sonó el teléfono en la cocina y se levantó a cogerlo. Unos minutos después, volvió a la mesa.

—Bueno, los Eaton dicen que siguen pensando venir mañana con el abogado —dijo mientras se sentaba.

Mimi apretó los labios y se le quedaron muy finitos.

—Cariño, estaba preguntándome... ¿Has pensado en aquello que hablamos... en que quizá te convendría empezar a ver esto de otra manera, dejar de centrarte en Charlie y Mary? El grupo que te mencioné, Madres en Acción... Están haciendo cosas importantes. Usa tu voz, únete a ellas para intentar evitar...

—Ya lo sé... Vamos, que sí, que quiero hacerlo —dijo mamá—. Pero no ahora mismo. Ahora no quiero pensar en eso.

—¿Quién va a venir? —pregunté.

—Ah, esto... Los Eaton, ¿te acuerdas de ellos? Los padres de Juliette —dijo mamá.

—¿Y eso por qué?

Mamá miró a Mimi y Mimi levantó mucho las cejas.

—¿Por qué van a venir con un abogado? —pregunté.

—Bueno, cielo, es que... queríamos hablar con él del siguiente paso... de lo que hay que hacer ahora con los Ranalez, con Charlie y su mujer, para fijar una fecha para el juicio —dijo mamá.

—¿Vais a llevar a Charlie a juicio? —pregunté.

Empezó a dolerme el estómago. Sabía, por el trabajo de papá, lo que significaba ir a juicio. Significa que hay un juez que decide quién lleva razón, y a la otra persona la castigan y la meten en la cárcel. De modo que era eso lo que intentaba hacer mamá: meter a Charlie en la cárcel. El día que papá y yo fuimos al restaurante y nos pedimos unos batidos, el primer día de nieve, papá dijo que Charlie no iría a la cárcel, así que no me había dicho la verdad.

Empecé a sentir mucho calor y me levanté de golpe. Me temblaban mucho las rodillas.

—Pero tú me dijiste que no querías seguir enfadada con Charlie —dije, y aunque lo dije muy alto, la voz también me temblaba—. Lo dijiste antes, cuando estábamos tumbados en la cama de Andy. ¡Eso dijiste!

—Zach, cielo, tranquilízate. No dije... —empezó a decir mamá.

—¡Sí, SÍ que lo dijiste! —le grité, y nos quedamos mirándonos a los ojos.

Estaba enfadadísimo con ella. Lo de tumbarnos juntitos en la cama de Andy había estado muy bien, pero me había equivocado: las cosas no iban a mejorar. Se iban a poner más feas. Ahora mamá iba a intentar que Charlie fuese a la cárcel, y eso empeoraba todo aún más.

—Zach, ¿te importa venir aquí? Solo vamos a... Solo hemos

quedado para hablar de los pasos que habría que dar —dijo mamá, y quiso cogerme la mano, pero la aparté de un tirón.

—¡Déjame en paz! —grité, y salí corriendo del comedor y me fui al piso de arriba. Me dije que ojalá, ojalá pudiese irme a la guarida a contárselo a Andy, pero no pensaba volver a meterme allí.

No sabía por qué se me había pasado la sensación de que Andy estaba en la guarida. Después de que me diera cuenta de que ya no la tenía, había ido varias veces al cuarto de Andy a mirar la litera vacía y había pensado en volver a la guarida, pero al final no lo había hecho: sabía que estaba cambiada y no quería volver a sentir que Andy ya no estaba allí, porque era como si me diesen un puñetazo en el estómago.

De manera que me fui a mi cuarto y cerré la puerta. Me senté en mi silla; respiraba muy deprisa y me dolía mucho el estómago. Las cosas estaban cada vez peor y yo cada vez tenía más miedo. Me entraron ganas como de vomitar, así que me fui corriendo al baño y me senté delante del váter. Noté en las piernas que el suelo estaba helado y tenía el estómago revuelto, pero no salió nada. Solo lágrimas, lágrimas y más lágrimas.

Oí que llamaban a la puerta de mi cuarto y me levanté a toda mecha para echar el pestillo del baño.

—¿Zach? —Oí la voz de mamá en mi dormitorio. Después llamó a la puerta del baño—. Zach, ¿estás ahí? ¿Puedo pasar?

No me apetecía hablar con ella, así que le dije a través de la puerta:

—Estoy en el baño.

—Vale, cielo. Solo quería asegurarme de que estabas... de que estabas bien.

—Hmm —fue lo único que respondí, y después oí que salía de mi cuarto y cerraba la puerta.

Al cabo de un rato me levanté, me lavé la cara con agua fría y me miré al espejo. La zona de alrededor de los ojos estaba toda roja. Me quedé mirándome los ojos en el espejo, y si uno se mira al espejo cuando tiene ganas de llorar, llora aún más.

—Deja de llorar —me dije en voz alta—. ¡Que dejes de llorar, te he dicho! —Era como si una parte de mí estuviese hablando con otra parte distinta de mí—. ¡Para, para, QUE PARES!

Me lavé otra vez la cara y volví a mi cuarto. Me quedé plantado allí en medio dándole vueltas a lo que debía hacer.

—Tienes que hacer algo —le dije a mi otra parte—. Todo está cada vez peor.

«Vale, pero ¿qué quieres que haga yo?», dijo la otra parte, pero no en voz alta, solo en mi cabeza. Estuve un buen rato dándole vueltas sin moverme ni sentarme. Simplemente, me quedé allí plantado, en medio de mi cuarto, dándole vueltas.

46

Misión urgente

—¿Es hora de emprender otra misión? —dijo Annie.

—Desde luego —dijo Kathleen.

—Y es muy urgente —dijo Teddy.

—Merlín se está debilitando muy deprisa —dijo Kathleen. Parpadeó para contener las lágrimas.

—¡Oh, no! —dijo Annie.

—Morgana quiere que encontréis hoy el último secreto de la felicidad —dijo Teddy.

Era el día en el que Jack y Annie iban a buscar el cuarto secreto de la felicidad para ayudar a Merlín. Sus dos amigos, Kathleen y Teddy, que son brujos, aparecen en la casa mágica del árbol y les dicen cuál es la misión que les ha encargado Morgana, que es como su profesora y también la dueña de la casa mágica del árbol.

Y era el día en el que también yo iba a cumplir mi misión. La tripa me estuvo dando bandazos durante toda la mañana como una montaña rusa, y tenía las piernas tan inquietas que no podía parar de moverlas. Intenté quedarme quietecito en la cama con Clancy en las rodillas, y también intenté leer el número 40 de «La casa mágica del árbol», *La víspera del pingüino emperador,* para pensar en la aventura de Jack y Annie y dejar de pensar en la mía.

Cada vez que pensaba en mi misión me entraba miedo y tenía que hacer eso de que una parte de mí le hablase a la otra:

—Deja de tener miedo. Ha llegado la hora de cumplir tu misión. La hora de ser valiente. ¿Te acuerdas?

Aún no había llegado la hora de emprender mi misión, pero casi. Intenté leer, pero la cabeza se me iba a otras cosas. Tenía que volver una y otra vez al principio de la página y leerla de nuevo, y ni así me acordaba luego de lo que acababa de leer.

Mi plan estaba listo, las provisiones estaban preparadas, pero aún no había llegado el momento de irse. El momento perfecto iba a ser después de comer, cuando mamá estuviese reunida con el abogado, porque así no se daría cuenta y le sacaría ventaja.

Mi misión era ir al cementerio en el que estaba la tumba de Andy. Y la tumba del hijo de Charlie. El hombre de las noticias había dicho que Charlie se pasaba por allí todas las tardes a visitar la tumba de su hijo. Así que yo también iba a ir, y me iba a quedar esperando a que llegase Charlie. Tenía que ir al cementerio porque no sabía dónde estaba su casa ni cuál era su número de teléfono.

Quería hablar con él para pedirle perdón por las cosas que estaba diciendo mamá de él. Quería pedirle que se viniese conmigo a casa para que hablásemos los dos juntos con mamá, y así se acabarían las peleas y después papá a lo mejor podría volver a casa.

Prepararse para llevar a cabo una misión supone un gran esfuerzo. Dediqué toda la mañana y no paraban de ocurrírseme cosas que me tenía que llevar. Para Jack y Annie, es fácil. Basta con que señalen un libro y digan: «¡Ojalá pudiéramos ir allí!», y, ¡zas!, aparecen exactamente donde han dicho. Además, no tienen que preocuparse de hacer el equipaje para el viaje porque ya están mágicamente vestidos con lo que van a necesitar. En *La víspera del pingüino emperador*, aparecen en la Antártida con traje de nieve, guantes y gafas protectoras. Y la mochila de Jack se convierte en una mochila de excursionista.

«¡Si pudiese encontrar un libro sobre el cementerio, decir: "Ojalá pudiera ir allí" y aparecer allí de repente con todas las provisiones que iba a necesitar!», pensé. Pero no iba a pasar así. Tenía que hacer el plan por mi cuenta, prepararme la mochila por mi cuenta y después irme para allá yo solito.

Era esto último lo que hacía que el estómago me diera bandazos y que las piernas se me movieran sin parar: pensar en cómo iba a escabullirme sin que mamá me descubriese y cómo iba llegar después hasta el cementerio yo solito. Me sabía el camino porque estaba justo al lado de mi antigua guardería y había pasado por allí miles de veces. Pero, aunque la guardería está muy cerca de casa, a unos cinco minutos en coche solamente, nunca había ido andando. Mamá siempre decía que habría que ir andando y no en coche, pero luego nunca lo hacíamos porque por las mañanas siempre vamos con prisas.

Decidí meter el número 40 de «La casa mágica del árbol» en la mochila, porque, aunque lo de sentarme a leer no me estaba sirviendo de nada y en todo ese tiempo no había leído más que unos tres capítulos, quería llevármelo para más tarde. Saqué la mochila de debajo de la cama; pesaba mucho porque le había atado el saco de dormir de Andy a la parte de abajo con la correa de una maleta. El libro era lo último que me iba a caber en la mochila, de lo llena que estaba.

Repasé mi plan, y entonces fue cuando me acordé de lo de la alarma. La noche anterior, cuando estaba pensando en escabullirme, había pensado en la alarma. Cuando saliera de casa mientras mamá estuviese en su reunión, la voz de mujer robot iba a decir «¡Puerta principal!», y entonces mamá iba a saber que había abierto la puerta de la calle. De todos modos, no podía salir por esa puerta porque las furgonetas y la gente de las noticias me verían. Así que se me había ocurrido un plan muy guay, y resulta que ahora casi se me olvidaba lo más importante.

Me aseguré de que mamá estaba en su cuarto con la puerta cerrada, cogí rápidamente un lápiz de mi mesa y bajé al piso de abajo. Abrí un poquito la puerta del garaje y desde la cocina oí «¡Puerta del garaje!», después dejé el lápiz en el suelo para que la puerta se quedase abierta, pero solo un poco, para que mamá no lo notase. Después volví a subir a toda mecha.

Inmediatamente después llamaron al timbre varias veces y oí

que bajaba mamá. Llegaron voces desde abajo y me quedé en mi cuarto con el corazón latiéndome a mil por hora. Ya casi era la hora de irme. Esperé a que las voces dejasen de oírse en el pasillo; debían de estar ya todos sentados en el salón.

Fui al váter una vez más. Me puse los zapatos y la chaqueta que había escondido debajo de la cama, al lado de la mochila. Estaba a punto de coger la mochila cuando, de repente, me fijé en mis camiones. Seguían allí tirados desde el día en que me enfadé y me puse a darles patadas. No quería dejarlos así, de manera que los coloqué en línea recta. «Así está mejor», pensé. Ahora ya podía marcharme.

Me quedé en lo alto de las escaleras, atento a las voces. Ahora venía lo más difícil: bajar y salir a la calle. Bajé de puntillas, intentando que no crujieran los peldaños; para eso hay que ir por un lado, por ahí no crujen. Lo malo era que desde el salón se ve el pie de la escalera, así que ese tramo iba a ser complicado. Me detuve un par de peldaños antes de llegar, y el corazón me latía tan fuerte que debían de estar oyéndolo desde el salón. Después bajé muy deprisa los últimos peldaños, doblé por la barandilla y me fui a la puerta que da al garaje. Esperé a oír la voz de mamá diciéndome: «Zach, ¿se puede saber adónde vas?», pero no oí nada. En el salón seguían hablando, ni siquiera se dieron cuenta de que había bajado las escaleras.

El lápiz seguía en la puerta, y la puerta seguía un poquito abierta. La abrí más, pasé encogiéndome y cerré. Crucé el garaje y abrí la puerta lateral en la que siempre hay una llave metida por la parte de dentro porque se dobló y no se puede sacar, pero que todavía sirve para abrir. Salí al patio de atrás y me quedé allí unos instantes; la nariz me picaba del frío que hacía fuera. Metí la mano en el bolsillo del pantalón y pasé los dedos por el amuleto del ala de ángel. Después miré la hora en el reloj Lego de Andy que había cogido de su mesa: eran las 2:13.

47

Scooby-Doo en una furgoneta blanca

En el bolsillo delantero de la mochila llevaba un mapa que había dibujado la noche anterior para ir desde mi casa hasta mi antigua guardería y el cementerio. Me recordaba lo que dice siempre Dora al principio de cada episodio, antes de que Botas y ella se vayan a algún sitio: «¿A quién debes consultar si a un lugar quieres llegar? ¡Al mapa!». Y entonces el mapa salta de la mochila de Dora y canta: «Soy el mapa, soy el mapa, soy el mapa, soy el maaaaapa», con una voz muy fastidiosa. El mapa les dice a Dora y a Botas por dónde hay que ir, y tienen que pasar por unos tres obstáculos cada vez: un bosque escalofriante, un desierto en el que hace mucho viento, el lago de los cocodrilos y cosas así. Yo ya no veo *Dora, la exploradora,* es para pequeñajos, pero cuando todavía iba a la guarde lo veía siempre, así que tuvo gracia que me acordase de Dora mientras me preparaba para encontrar la guardería.

La noche anterior me había imaginado un montón de veces a mí mismo recorriendo el camino, pero de todos modos, por si acaso, hice el mapa. El camino hasta mi antigua guardería es así: atajas por nuestro patio de atrás y de ahí te vas a la esquina donde para el autobús de los de secundaria. No es de los amarillos, sino un autobús normal que se usa para el cole porque no hay suficientes autobuses amarillos. Eso era lo que iba a haber hecho Andy después de quinto, en secundaria, ir en el autobús normal, y le hacía mucha ilusión.

Bueno, pues dejas atrás la esquina del autobús de secundaria y subes la cuesta que lleva a ese prado verde tan grande y a la universidad, y de ahí llegas a la calle que tiene un parque de bomberos en la esquina. Das la vuelta al parque de bomberos y subes otra cuesta. La guardería está a la derecha, donde la iglesia; está en el sótano de la iglesia. Y el cementerio en el que está la tumba de Andy está en la acera de enfrente de la guardería.

En eso iba a consistir mi misión, en encontrar el camino, y nadie debía verme andando solo por ahí, porque dirían: «¿Qué hace un niño andando solo por ahí?», y luego me preguntarían y se me chafaría la misión.

Después de que el mapa les diga a Dora y a Botas por dónde tienen que ir, repiten muchas veces los nombres de las tres paradas antes de salir (por ejemplo, bosque escalofriante, desierto ventoso y lago de los cocodrilos), y, cada vez que pasan por una, anotan una señal en el mapa. Cuando crucé la calle que hay entre nuestro patio trasero y la casa de Liza, me paré y me quedé mirando el sitio en el que había visto a Andy tirado en el suelo en mi sueño, con la flecha clavada en el pecho y sangre por todas partes.

Después de doblar la esquina del autobús de secundaria, me paré y saqué el mapa. Cogí un lápiz del bolsillo delantero y puse una «x» al lado de *esquina del autobús de secundaria*. Después me guardé el mapa en el bolsillo de la chaqueta y empecé a subir la cuesta que lleva al gran prado verde, la siguiente parada del mapa.

Me costó subir la cuesta. Se me empezaron a cansar las piernas, sobre todo porque la mochila pesaba muchísimo con tantas provisiones y empezaba a dolerme el cuello, y encima el saco de dormir de Andy me iba dando en las piernas. Decidí descansar un poquito y quitarme la mochila. Entonces me di cuenta de que me había parado justo enfrente de la casa de Ricky. En la acera había un montonazo de periódicos enrollados en bolsas de plástico azules. Ya no vivía nadie en la casa de Ricky porque a Ricky le había matado el pistolero y ahora su madre también estaba muerta. Miré la puerta del garaje. Mamá había dicho que se había matado allí dentro, y me pregunté si seguiría ahí metida o qué. Sentí miedo, así que me volví a poner la mochila y eché a andar muy deprisa.

—Ha llegado la hora de ser valientes —me dije.

A lo mejor Ricky y su madre también tenían tumbas en el cementerio, igual que Andy y el hijo de Charlie. Al llegar lo comprobaría.

En lo alto de la cuesta estaba el prado verde. Detrás del prado vi la universidad; perfecto, no había estudiantes a la redonda. Puse una cruz en el mapa al lado de *universidad*.

Todo iba bien hasta que llegué a la carretera. Al principio no se oía nada y no vi a nadie, pero, cuando estaba a punto de dar la vuelta por el parque de bomberos, empezaron a venir coches por la izquierda y por la derecha. Me iban a ver. Me fijé en que había un portal al lado del parque de bomberos, así que me metí y me puse de espaldas. Hice como que estaba abriendo la puerta. Los coches pasaron de largo. Asomé la cabeza por el portal para ver si venían más coches, pero no vi ninguno.

Di la vuelta muy deprisa por el parque de bomberos. Al doblar la esquina, antes de que la calle suba por la siguiente cuesta, había un *parking* con bancos, y decidí hacer un descansito. Puse una cruz al lado de *parque de bomberos* y eché un vistazo al reloj de Andy: 2:34. Decidí comerme una de las cosas que me había traído. La comida y la botella de agua estaban en el bolsillo de en medio. Saqué una barrita de cereales y estaba intentando abrirla cuando, de repente, vi una furgoneta blanca bajando muy despacio por la cuesta.

El corazón me empezó a latir a mil por hora. Solté la barrita y el mapa, cogí la mochila y miré rápidamente a mi alrededor. Vi el contenedor para ropa al que habíamos ido mamá y yo varias veces a dejar la ropa vieja que ya no nos valía para que la usara la gente pobre, y salí corriendo y me escondí detrás.

Me quedé muy apretujado porque justo detrás del contenedor había una valla. Olía mal, como a vómito o algo así. Respiraba muy deprisa, y el corazón también seguía latiéndome muy deprisa. «Por favor, que no me encuentre el señor malo. Por favor, que no me encuentre el señor malo», me repetí, abrazándome con fuerza a mi mochila.

En Wake Gardens había una furgoneta blanca que conducía un señor malo. En verano, el señor malo salía por ahí con su furgoneta, acompañado por un Scooby-Doo de peluche, a intentar que los niños se acercasen a verlo, porque quería secuestrarlos. Me lo contó Andy y me dio muchísimo miedo, y ya no quise salir a jugar más. Mamá dijo que era verdad. Era verdad que había un señor malo que iba por ahí en una furgoneta blanca. Lo había leído en Facebook. Me dijo que lo mejor era que no me alejase de casa, y que ni se me ocurriese acercarme al coche de ningún desconocido. «Para que luego digan que hay más seguridad en las zonas residenciales», dijo mamá.

Ahora no estaba cerca de casa. Estaba completamente solo, y el señor malo me iba a secuestrar y me iba a meter en la furgoneta blanca. Intenté no moverme ni hacer ningún ruido. A lo mejor no me había visto sentado en el banco. Pero luego pareció que sí que me había visto, porque oí que la furgoneta se metía en el *parking*. Me temblaba todo el cuerpo, y empecé a llorar mogollón. Aplasté la cara contra la mochila para que no salieran ruidos de mi boca. «Ojalá no me hubiese embarcado en mi misión», pensé. «Si me hubiese quedado en casa, en mi cuarto, el señor malo no estaría viniendo a por mí en este momento».

Oí una puerta de coche cerrándose de golpe y después otra, y contuve la respiración. Después oí voces, pero eran voces de mujer, y hablaban de lo larga que era la cola que se había formado en Macy's para ver a Papá Noel. Sabía de lo que hablaban, porque siempre íbamos a Macy's a ver a Papá Noel antes de Navidad y había que hacer cola durante mucho rato, una hora o así, solo que este año no habíamos ido.

Las voces de mujer sonaban cada vez más lejanas. El corazón ya no me latía tan deprisa y poco a poco dejé de llorar, pero me esforcé por estarme quieto por si acaso la furgoneta seguía por ahí cerca. En el reloj de Andy ponía que eran las 2:39. Me quedé mirándolo y no pasó nada más, así que a las 2:45 decidí asomarme desde detrás del contenedor. No había ninguna furgoneta blanca por ningún lado.

Me moría de ganas de volver a casa porque seguía teniendo una terrible sensación de miedo y ya no me sentía nada valiente. Pero luego pensé en mi misión y en que no quería que Charlie fuese a la cárcel, así que se me ocurrió hacer el zapatito blanco, zapatito azul para decidir si volvía a casa o si seguía hasta el cementerio.

—Zapatito blanco, zapatito azul, dime cuántos años tienes tú.

Volver a casa quedó eliminado.

Salí de detrás del contenedor y miré hacia lo alto de la cuesta, donde estaban mi antigua guardería y el cementerio. Me puse la mochila y empecé a subir a toda velocidad.

A mi izquierda vi un grupo de adolescentes cerca de unos edificios. Uno de ellos me dijo: «Eh, chaval, ¿te vas de excursión? ¡Pero si la mochila es más grande que tú!», y los demás se echaron a reír y algunos silbaron. Intenté no mirarlos. Clavé los ojos en la acera, que estaba hecha de piedras cuadradas y rectangulares, y traté de llegar hasta el final de la cuesta sin tocar ninguna de las rectangulares.

48

Vientos susurrantes

Subí la cuesta que, por la derecha, llevaba a mi antigua guardería, pero fui por la otra acera, por la del cementerio. Tardé mucho, y cuando llegué a lo alto vi que el reloj marcaba las 3:10. Había pasado una hora menos tres minutos desde que me fui de casa. Vi la guardería. Había muchos coches llegando y saliendo, y no era raro porque las tres es la hora a la que se recoge a los niños.

Recorrí el resto del camino muy deprisa, doblé a la izquierda y pasé por la enorme verja negra del cementerio, porque no quería que me viera nadie de la guardería. A cada lado de la verja había dos especies de torres hechas de roca, unidas por un semicírculo negro de metal con un letrero que decía *Cementerio del Santo Sepulcro*. A cada extremo del semicírculo había una lámpara que parecía una vela grande. Cuando fuimos al funeral de Andy no había visto la puerta porque vinimos desde la iglesia y aparcamos al otro lado del cementerio, en el caminito de dentro. A través de la verja se veía el cementerio, y vi que esta zona tenía un aspecto distinto al de la zona donde habían puesto la tumba de Andy. Debía de ser la zona antigua o algo por el estilo.

Entré al cementerio y, nada más cruzar la verja, se hizo un silencio enorme. Detrás de mí estaban los coches de la guardería y el ruido del tráfico, y por delante no había nada más que silencio. Era como si la verja no dejase pasar los ruidos.

Aquí el cementerio no tenía senderos como en la zona de la

tumba de Andy, sino hierba creciendo por todas partes y lápidas que asomaban por aquí y por allá. Las lápidas estaban hechas un asco y daban yuyu. Algunas estaban torcidas, y alrededor de ellas había una especie de jardín lleno de arbustos y árboles grandes. Intenté leer los nombres de algunas de las lápidas, pero no se veían, estaban casi borrados. Había muchas lápidas con dibujos muy chulos de todo tipo de cruces por la parte de arriba.

Intenté andar con cuidado porque no quería pisar las tumbas, con sus muertos debajo. Me daba repelús pensar que había muertos de verdad bajo el suelo. Pero estas tumbas eran requeteviejas, así que lo más seguro era que las únicas partes del cuerpo que quedaban fueran los huesos, porque todo lo demás se convierte otra vez en tierra.

El sonido que hacía el viento al mover los arbustos y los árboles daba mucho miedo, como si alguien estuviese susurrando y diciendo «chsss, chsss». Al pensar en todos los muertos antiguos que había debajo de mí y oír los susurros y los chitones, empecé a notar una mala sensación en la tripa. Aceleré la marcha y busqué el camino para llegar a la otra zona del cementerio, donde ponen a los muertos nuevos. Cuando estuvimos allí en el funeral de Andy, era un poco bonita, y eso que estuvo lloviendo todo el rato. Había montones de flores en las demás tumbas, y las hojas mojadas habían dejado el suelo colorido y brillante, y olía muy bien por la lluvia.

Subí una cuestecita y vi que al otro lado empezaba la otra zona, la más bonita. Me pareció mucho más grande que como la recordaba del funeral. Además, no la había visto desde ese lado, así que ya no estaba seguro de dónde estaba la tumba de Andy. El viento soplaba más fuerte y me hacía daño en la frente, y el frío hizo que se me llenasen los ojos de lágrimas. Saqué el gorro y los guantes del bolsillo grande de la mochila y me los puse, y me bajé el gorro hasta los ojos para calentarme la frente. Después empecé a dar vueltas en busca de Andy y su tumba.

No había nadie en todo el cementerio, y mejor así, porque si venía alguien, seguro que le parecía mal que un niño estuviese solo en un cementerio y me preguntaría qué hacía allí, y entonces descubriría que había ido yo solo.

Me paré un montón de veces a mirar las lápidas, pero no sabía cómo era la de Andy porque en el funeral aún no estaba puesta. Se tarda mucho en hacer una lápida, así que nunca están listas para el funeral y las tienen que poner más tarde.

Vi el camino al fondo del cementerio donde aparcamos el coche en el funeral de Andy. Me acerqué hasta allí y volví la cabeza, y entonces reconocí todo mejor y supe que la tumba de Andy iba a estar al final del lado derecho y no muy metida.

Había muchos senderos entre las tumbas, y las lápidas estaban nuevecitas y brillantes y se leían todos los nombres y los números. El primer número es el año de nacimiento de la persona de la tumba, y el segundo, el de la muerte. De esta manera sabes cuántos años tenía cuando se murió. Mamá me lo dijo cuando fuimos al cementerio de Nueva Jersey para poner flores en la tumba del tío Chip; hacía exactamente un año que había muerto, y habíamos ido solo un par de semanas antes de que el pistolero matase a Andy. Eché un vistazo a las lápidas para ver si encontraba el nombre de Andy.

Herman Meyer 1937-2010
Robert David Lublon 1946-2006
Sheila Goodwin 1991-2003

Conté de 1991 a 2003 y me salieron doce años, así que Sheila se había muerto con doce años, solo dos más que Andy cuando murió. Me pregunté por qué se habría muerto Sheila con solo doce años. Seguí andando y leyendo nombres, y a veces me paraba a ver con cuántos años se había muerto la gente. Empecé a cansarme, y la mochila empezó a pesarme un montón. ¿Y si la tumba de Andy no estaba a la derecha, sino a la izquierda? Ya no estaba seguro.

Entonces me acordé del árbol grande que había visto al lado de la tumba de Andy en el funeral, aquel que parecía como si estuviera en llamas con tantas hojas de color naranja y amarillo. Ya no quedaban hojas en los árboles porque al siguiente fin de semana empezaba el invierno. Pero busqué árboles grandes a mi alrededor y vi que había uno muy cerquita, y me fui hacia él. Y entonces la vi, justo al lado del árbol: la tumba de Andy. La lápida era medio gris, medio negra y estaba reluciente, y por la parte de arriba tenía forma de corazón. Las letras y los números eran de color blanco, y al leerlos empezó a dolerme la garganta. Aunque no había nadie allí que pudiese oírme, susurré: «Andrew James Taylor, 2006-2016».

El viento soplaba a mi alrededor como si estuviese recogiendo mis palabras, devolviéndomelas en forma de susurros y transportándolas hacia lo alto y en todas las direcciones. El sonido, ahora, me gustaba. Ya no me daba una mala sensación. No sé, era como si me hiciera sentir que el nombre de Andy estaba cerca de mí. Pensé que me alegraba de haber ido, y que a lo mejor ahora volvería a sentir a Andy y le hablaría igual que en la guarida... cuando todavía estaba allí.

Eché un vistazo al reloj de Andy: las 3:45. El hombre de las noticias había dicho que Charlie iba al atardecer, y todavía no era el atardecer, así que aún tenía que esperar. Mi barriga empezó a tener hambre otra vez, y recordé que al final no me había comido la barrita de cereales porque me había asustado por lo del hombre malo de la furgoneta blanca y se me había caído en el *parking*. Así que decidí sacar todo lo que me había traído y comer algo. Aún no era hora de cenar, para eso habría que esperar a las seis o a las siete, más o menos, así que por el momento solo picaría algo.

Desaté la correa de la maleta, desenrollé el saco de dormir de Andy al lado de su tumba y me senté al estilo indio como cuando estaba en la guarida. Saqué todo de la mochila y lo coloqué a mi lado: la linterna de Buzz para cuando oscureciera, mi libro, la botellita que había llenado hasta arriba de agua, cuatro barritas de cereales, tres bolsas de galletitas saladas, dos barritas de queso, un sándwich de jamón y queso que me había hecho después de comer y que pensaba cenarme más tarde, y una manzana. Lo dejé todo bien ordenadito, y parecía como si estuviese de pícnic.

Lo último que saqué de la mochila fue la foto mía y de Andy, y la metí entre dos páginas del libro. Abrí una bolsa de galletitas, y para eso tuve que quitarme los guantes. Inmediatamente empecé a sentir frío en los dedos por el viento.

Cuando se acabaron todas las galletitas, volví a coger el libro, me dejé la foto sobre las rodillas y encontré la última página que había leído en casa.

—Eh, Andy —dije—. ¿Quieres que te lea un poco más?

Miré la foto y miré la lápida con el nombre entero de Andy, y esperé a ver si me daba la sensación de que Andy me estaba escuchando.

—Venga, te cuento lo que ha pasado hasta ahora para que sepas lo que te has perdido, y luego seguiré leyendo. ¿Vale, Andy?

49

Un fantasma amigo

—Bueno, pues en este libro Jack y Annie se van a la Antártida a buscar el cuarto secreto de la felicidad para ayudar a Merlín, y encuentran un puesto de investigación en el que trabajan investigadores de muchísimos países. Jack y Annie se esconden detrás de sus gafas y sus máscaras y viajan en helicóptero a un volcán con algunos de los investigadores. Así que me imagino que alguien descubrirá que son niños y seguramente se meterán en un buen lío, ¿no crees?

Esperé a que pasara algo. A que algo cambiase y me pareciera que Andy me estaba escuchando otra vez. No pasó nada.

Leí dos capítulos más en voz alta, pero cada vez me era más difícil pasar las páginas porque tenía los dedos congelados. Cuando aparté la vista del libro me quedé como sorprendido, porque solo había estado pensando en lo que iba leyendo y me había olvidado de dónde estaba, ni siquiera me había fijado en que iba oscureciendo.

Eché un vistazo al reloj de Andy: las 4:58. Miré por todas partes, pero no vi a Charlie por ningún lado. Quizá todavía fuese demasiado pronto. Me volví a poner los guantes y soplé vaho caliente en su interior, como me hace mamá cuando tengo las manos frías. Al pensar en mamá me puse un poco triste; intenté seguir leyendo para dejar de pensar en ella, pero ni siquiera es posible pasar las páginas de un libro si llevas los guantes puestos.

Estaba congelado, así que abrí el saco de dormir y metí las piernas. Se me calentaron, pero el resto del cuerpo no entraba en calor.

Al hacer los planes para mi misión, no había pensado en la oscuridad. Había metido a Buzz, pero no había pensado en cómo iba a estar todo cuando oscureciese y me quedase completamente solo en el cementerio. Solo en que iba a estar allí con Charlie y en que después nos iríamos juntos a mi casa.

Pero no era eso lo que estaba pasando. Aún no había oscurecido del todo, todavía se veían las lápidas de alrededor, pero entre los árboles todo estaba negro y era escalofriante. Y de repente pensé, ¿y si Charlie no viene hoy? Sentí que el corazón me latía en la garganta, y me arrimé a la lápida de Andy y me apoyé contra ella. Me acerqué la mochila y busqué a Clancy.

Clancy no estaba en el bolsillo grande. Miré en el de en medio y en el pequeño y ni rastro de Clancy. Miré a mi alrededor, porque quizá se había caído antes, cuando saqué las provisiones, pero no estaba por ningún lado. No sabía si me lo había olvidado o si lo había perdido. Ni Clancy, ni Charlie, ni mamá, ni papá. Solo yo.

Me entraron ganas de llorar y me dije que quería volver a casa, pero tenía demasiado miedo para levantarme, incluso para moverme. Me puse a pensar en los muertos en sus tumbas y no se me iban de la cabeza. Me imaginé sus huesos dentro de los ataúdes, y también que los muertos lo mismo se convierten en fantasmas cuando se hace de noche. Pensé en el hombre malo de la furgoneta blanca y el sentimiento de miedo fue creciendo a pasos agigantados.

Saqué mi foto con Andy del libro. A pesar de la oscuridad, aún se veía un poco.

—Andy —susurré. La barbilla me subía y me bajaba muy deprisa y hacía que me castañeteasen los dientes—. Andy, ¿estás aquí? Por favor, por favor, ¿te importaría estar aquí? Necesito que estés.

Tampoco esa vez pasó nada. Entonces me acordé del amuleto del ala de ángel que llevaba en el bolsillo del pantalón. Me quité un guante y traté de meter la mano en el bolsillo, pero me costó porque ya ni siquiera podía mover la mano, se me había quedado como tiesa del frío. Por fin, conseguí meterla y me puse a frotar el ala de ángel. «Tu hermano no se ha ido. Él también está velando por ti». Eso me había dicho la señorita Russell, y me lo repetí mil veces para mis adentros: «Andy no se ha ido. Está velando por mí. Andy no se ha ido. Está velando por mí».

En la otra mano tenía la foto. De repente sopló una ráfaga de viento enorme y, como no la estaba agarrando lo bastante fuerte, me la arrancó de la mano. Se fue rodando por el suelo, revoloteó hasta que se chocó contra una lápida y se quedó allí atrapada.

—¡No! —grité.

Salí de un salto del saco de Andy y corrí hacia la lápida para coger la foto, pero el viento me la volvió a arrebatar y se la llevó más lejos. Intenté seguirla con la mirada para que no se perdiera entre lo oscuro. Salí corriendo detrás de ella y me choqué con alguien.

Me sorprendió bastante porque hasta ese momento no había visto a nadie. Lo mismo era un fantasma. El fantasma me agarró de los dos brazos y me puse a dar patadas y a chillar:

—¡NO! ¡Suelta!

—Zach, ¿eres tú?

Miré hacia arriba, porque también me sorprendió mogollón que el fantasma dijera mi nombre. Pero no era un fantasma. Era Charlie. Tenía cara de estar muy sorprendido.

—¿Zach? ¿Qué... qué haces aquí? —Miró por detrás de mí—. ¿Por qué corres así? ¿Qué pasa?

Me costaba hablar, porque de tanto correr, dar patadas y chillar estaba respirando muy deprisa. Intenté contarle a Charlie lo de la foto.

—Se la ha llevado el viento... Mi foto...

—¿Que el viento se ha llevado una foto? ¿Adónde?

Señalé el hueco entre los árboles donde había caído. Ahora estaba muy oscuro y daba mucho miedo.

—Venga, vamos a ver si está —dijo Charlie.

Me cogió del hombro, y con Charlie allí el sentimiento de

miedo se me empezó a pasar. Buscamos la foto por todas partes y, de repente, la vimos enganchada en un arbusto.

—¿Puedo verla? —preguntó Charlie, y se la enseñé. Estuvo un ratito mirándola con una sonrisa triste, y después me la devolvió. Al cogerla, la mano me temblaba mucho por el frío.

—Zach, ¿qué haces aquí? ¿Has venido a hacerle una visita a tu hermano?

—Sí. Pero sobre todo he venido por ti.

—¿Por mí? ¿Has venido por mí? ¿Cómo sabías que iba a estar aquí?

—Lo dijeron en las noticias —le expliqué—. Dijeron que venías todos los días al atardecer.

—Ah, claro... —dijo Charlie. Señaló una lápida y nos acercamos a ella. En la casi oscuridad, leí:

Charles Ranalez Jr.
1997-2016

—Vengo todas las tardes a darle las buenas noches. Mi niño. Jamás había oído una voz tan triste.

50

Vuelta a casa

Nos quedamos delante de la lápida del hijo de Charlie. Miré a Charlie a la cara y le dije:

—Charlie...

—¿Sí?

—¿Por qué lo hizo? ¿Por qué vino al cole y mató a Andy y a todos los demás?

Charlie se tapó la boca y después se pasó la mano por la frente un montón de veces. Cogió aire y miró al cielo. Yo también miré, y vi la luna justo encima de nuestras cabezas. Parecía luna llena, aunque puede que le faltase un cachito en el lado izquierdo. Charlie soltó el aire muy despacito.

—No lo sé —dijo, y me costó oírle porque lo dijo muy bajito.

Siguió mirando el cielo y se encogió de hombros. Después empezó a hablar de nuevo, y sonaba como si se le hubiese atascado algo en la garganta.

—No lo sé, Zach. Sinceramente, no lo sé. Todos los días me hago la misma pregunta.

—Papá dijo que es porque no sabía que estaba mal hacerlo. Porque tenía una enfermedad.

Charlie dijo que sí con la cabeza y se pasó varias veces la mano por los ojos.

Estuvimos un rato callados, y después dijo:

—¿Por qué has venido a verme, Zach?

Había llegado el momento de contarle a Charlie lo de mi misión.

—Quería hablar contigo —le dije—. Como no sé dónde está tu casa, he venido aquí.

—Casi es de noche. ¿Tus padres saben dónde estás? —preguntó Charlie.

—No se lo he dicho a nadie.

—¿De qué querías hablarme?

—Quiero que vengas conmigo, a mi casa. Quiero que hablemos con mamá los dos juntos para que se acaben las peleas.

Lo dije muy deprisa porque Charlie tenía una sonrisa triste que parecía más una sonrisa de «no» que una sonrisa de «sí».

—Así que, ¿puedes venir? ¡Por favor!

—¡Ay, Zach! ¡Ojalá pudiera! Ojalá que... Pero no puedo. Es que... no puedo —dijo Charlie, y quiso pasarme el brazo por los hombros, pero no le dejé.

De repente, se me había pasado el frío. Tenía el cuerpo entero ardiendo.

—¿Por qué? —grité, y los ojos se me llenaron de lágrimas—. ¿Por qué no puedes? En casa todo está mal. Tenemos que hablar con mamá porque si no te va a llevar a juicio, y entonces tendrás que ir a la cárcel. —Lloraba a pleno pulmón y me castañeteaban los dientes por el frío.

Charlie no dijo nada. Volvió a pasarme el brazo por los hombros y me arrimó a él, y esa vez le dejé. Me gustó que me abrazase tan fuerte; me ayudó a entrar un poco en calor. Estuvimos así un buen rato, yo con la cabeza pegada a la tripa de Charlie y llorando, llorando sin parar, y Charlie acariciándome la cabeza. Al cabo de un rato ya no lloraba tanto. Me dolía toda la cabeza de llorar y estaba supercansado.

Charlie me soltó y me volvió el frío. Se puso de rodillas, se sacó un pañuelito del bolsillo del abrigo (no de los de papel, sino de esos que son como una servilletita, como los que tenía el tío Chip con sus iniciales, C. T.) y me secó las lágrimas de la cara. Después volvió a guardarse el pañuelito y dijo en voz baja:

—Zach. Mi supercolega. Creo que ya es hora de volver a casa. Tus padres estarán preocupados.

Me ayudó a guardar mis cosas. Volví a meter la foto en el libro y el libro en la mochila. Fuimos hasta su coche, que estaba aparcado abajo, en el camino del cementerio, y me abrió la puerta de atrás. Encendió la calefacción del coche y los dientes me dejaron de castañetear. Condujo muy despacio por el mismo camino que había cogido yo a la ida, y aun así, como comprobé con el reloj de Andy, solo tardó poco más de cinco minutos en llegar a mi calle. Yo había tardado una hora entera en recorrer el mismo camino andando. No hablamos nada en el coche. Al llegar, Charlie se detuvo en la esquina del autobús de secundaria y volvió la cabeza.

—Creo que será mejor que te deje aquí.

—¿No podrías entrar conmigo en casa, por favor? —le pedí—. ¿Porfi? Esa era mi misión: conseguir que te vinieses a casa conmigo y hablases con mamá. Así a lo mejor deja de estar tan enfadada contigo. ¿Vale?

—Lo siento, Zach. No puedo. No sería... No está bien que me presente en tu casa contigo.

Noté que me volvían las lágrimas a los ojos, y como no quería echarme a llorar otra vez, crucé los brazos sobre la tripa y me quedé mirando por la ventana. Intenté no parpadear para que no se me salieran las lágrimas.

—¿Zach? —dijo Charlie, pero no le respondí porque tenía un nudo enorme en la garganta—. Zach, por favor. Por favor, no te enfades conmigo. Sé que estás intentando ayudar, y es... Eres un niño muy bueno, ¿lo sabías? Escúchame, Zach. Mírame, por favor.

Aparté la vista de la calle y miré a Charlie. Él también tenía los ojos llenos de lágrimas, pero dejaba que le cayesen por toda la cara.

—Por favor, no te preocupes por mí. No es... No debes preocuparte por mí. Todo va a salir bien. ¿Vale? —dijo.

Volví a mirar por la ventana.

—Por favor, supercolega. ¿Vale? —Sonó como si me lo preguntase un niño.

—Vale —dije yo.

Le miré y los dos dejamos que se nos salieran las lágrimas.

—¿Charlie?

—¿Sí?

—Siento que... que mamá esté hablando así de ti.

—Tu madre... tu madre está sufriendo mucho.

Dentro del coche se estaba calentito; quería quedarme allí, con Charlie.

—¿Charlie?

—¿Sí?

—¿Tú todavía puedes sentir a tu hijo? ¿Todavía puedes... todavía es como si estuviese contigo o algo parecido?

—A veces. A veces es como si estuviese aquí mismo, cerca de mí. Y otras... otras veces es como si se hubiese ido hace mucho, muchísimo tiempo —dijo, y después añadió—: Ahora vete. Es hora de irse a casa. Te veo desde aquí, ¿de acuerdo? Me quedo hasta que llegues a casa y vea que entras, ¿vale?

Cogí la mochila y abrí la puerta de atrás, y antes de salir dije:

—Adiós, Charlie.

—Adiós, Zach. Mi supercolega.

Mientras subía por nuestra calle, vi dos coches patrulla aparcados enfrente de casa. Las furgonetas de las noticias también seguían allí. Me esperaba una buena, pensé. A medida que me iba acercando a casa, empecé a tener frío otra vez y a caminar a pasitos lentos y cortos. Volví la cabeza y vi las luces del coche de Charlie. Di al botón de la luz del reloj de Andy: las 6:10.

Cuando ya casi había llegado, vi a un hombre apoyado contra una de las furgonetas de las noticias. Reconocí a Dexter, y él también me vio y vino andando hacia mí muy deprisa.

—¡Zach, tío, por fin! Te está buscando todo el mundo —dijo, pero no le respondí.

Le eché una mirada asesina y pasé de largo en dirección a la puerta. El corazón me latía a mil por hora cuando apreté el timbre.

51

Esto de llorar

Después de que se abriera la puerta, no pasó nada de lo que me había imaginado. No me cayó una buena, ni siquiera me cayó nada. Abrió mamá. Estaba abrazando a Clancy... Conque allí estaba; me lo había dejado en casa. Al verme, gritó:

—¡Dios mío, está aquí! —Se dejó caer de rodillas, me abrazó y empezó a mecerme de izquierda a derecha, sin parar—. ¡Mi bebé, mi bebé, mi bebé! —dijo un montón de veces. Por detrás de ella vi que Mimi, Abu, la tía Mary y dos policías salían del salón. Pero papá no.

Mamá dejó de abrazarme, me apartó un poco sin soltarme y me miró de arriba abajo.

—¿Estás bien, Zach? —preguntó.

—Papá no está aquí —dije en voz baja.

—¡Santo cielo! —dijo la tía Mary, sacando su teléfono. Dio a un botón y dijo—: Jim, está en casa. ¡Ha vuelto!

—Ha salido a buscarte, tesoro —dijo mamá—. Enseguida vuelve, ¿vale?

Me entró un escalofrío y empecé a castañetear otra vez.

—Ay, Zach, estás helado —dijo mamá, y a continuación se pusieron a hablar todos a la vez: «Venga, quítate los zapatos. Y la mochila. A ver que te toque las manos. Dios mío, están como un témpano. Debes de estar muerto de hambre. Vamos a prepararte algo de comer».

Los policías dijeron que iban a tener que hacerme unas preguntas, pero Mimi dijo:

—Primero vamos a ponerle cómodo. Venga, tómense otro café.

De manera que todos fuimos a la cocina, incluso los policías.

La voz de mujer robot dijo «¡Puerta principal!», y acto seguido entró papá en la cocina. Se quedó unos instantes en la puerta sin decir nada, mirándome solamente. Después cruzó a toda prisa la cocina con pasos de gigante, me levantó del taburete y me abrazó tan fuerte que me costaba respirar. Y entonces oí el ruido. Lo oí y lo sentí.

Fue como si saliera de lo más profundo de la tripa de papá, y después le subió por la garganta y le salió por la boca, que estaba pegada a mi oreja. Era un ruido ronco, como si se atragantase. El pecho le subía y le bajaba muy deprisa, y fue entonces cuando comprendí que estaba llorando. Ese es el ruido que hace papá cuando llora.

Lloraba haciendo un ruidito atragantado que era suave y fuerte a la vez, y siguió abrazándome un buen rato. Me aparté porque quería ver qué aspecto tenía papá cuando lloraba. Su cara, empapada de lágrimas y con la barbilla temblorosa, parecía más joven, como de niño y no de hombre.

—Zach —dijo, y mi nombre salió de su boca como si fuera una gran bocanada de aire— . Pensaba que también te había perdido a ti.

—Estoy bien, papá —le dije.

Quería que le dejase de temblar la barbilla; era culpa mía que estuviera tan triste, y me sentí mal. Le puse las manos en las mejillas; las lágrimas me las mojaron, y se las restregué por la barba.

—Perdóname —dije, y papá soltó una risita.

—Mi niño bonito, mi cielo —dijo papá, y volvió a abrazarme fuerte—. No hay nada que perdonar.

Volvió a dejarme en el suelo y vi que el resto de las personas que estaban en la cocina también estaban llorando. Mamá lloraba, y Mimi, y Abu y la tía Mary. Me miraban a mí y a papá y lloraban.

Quizá para ellas también fuese la primera vez que veían llorar a papá; no lo sabía, pero seguramente sí.

Cuando todos acabaron de llorar, uno de los policías se levantó y dijo:

—No queremos molestarles más tiempo del necesario. Solo nos queda hacerle un par de preguntas a este jovencito. Si acaso, ya nos pasaremos mañana a pedir más detalles.

Y me preguntó que dónde me había metido todo ese tiempo, y le conté que había ido al cementerio y cómo había llegado hasta allí y todo lo demás.

El policía anotó algunas cosas en una libretita.

—¿Hay algo más que creas que debes contarme? —me preguntó, y dije que no con la cabeza.

Noté que el zumo de tomate empezaba a derramarse porque no le había contado que había ido al cementerio para hablar con Charlie. El otro policía también se levantó.

—Bien, mañana volveremos y haremos todo el papeleo de rigor. Parece que, por hoy, ya está todo en orden.

Los policías se marcharon, y después Mimi dijo que no nos vendría mal que nos quedáramos los tres solos, refiriéndose a mamá, a papá y a mí. De modo que Abu, la tía Mary y ella también se fueron.

Una vez que se hubieron marchado todos, se me hizo raro estar en casa los tres solos. Era como si ya no supiéramos cómo portarnos cuando estábamos juntos. Estaba cortado.

—Aún no has comido nada, cariño —dijo mamá—. ¿Qué te apetece?

—Cereales, porfa —dije, y los tres comimos cereales sentados al mostrador, yo en medio entre mamá y papá. Durante un rato solo se oían los ruidos que hacíamos al masticar. Después, mamá preguntó en voz baja:

—¿Así que has ido al cementerio?

—Sí.

—¿Y eso por qué?

Pensé en mi misión. Como Charlie no había venido a casa conmigo, me había salido mal. Agaché la cabeza porque no quería que mamá y papá viesen que se me volvían a llenar los ojos de lágrimas.

—¿Por qué has ido, Zach? —repitió mamá alzándome la barbilla, y me miró—. ¿Por Andy?

—Sí —dije, y no era mentir porque también había querido ir a la tumba de Andy. Pero tampoco era toda la verdad, porque no le dije que había ido a buscar a Charlie—. Quería hacerle una visita a Andy y... y estar con él otra vez. Como antes, cuando estábamos en su... aquí, en casa —dije.

—¿En el armario de Andy? —preguntó mamá. Miré a papá. Había contado mi secreto.

—Se lo he tenido que contar a mamá, Zach. Fue el primer sitio al que fui cuando no te encontrábamos. ¿Vale?

—Vale —le dije. Ya no me importaba, porque de todos modos la guarida ya no tenía nada de especial.

—¿Querías estar otra vez con Andy? —preguntó mamá.

—Sí. En la guarida le sentía. Es difícil de explicar. Hablaba con él y así no me sentía solo. A papá también le pasaba, ¿verdad, papá?

—Sí, daba esa sensación —dijo papá—. Era bonito... imaginárselo.

—Yo no solo me lo imaginaba. Era así de verdad. Pero después dejó de funcionar. Ya no podía sentirle allí dentro, y me quedé solo, yo solo en la cama...

—¿Solo en la cama? —preguntó papá, y parecía que estaba llorando otra vez. Se secó los ojos con la servilleta—. Mecachis... Esto de llorar... A ver si voy a acabar cogiéndole gusto.

—Solo en la cama, como en la canción, ¿sabes cuál digo? Esa de *Diez en la cama* —dije, y me pareció que papá no lo pillaba—. Da igual.

Mamá apartó su bol de cereales y me cogió la mano.

—Zach, lo siento muchísimo... Siento mucho que... que te sintieras tan solo. —La voz le salió como a trompicones—. Si te hubiese pasado algo malo... —y después pareció como si no pudiera seguir hablando.

—No pasa nada, mamá.

—Sí. Sí pasa, cariño. Te sentías tan solo que te escapaste para estar con tu hermano en el cementerio. Y yo ni me di cuenta de que te habías ido... hasta mucho después. No estuvo bien.

—Eso es porque estás sufriendo mucho. Me lo ha dicho Charlie hoy.

—Espera un momento —dijo mamá.

—¿Cómo? —dijo papá.

Los dos me miraron, y me arrepentí al instante de haberlo dicho porque lo mismo le causaba más problemas a Charlie.

Mamá se puso muy tiesa.

—¿A qué te refieres con eso de que Charlie te lo ha dicho hoy, Zach? ¿Cómo te lo ha dicho? —Noté que se estaba enfadando.

Papá se inclinó, puso la mano encima de la de mamá y dijo:

—Zach, es importante que nos cuentes qué has querido decir con eso, ¿de acuerdo?

—Pero ¡le voy a meter en más líos? No ha hecho nada malo. Me ha ayudado —dije. Las palabras me salían a toda velocidad.

—¿De qué manera te ha ayudado? —preguntó mamá.

—Me dijo que era hora de volver a casa porque estaríais preocupados por mí. Y me trajo a casa en su coche.

Mamá miró a papá, y después soltó el aliento muy despacio.

—¿Has estado en el coche de Charlie?

—Esto... sí...

—Nos lo tienes que contar todo, peque —dijo papá.

—Vale. Fui al cementerio porque quería ver a Charlie. O sea, también quería hacerle una visita a Andy, pero sobre todo fui por Charlie. Quería que viniese conmigo a casa y que hablásemos con mamá para que se acabasen las peleas. Y para que Charlie no tenga que ir a la cárcel. Y papá pueda volver a casa.

—¿Fuiste al cementerio a buscar a Charlie? —preguntó mamá.

—Sí. Va allí todos los días. Le da las buenas noches a su hijo todas las noches.

Papá apretó los labios y subió y bajó lentamente la cabeza.

—¿Cómo lo sabías? —preguntó papá.

—Por las noticias. Pero no quiso venir a casa.

Me eché a llorar porque, después de haber planeado todo aquello y de empeñarme en ser valiente y en no tener miedo para que las cosas mejorasen, no había servido de nada.

—Mi misión no salió como tenía pensado. Quería que tú y él hablaseis, y así verías que lo siente de veras y que se siente mal por lo que hizo su hijo —le dije a mamá—. Y así dejarías de estar tan enfadada con él.

Mamá me miró fijamente.

—¿Te trajo a casa en su coche?

—Sí. Dijo que me tenía que volver a casa y yo le dije que no quería, pero de todos modos vinimos. Me dejó en la esquina del autobús de secundaria, y el resto del camino lo hice andando. Creo que él no quería venir por... por lo enfadada que estás con él.

—¿No querías volver a casa? —dijo mamá.

Las palabras le salieron con un tono muy suave, y sonaba como si tuviese la nariz taponada de tanto llorar. Durante un rato nadie dijo nada, y después mamá preguntó:

—¿Me enseñarías tu guarida? Me encantaría verla.

52

El último secreto

—Aquí todavía huele a niño —dijo mamá cuando entramos a gatas en la guarida—. Vaya, siempre olvido lo grande que es este armario.

—¿Puedo acompañaros? —preguntó papá desde fuera.

—Vale —dijo mamá.

Nos sentamos al fondo, y estábamos muy apretujados porque éramos tres, pero no me importó. Me gustaba estar allí dentro con mamá y papá. Me senté delante de mamá y me apoyé en ella, y ella me rodeó con los brazos. Papá se sentó enfrente de los dos y apoyó la cabeza en la pared.

—¿Qué es eso de ahí? —dijo mamá, señalando los papeles de los sentimientos.

—Papeles de sentimientos —dije, y le expliqué lo que eran y por qué los había hecho, igual que se lo había explicado a papá la primera vez que vino a la guarida.

—A ver si me acuerdo de cuál es cuál —dijo papá, y jugamos a que yo le tenía que ir preguntando.

—¿Negro?

—Miedo.

—¿Rojo?

—Vergüenza.

Repasamos todos los colores, y papá se acordó de todos.

—Tenías un montón de sentimientos, ¿eh? —dijo mamá.

—Sí —dije yo.

—¿Así que el blanco es para la compasión? ¿Y por qué hiciste uno para la compasión? ¿También la sientes? —quiso saber mamá.

—Se nos ocurrió a papá y a mí. La compasión es el tercer secreto de la felicidad.

—¿El tercer secreto de la felicidad...?

—Sí, ¿te acuerdas de las misiones de Merlín en «La casa mágica del árbol»?

—Ah, ya...

—¿Te acuerdas de que intenté probar el primer secreto de la felicidad contigo? El de prestar atención a las pequeñas cosas de la naturaleza que te rodean. Pero luego no tuviste tiempo porque estabas hablando por teléfono.

—No... no me acuerdo.

—Zach ha estado leyendo sobre los secretos de la felicidad, y quería probarlos porque le parecía que no nos vendría mal llevarlos a la práctica —dijo papá.

—Somos como Merlín —le dije a mamá—. Está enfermo de tristeza, y por eso Jack y Annie se ponen a buscar los cuatro secretos de la felicidad, para ayudarle a que se ponga bien. Y nosotros también estamos como enfermos de tristeza, por Andy, así que es más o menos lo mismo.

—Ah —dijo mamá, y apoyó su cabeza contra la mía—. ¿De manera que la compasión es uno de los secretos?

—Sí. Creo que no la tuve con Andy cuando aún vivía y se portaba mal, pero después empecé a sentir compasión por él.

Papá alzó las cejas. Miró a mamá y movió un poco la cabeza.

—¿Mamá? —dije.

—Sí, mi niño.

—Creo que tienes que intentar sentir compasión por Charlie también. Por favor, no le hagas ir a la cárcel. Hoy en el cementerio he podido sentir lo que siente él, y está enfermo de tristeza como nosotros y como Merlín.

Mamá se quedó callada mucho tiempo. Pensé que quizá se

había vuelto a enfadar conmigo, como la última vez que le dije que tenía que sentir compasión por Charlie, antes de que me obligase a ir al colegio.

Pero, de repente, preguntó:

—¿Cuáles son los otros dos secretos? —y no parecía enfadada.

—Uno es tener curiosidad por las cosas. Y el cuarto aún no lo sé. Intenté acabarme el libro en el cementerio para enterarme, pero empezó a hacer demasiado frío y se puso todo muy oscuro.

—¿Lo terminamos ahora? —preguntó mamá—. ¿O estás demasiado cansado? Si no, lo dejamos para mañana.

No estaba cansado y además no quería que nos fuésemos de la guarida, así que me levanté de un salto y dije:

—Voy a por el libro. Lo tengo en la mochila.

Bajé volando, cogí el libro (y también a Buzz, para que tuviésemos suficiente luz para leer) y volví a subir volando.

Justo cuando estaba a punto de entrar otra vez en el armario, oí las voces de mamá y papá y me paré a oír lo que decían.

—... los dos hemos tenido algo que ver en esto —oí que decía mamá—. No puedes echarme a mí toda la culpa.

—Ya lo sé, ya lo sé —respondió papá. Hablaba en un tono muy suave—. Por favor, no discutamos, ¿de acuerdo? Esta noche, no. ¡Estoy tan aliviado de que haya vuelto sano y salvo!

Después estuvieron un rato callados, así que volví a meterme en el armario.

Mamá tenía la cabeza sobre las rodillas, y papá seguía apoyando la suya en la pared. Los dos las levantaron de golpe cuando me oyeron entrar.

Les conté lo que había pasado hasta ahora, que Jack y Annie se habían ido a la Antártida y que habían ido al volcán en helicóptero con los investigadores. Y claro, los investigadores (yo ya me lo imaginaba) descubren que Jack y Annie son niños, pero no pasa nada. Se supone que tienen que esperar en la casa hasta que venga alguien y los baje de la montaña. Pero ellos se van y se caen por un barranco.

Hasta ahí había llegado en el cementerio. Empezaba a encontrarme un poco cansado, así que le di el libro a papá para que leyera el resto. Papá lo abrió y se cayó la foto en la que salíamos Andy y yo. Estuvo un rato mirándola y luego me la dio. Encontré el papel celo en la esquina de la guarida y volví a pegar la foto en la pared, en el mismo sitio de antes. Después me acurruqué contra mamá y oí leer a papá. El cuerpo de mamá me daba calor, y papá leía en voz baja.

Empezaron a pesarme los párpados, me costaba mantener los ojos abiertos.

53

El Club Andy

Eso fue lo último que recordaba. Después me desperté y vi que estaba en la cama de mamá y papá y que fuera era de día. No recordaba cómo había salido de la guarida ni cómo había llegado hasta la cama, y tampoco recordaba qué había pasado en el libro ni si Jack y Annie habían descubierto el cuarto secreto de la felicidad.

Mamá estaba dormida a mi lado. Le sacudí un poco el hombro.

—¿Mamá? —dije.

Mamá se dio la vuelta y abrió los ojos. Al verme, sonrió y me puso la mano en la mejilla.

—Mamá, ¿papá se ha vuelto a ir?

—No, cariño. Está abajo, ha dormido en el sofá. —Mamá se dio la vuelta y miró el reloj de la mesilla: las 8:27—. Madre mía, qué tarde. Baja si quieres a despertar a papá.

Al bajar, me encontré con que papá ya estaba despierto. Estaba en la cocina, leyendo el periódico en su iPad.

—Qué pasa, dormilón —dijo al verme. Me cogió y me dio un abrazo que casi me espachurra, y olí su aliento: olía a café—. Oye, Zach, quería decirte una cosa. No sabes lo orgulloso que estoy de ti, de veras.

Me dio mucho gustito en la tripa que me lo dijera.

—Para hacer lo que tú hiciste ayer hay que tener mucha valentía, ¿lo sabías?

—Quería ser valiente por una vez, como tú y como Andy. Pero no sirvió de nada. Mi misión no tuvo éxito.

—Yo no estaría tan seguro de eso —dijo papá. Me agarró la barbilla y me miró con cara seria—. Y a mí me parece que tú eres valiente siempre.

—En el funeral de Andy no lo fui. Me porté como un bebé. Y cuando mamá me llevó al colegio tampoco fui valiente.

—Zach, no es que no fueras valiente. Es que... no era el momento de pedirte que volvieras al cole.

—Vale, pero una cosa, papá.

—Dime, peque.

—Creo que después de Navidad podría volver. Al cole, quiero decir.

—¿Sí? Genial. ¿Mamá sigue en la cama? ¿Le quieres subir un café?

—Vale —dije, y papá me dejó echar el azúcar y la crema de leche en el café y removerlo.

Intenté coger la taza, pero estaba muy llena y quemaba, así que se encargó papá y subimos los dos juntos. Cuando papá se la dio, mamá sonrió un poquito.

—¿Acabasteis el libro? —pregunté.

—Qué va. Te quedaste frito casi cuando acababa de empezar a leer. La idea es que nos lo leamos juntos, ¿no? —dijo papá.

—¿Podemos acabarlo ahora?

—Si a mamá le parece bien, por mí vale.

Y mamá dijo:

—Bueno, tenemos que enterarnos de cuál es el último secreto, ¿no? ¿Qué, volvemos a la guarida?

Me encogí de hombros.

—O podríamos quedarnos en la cama. La guarida ya no funciona —dije.

—Vaya, es que ayer estuve muy a gusto —dijo mamá—. Si a ti no te importa, me gustaría acabar el libro allí.

Así que volvimos a entrar a gatas en la guarida y nos sentamos igual que el día anterior: yo, apoyado en mamá, y papá contra la pared. Papá cogió el libro.

—¿Qué fue lo último que oíste?

—No me acuerdo... Lo de que se habían caído al barranco —dije.

—Vale, a ver que lo busque... —Papá pasó las páginas—. Entonces, capítulo siete, creo.

Empezó a leer y siguió hasta el final. Jack y Annie se encuentran con unos pingüinos bailarines. Hay una pingüinita huérfana a la que Jack le da el nombre de Penny, y Jack y Annie se llevan a Penny con ellos a Camelot, donde vive Merlín. Le cuentan a Merlín los tres primeros secretos de la felicidad y le dan a Penny. Merlín cuida de Penny y vuelve a ser feliz.

Jack y Annie se dan cuenta de que el cuarto secreto de la felicidad es cuidar de alguien que te necesita. Y Jack piensa que quizá también pase al revés: «Creo que a veces puedes hacer felices a otras personas dejándote cuidar por ellas».

Cuando papá hubo terminado de leer, cerró el libro y nos miró a mamá y a mí. Tenía los ojos muy brillantes. Durante un rato, nadie dijo nada.

Después, mamá dijo con voz suave:

—Este secreto es muy bueno. ¿Tú qué dices?

—Sí. Podríamos probar con este. Tú, papá y yo. Cuidarnos los unos a los otros. ¿Vale?

—Sí —dijo mamá.

—¿Conseguirá que volvamos a ser felices? —pregunté.

—Bueno, lo mismo nos ayuda a sentirnos mejor —dijo papá. Vi que miraba a mamá con una sonrisita triste.

—Creo que la manera en que hemos intentado lidiar con... con todo, con la muerte de tu hermano... cada uno por separado en vez de todos juntos... no era la manera adecuada —dijo mamá.

Me eché hacia delante y miré la foto de la pared.

—Echo muchísimo de menos a Andy —dije—. A veces es como si me doliera todo por dentro.

—Yo también, peque —dijo papá.

—Ojalá todavía le pudiese sentir aquí en la guarida, pero no puedo. Ahora tengo miedo de que se haya ido para siempre. —Se me puso un nudo enorme en la garganta solo de pensarlo.

Papá se inclinó y me dio un abrazo muy largo. Dijo muy bajito:

—Echar de menos a Andy... bueno, también es una forma de sentirle, ¿no? ¿No te parece? Puede que algún día deje de dolernos todo por dentro, no lo sé. Creo que le echaremos de menos y que estaremos pensando en él siempre, toda la vida. Eso siempre va a formar parte de... de lo que somos. Y de esa manera nunca se habrá ido, siempre estará con nosotros y dentro de nosotros.

—¿Está velando por nosotros desde el cielo? —pregunté.

—Sí, cariño, vela por nosotros —dijo mamá.

Acerqué la mano a la foto y toqué la cara de Andy.

—¿Y después, cuando nos muramos nosotros, le veremos en el cielo?

—Eso espero —dijo papá, y empezaron a caerle lágrimas de los ojos a la barba.

—Papá tiene razón —dijo mamá—. Durante todo este tiempo has hecho lo que hay que hacer, hablar con él y de él, tenerle cerca de ti.

Papá estiró la espalda y se secó las lágrimas de la cara.

—No habrá que quedarse en este armario para siempre jamás, ¿no? Porque me estoy haciendo polvo la espalda. Y hace ya un rato que no siento la nalga izquierda. —Se hincó varias veces el dedo en el lado izquierdo del culo.

—El armario podría ser nuestro punto de encuentro —dije—. Como un club o algo así.

—Me gusta la idea —dijo mamá—. ¿Cómo podría llamarse nuestro club?

Me quedé pensando unos segundos.

—¿Club Andy?

—No se hable más: Club Andy —dijo papá—. Venga, ahora a desayunar.

54

Seguir viviendo

—¿Estás lista, mamá?

Mamá se quedó un ratito mirando el picaporte de la puerta de la calle como si esperase que la puerta se abriera sola. Le miré la cara y vi que tenía los labios apretados. Le cogí la mano y le di un estrujón. Mamá me lo devolvió, y después me soltó y abrió la puerta.

Entró una ráfaga heladora, y mamá se cogió los dos lados del jersey y se lo cerró por encima de la tripa. Mientras bajaba los escalones del porche, el viento le alborotaba el pelo. Bajé detrás de ella, y papá iba detrás de mí. Mamá se dio la vuelta y nos miró, y el pecho se le hinchó como si cogiese mucho aire. Después siguió andando y se fue derechita a la furgoneta de las noticias que seguía aparcada delante de casa.

Mamá miró hacia el asiento del conductor y, como no había nadie, tocó en un lado de la furgoneta. La puerta se abrió de golpe y vi salir a Dexter y a otro hombre. Dexter llevaba un táper con comida en una mano (parecía arroz con pollo) y un tenedor en la otra.

—Anda... ¿Qué tal? —Dexter miró el táper, lo metió en la furgoneta y se limpió las manos en el pantalón—. Bueno, ¿cómo va todo?

Miró a mamá y después a papá y a mí. Bajé la vista a los pies porque no quería mirar a Dexter.

—Me gustaría hacer un comunicado —dijo mamá.

—¿Ahora mismo? —preguntó el hombre que había salido de la furgoneta con Dexter.

—Sí.

—Ah, vale, genial. Genial —dijo Dexter—. Un momentito solo, no tardamos nada. No esperábamos... Disculpe, es que estábamos comiendo.

—Tranquilos —dijo mamá. Vino otra ráfaga muy fuerte que volvió a alborotarle todo el pelo. Sentí cómo se me colaba el viento por la ropa y me entró un escalofrío. Papá me pasó la mano por el hombro y me arrimó a él.

Dexter y el otro hombre volvieron a meterse en la furgoneta, y Dexter salió con una cámara. Se parecía a las que le había ayudado a colocar en el salón, solo que más pequeña. Tocó unos botones que había en uno de los lados, se la subió al hombro y enfocó a mamá.

—¿Dónde quiere ponerse? —le preguntó a mamá.

—No sé, me da igual. Ahí mismo vale.

—Vale, genial.

El otro hombre salió de la furgoneta con un micrófono en la mano.

—Bueno, si está preparada, podemos empezar —dijo, y acercó el micrófono a mamá. Mamá miró a papá, y papá puso una sonrisita y dijo que sí con la cabeza. Mamá volvió a mirar a la cámara.

—Esto solo es una grabación, así que no se preocupe. Podemos repetirla las veces que quiera —dijo el hombre del micrófono.

—Vale —dijo mamá—. Eeeh... Bueno, quería decir, brevemente, que he decidido no seguir adelante con la causa contra los Ranalez en relación con... con el tiroteo. He hablado con los padres de las demás víctimas y... y estamos de acuerdo.

El labio inferior de mamá subía y bajaba como si le castañeteasen los dientes por el frío. Se tapó las manos con las mangas, cruzó los brazos y se metió las manos en las axilas.

—Sé que no me he mordido la lengua desde el tiroteo perpetrado por su hijo, y he culpado... los he culpado a ellos por los actos de su hijo y por la muerte de mi hijo Andy. —Mamá hizo una pausa, y a continuación volvió a coger aire y siguió hablando al micrófono—. Me he dado cuenta de que seguir con la causa contra los Ranalez no va... no va a devolvernos a nuestro hijo. No va a deshacer esta terrible desgracia que nos ha golpeado a mí, a mi familia y a las familias de las demás víctimas. —Empezaron a caerle lágrimas por la cara—. Lo que mi familia está sufriendo... no se lo deseo a nadie. Y yo... Ahora veo que también los Ranalez se enfrentan a una pérdida. Están llorando una muerte, como nosotros. Están viviendo un infierno, como nosotros.

Mamá me miró y me sonrió un poquito. Le devolví la sonrisa. Me sentía muy orgulloso de mamá, de que dijera esas cosas.

—Mi hijo Zach, tan sabio él, es el que me lo ha hecho ver. Nuestra familia... Nos vamos a centrar ahora en cuidarnos los unos a los otros, en intentar curarnos juntos y buscar el modo de seguir viviendo sin la presencia de Andy en nuestras vidas. De encontrar algo de paz. Nos gustaría, en el futuro, buscar maneras de contribuir a... de ayudar a evitar que nada semejante vuelva a sucederles a otras familias. Ayudar a que las armas no caigan en manos de quiénes no debieran y ayudar a proteger a nuestros hijos y a nuestros seres queridos. Y nada más... Solo quería decir eso.

Le seguían cayendo lágrimas por la cara, y se las limpió con las manos envueltas en las mangas.

—Gracias —dijo el hombre del micrófono—. Creo que ha quedado bien así, ¿no? Podemos dejarlo como está, a no ser que quiera repetirlo.

—No —dijo mamá muy bajito.

Dexter se bajó la cámara del hombro y se quedó mirando a mamá.

—Caramba —dijo—. ¡Qué generosidad la suya!

—Bueno, ya está —dijo mamá, y se dio media vuelta y vino hacia nosotros.

Papá alargó la mano y le frotó varias veces el brazo.

—¿Estás bien?

—Estoy bien —dijo mamá—. Estoy congelada. Lo único que quiero es volver a casa con vosotros y cerrar esa puerta. ¿Y tú qué dices?

—Digo que sí —dije, y me adelanté y subí las escaleras del porche a toda pastilla.

55

Dulces sueños

Papá aparcó el coche, pero no apagó el motor inmediatamente. Nos quedamos allí sentados, papá, mamá y yo, y nadie dijo nada. El corazón me latía muy fuerte en el pecho y en los oídos. Miré por la ventanilla, y en la casi oscuridad vi todas las filas de lápidas y, al fondo a la derecha, a una persona.

—¿Vamos allá? —preguntó papá a la vez que apagaba el motor.

—Allá vamos —le dije.

Mamá no dijo nada, pero abrió su puerta y empezó a bajarse del coche. Cogí las flores del asiento de al lado y papá me abrió. Al bajar, vi el coche de Charlie aparcado justo enfrente del nuestro.

Me metí por el sendero. El suelo estaba duro y helado, y el aliento me salía en forma de nubes blancas que se quedaban flotando en el aire. Papá y mamá iban caminado por detrás, muy despacito. Yo llevaba las flores apretadas contra el pecho, y cuando llegué a la tumba de Andy, las dejé encima con cuidado.

Papá y mamá se acercaron también a la tumba. Mamá se arrodilló y tocó las flores que le había puesto a Andy. Después se quitó un guante, levantó la mano y sus dedos tocaron el nombre de Andy escrito en la lápida.

—Hola, mi niño precioso —susurró. Le caían lágrimas y no hizo nada por secárselas.

Después tocó la tierra de la tumba de Andy.

—Qué fría y qué dura está —dijo agarrándose la tripa con los

299

brazos y llorando ruidosamente. Papá estaba de pie detrás de ella. Le puso las manos en los hombros, y yo apoyé la cabeza en el brazo de papá. Estuvimos así mucho tiempo: mamá de rodillas, llorando, papá cogiéndole de los hombros y yo apoyado en papá.

Al cabo de un rato miré hacia donde estaba la tumba del hijo de Charlie y vi que Charlie nos estaba mirando. No se movió, se quedó allí plantado con los brazos caídos. A tanta distancia, parecía un hombre muy viejo y flaquito.

—¿Puedo ir? —pregunté.

—Adelante —dijo papá.

Acababa de empezar a andar hacia Charlie cuando oí la voz de mamá:

—Espera, Zach.

Me volví y vi a mamá mirando las flores que había dejado en la tumba de Andy. Eran todas blancas: algunas con pétalos grandes y otras con pétalos chiquititos que parecían un montón de copos de nieve. Estaban todas lacias y parecían tristes. Mamá cogió unas cuantas y se las puso unos segundos delante de la tripa como si las estuviese abrazando.

—Ten... Llévalas, ¿vale? —dijo mamá, y me dio las flores.

Me di la vuelta y seguí caminando hacia Charlie. Volví la cabeza un par de veces y vi a mamá y a papá de pie, el uno al lado del otro, mirándome. Al acercarme a Charlie, vi que le temblaba mucho la barbilla.

—Hola, Charlie.

—Hola, Zach.

—Hemos venido a darle las buenas noches a Andy. Como tú.

Charlie asintió muy despacito con la cabeza.

—Mamá les dijo ayer a los de las noticias que no quiere seguir peleándose.

Entonces me acordé de que todavía tenía las flores, y se las di.

Charlie soltó una tosecita. La barbilla le seguía temblando mucho.

—Ya lo vi.

—Quería venir a decírtelo, y mamá y papá dijeron que vale.

300

—Gracias, Zach.

—Aunque mamá todavía no quiere hablar contigo.

—Lo entiendo —dijo Charlie, y miró por encima de mí a papá y a mamá. Tenía la cara muy triste. Apretó los labios y levantó un poco las flores en dirección a mamá y papá.

Me quité el guante y me metí la mano en el bolsillo del pantalón. Saqué el amuleto del ala de ángel y lo froté varias veces. Después me lo puse en la palma de la mano y se lo ofrecí a Charlie.

—Esto es para ti —le dije. Charlie cogió el amuleto y lo miró.

—¿Qué es?

—Significa «amor y protección». Significa que tu hijo sigue aquí contigo.

Charlie lo cogió y se quedó mirándolo un buen rato. La barbilla le temblaba sin parar. Después susurró «Gracias», pero lo dijo tan bajito que casi ni lo oí.

Me quedé un rato allí con Charlie sin saber qué más decir, así que dije «Feliz Navidad», y Charlie respondió «Feliz Navidad». Después volví con papá y mamá. Había llegado la hora de darle las buenas noches a Andy.

—¿Podemos cantar nuestra canción? —pregunté.

Mamá puso una sonrisita.

—Zach, no sé si soy capaz de ponerme a cantar ahora. ¿Qué tal si decimos las palabras?

Conque eso hicimos. Dijimos las palabras de nuestra canción, turnándonos.

Andrew Taylor,
Andrew Taylor,
eres nuestro amor,
eres nuestro amor.
Mira qué eres guapo,
cuánto te queremos,
sí, señor,
sí, señor.

El aliento nos salía en forma de nubes blancas que se quedaban flotando delante de nuestras caras.

Notaba el frío de la tierra atravesándome los zapatos, y di unas paraditas para calentarme los pies. También tenía fríos los dedos, así que me eché aire dentro de los guantes.

—Ven, déjame a mí —dijo mamá.

Se puso de rodillas delante de mí y soltó su aliento caliente en el interior de mis guantes, y los dedos me empezaron a entrar en calor.

Miré la cara de mamá. Parecía que ella también tenía frío. Tenía la nariz roja y carne de gallina en las mejillas, y una cara muy cansada y muy triste. La rodeé con los brazos y estuvimos así un rato, abrazándonos encima de la tumba de Andy, con mamá de rodillas.

—¿Le damos ya las buenas noches? —preguntó papá en voz baja.

Dejamos de abrazarnos. Mamá miró la lápida de Andy y se echó a llorar otra vez.

—Buenas noches, mi niño —susurró mamá.

—Buenas noches, Andy —dije yo.

—Buenas noches —dijo papá.

Mamá se levantó y nos quedamos un ratito más mirando la tumba de Andy. Después, nos dimos la vuelta y nos fuimos andando por el sendero en dirección a nuestro coche, conmigo en medio. Papá, mamá y yo.

AGRADECIMIENTOS

A los míos, a todos los que estáis en mi mismo equipo: gracias por haberme acompañado en esta locura de viaje, nuevo para mí.

Gracias a las familias Carr y Navin por creer en mí y apoyarme, en especial a:

Mi madre, Ursula Carr, por transmitirme su apasionado amor a los libros y por empujarme a «aprovechar de una vez uno de tus muchos talentos».

Brad, mi marido y mi mejor amigo, que me anima en todos mis proyectos y a quien, para empezar, se debe la idea de este.

Gracias a mis hijos, Samuel, Garrett y Frankie, los amores de mi vida, por ser mi grupo de enfoque y por compartirme con Zach a lo largo de tantos meses

Quiero agradecer a mis amigos y primeros lectores que hayan leído y releído los borradores, sus sugerencias y sus ánimos, sobre todo a Swati Jagetia y a Jackie Comp.

Allison K. Williams: ¿por dónde empiezo? Te estaré eternamente agradecida por haberme enseñado cómo funciona todo esto y por haber estado a mi lado en todo momento. Me considero muy afortunada por haberte encontrado, ¡y espero que algún día nos conozcamos en persona! ¡Ojalá repitamos pronto!

Gracias al fabuloso equipo de Folio Literary Management. Jeff Kleinman, ¡eres un fenómeno! Gracias a Jamie Chambliss y Melissa Sarver.

Un millón de gracias a mi editora, Carole Baron. No podría

haber tenido una editora más amable, más culta, más paciente: ¡es un honor poder trabajar contigo! Gracias, Sonny Mehta, por tu apoyo. A Genevieve Nierman, como yo otra loca de los gatos, gracias por ocuparte de todos los detalles, grandes y pequeños. Kristen Bearse, me encanta el precioso diseño que has hecho para este libro, y muchas gracias a la talentosa Jenny Carrow por la magnífica sobrecubierta. Ellen Feldman, gracias por conseguir que durante el proceso de elaboración de este libro prevaleciera la honestidad. Gracias a Danielle Plafsky, Gabrielle Brooks y Nick Latimer por trabajar incansablemente para entregar esta historia a los lectores.

Asimismo, quiero agradecer a Mary Pope Osborne que haya escrito la más maravillosa y mágica de las series de libros infantiles: la serie «La casa mágica del árbol». Gracias a ti, a mis hijos no les ha costado ningún esfuerzo enamorarse, como yo, de los libros.

The Voracious Reader y Anderson's Book Shop son mis dos librerías *indie* favoritas, y dos lugares a los que me gusta llevar a mis hijos: vuestra pasión por los libros es contagiosa y tiene un gran eco en nuestra comunidad.